LUCA BIANCHINI

TI SEGUO OGNI NOTTE

© 2004 Arnoldo Mondadori Editore S.p.A., Milano
© 2016 Mondadori Libri S.p.A., Milano

I edizione Omnibus ottobre 2004
I edizione Oscar Bestsellers ottobre 2005

ISBN 978-88-04-66745-2

Questo volume è stato stampato
presso ELCOGRAF S.p.A.
Stabilimento - Cles (TN)
Stampato in Italia. Printed in Italy

Anno 2016 - Ristampa   9 10 11 12 13 14

A | librimondadori.it | anobii.com

TI SEGUO OGNI NOTTE

A Livio,
Pina e Marco,
per tutto

Cadono le stelle e sono cieco,
dove cadono non so,
cercherò, proverò, davvero.

Samuele Bersani, *Replay*

1

Le storie più belle sono notti d'amore.

Sorgono al tramonto e si spengono all'alba, bruciando sotto le stelle. La vita ti scorre davanti veloce, e di colpo rivedi tutto. I primi passi, i sogni dell'adolescenza, le sfide lanciate e perdute, le vittorie, il disincanto del tempo che passa. La guerra persa contro le verdure bollite.

Torni a illuderti che la felicità esista. È sdraiata accanto a te, respira lieve, il cuore le batte forte. L'abbracci, nudo, come se la conoscessi da sempre. Ogni dettaglio, ogni parola detta, ti pare di averla sentita, o di averla già pronunciata – sognata – mille altre volte. Anche se di lei non sapevi nulla fino a poche ore prima.

– Non mi hai ancora detto come ti chiami.
– Il nome. Vuoi sapere il mio nome.
– Mi piacerebbe.
– Come vorresti che mi chiamassi?
– Non lo so.
– Se vuoi che resti, devi dirmelo.

La fissò per qualche secondo, cercando di immaginare un suono, prima che una parola, una successione di note da attribuire a un volto. Non gli venne in mente nulla. Si guardò intorno in cerca di appigli e vide solo l'avviso che chiedeva di lasciare la stanza entro le ore dieci.

– Stella. Ti chiamerai Stella.
– Bene. Sarò Stella solo per te, Roger.

Si baciarono a lungo. Era una notte strappata dal vento, che fagocitava le emozioni scaraventandole contro i loro corpi. Roger era ebbro di passione. Stella sembrava fuori di sé, posseduta da un desiderio irrefrenabile di donarsi totalmente, quasi fosse l'ultimo giorno possibile. E per lei, a modo suo, lo era. Fecero sesso a più riprese, cambiando registro ogni volta, come se dovessero cominciare un nuovo discorso. I corpi si conoscevano attraverso naso e mani, attraendosi sempre più. Il loro incastro perfetto presagiva il destino di grandi unioni: Paolo e Francesca, Stanlio e Ollio, pomodoro e mozzarella, Clark Gable e Vivien Leigh, destra e sinistra, Dolce e Gabbana, Scilla e Cariddi, Mork e Mindy. Durante le pause, si regalarono carezze di chi ha grande confidenza, o è costretto a prenderla.

– Come hai fatto a scoprire che mi chiamo Roger?
– L'ho visto alla reception, mentre consegnavi il documento. Roger Milone, per essere precisi.
– Sei una donna intelligente.
– Sono una donna. Punto.

Una donna dalla pelle diafana e dallo sguardo smarrito, con due occhi che sembravano appartenere a un disegno animato. E poi mani affusolate, dita lunghe e nude, capaci di far vibrare l'aria con i loro soli movimenti.

– È la mia notte più bella dai Mondiali di Spagna.
– Anche per me è una notte importante, Roger. Domani mi sposo.

Stella gli prese le braccia e le strinse al petto. Confessò la verità senza bisogno di aggiungere molto. Roger annusava il suo odore speziato e scuoteva la testa. No, non poteva andare così, la sfiga non poteva avercela di nuovo con lui. Forse era colpa della congiuntura astrale. A volte basta un pianeta nel posto sbagliato per mandare a monte un destino. Stettero a sorridersi in silenzio, bagnando i loro baci con lacrime salate, nate per la delusione di essersi incontrati – e scoperti – troppo tardi. Ma il desiderio non si dà mai per vinto, guai, e riprese a pulsare tra le lenzuola sotto le forme più ardite, prima di crollare spossato.

Era l'alba. La notte stava per tramontare, e quell'assurda camera con lei. Non c'era più la Via Lattea, nel cielo, ma una ventola al soffitto. Stella si alzò dal letto, Roger provò a trattenerla in un ultimo, temerario tentativo.

– Tra un'ora devo farmi trovare a casa. Arriva il parrucchiere.

– Non andare.

– Non so chi sei, e non ho più il tempo di conoscerti. E tu non saprai mai chi sono.

– Tu sei Stella.

– Una stella che ha brillato una notte soltanto. Da domani tornerò al mio posto, nel buio dell'anonimato, e non mi vedrai più. Avrò un marito, dei figli, il mio lavoro. Ma sono contenta di cosa mi aspetta. Questo era il mio regalo di nozze, solo che non potevo dirtelo.

Roger sbiadì.

Stella si alzò dal letto, raccolse il vestito nero gettato a terra e se lo fece scivolare addosso. Ebbe qualche difficoltà a chiudere la cerniera, ma non volle essere aiutata. Legò i lunghi capelli con una fascia e cominciò a racimolare gli effetti personali che nell'irruenza dei preliminari aveva disseminato nella stanza. Lui la guardava impotente, ancora sdraiato, cercando di mantenersi impassibile. Aveva un fisico tonico, un torace importante e due gambe ben disegnate. Argomenti che improvvisamente non erano più capaci di trattenerla. Non ci sarebbe stato un secondo appuntamento, un corteggiamento postumo, regali da fare, promesse da mantenere, segreti da svelare nei momenti di rabbia. Non ci sarebbe stato l'incubo di San Valentino, e neppure una suocera da detestare. Un raggio di sole tagliava la stanza in due, come una lama di coltello. Si abbracciarono a lungo, ormai vestiti, per rubare ancora istanti all'incanto. Attimi senza musica, né rumori. Solo baci bagnati e profumo d'oriente. Stella fuggì dalla stanza, e Roger rimase aggrappato alla porta chiusa.

Ci sono storie che cominciano con un addio. Questa, forse, era una di quelle.

2

– E che ne sarà di David?
  – Lo porterò con me, Fletcher.
  – Smettila di chiamarmi Fletcher. Sono tua madre.

"Dio esiste, e ce l'ha con me." Questo pensava Maria
Milone, in un momento di debolezza, mentre vedeva l'u-
nico figlio maschio fare gli scatoloni del suo primo trasloco. Roger aveva aspettato trentadue anni prima di com-
piere questo passo, una decina in più dei suoi coetanei di
Parigi e Stoccolma. Per farlo, è stata necessaria una notte dannata e indimenticabile. Aveva preso la decisione
quella mattina, tornando a casa stravolto.
   Sentiva il bisogno di un nuovo spazio, di rimettersi in
gioco, di rischiare. Doveva trovare Stella. E non appena
l'avesse trovata, l'avrebbe portata a casa e riempita di baci
e croissant. Tutta la sua vita era stata costellata da momenti di noia e decisioni repentine, quasi fosse una sinusoide.
Ora una fata metropolitana aveva fatto capolino nella sua
esistenza, e lui si sentiva improvvisamente al capolinea.
   Comprò tutti i quotidiani della città, per vedere se c'erano annunci di matrimonio, confondendoli con i necrologi.
Non ne trovò nemmeno uno, magari mi ha mentito, e comunque quello non era nemmeno il suo nome. Pensò addirittura di fare un giro per chiese, ma poi desistette. Non
avrebbe retto a vederla con l'abito bianco, mano nella ma-

no, mentre la riempivano di complimenti e commozione, viva gli sposi. Lui stesso faticava a capire quel groviglio di emozioni. In fondo, era stato solo sesso. Gran sesso. Ma non gli era mai capitata una situazione così fiabesca, con una ragazza troppo diversa da lui per origini, stile, linguaggio. Eppure si erano trovati, in un incastro perfetto. Forse si era innamorato di un mostro, forse non si era innamorato affatto, ma non importava. Doveva rivederla, e doveva cercare di fare qualcosa. Correndo via, Stella aveva lasciato una sola, labile traccia: uno scontrino. Non una lettera, un biglietto da visita, un codice segreto, un banalissimo numero di telefono. Ma il suo ultimo passaggio in profumeria. Stampato alle 18 e 43, il giorno prima delle nozze.

Roger si tolse la maglietta e, come ogni giorno, fece una quarantina di flessioni sul pavimento. Diceva che la palestra non è necessaria, se sai fare bene gli esercizi in casa. Poi chiamò Nico, la sua spalla di sempre, e gli chiese se poteva trasferirsi temporaneamente da lui, senza fare cenno alla sua notte insonne. Gli disse subito sì. Da quando Roger era rimasto orfano di padre, quindici anni prima, Nico aveva preso il suo posto senza cercare di sostituirlo: punto di riferimento, consigliere, modello, boa, compagno di avventure. Tre anni di differenza che Roger cercava continuamente di colmare, senza sapere mai come. Li rivedeva, quei tempi passati, nelle foto che metteva velocemente negli scatoloni, senza ordine né logica. La signora Maria lo guardava perplessa, ancora esterrefatta che l'evento annunciato potesse avverarsi sul serio. Aveva addirittura dimenticato i broccoli a bollire, per osservare suo figlio assemblare oggetti e vestiti.

– Ti aiuto io, va'. Che altrimenti non ritrovi più niente.
– Mamma, non rompere.
– Da quando mi chiami "mamma"? Sei arrabbiato, di' la verità. Mentre dovrei esserlo io, che non mi hai avvisato prima.

La mamma, è inutile, *lo sa* sempre. Bisogna arrendersi. Devono averle installato un microchip appena sei nato, che le segnala ogni tuo sbalzo d'umore, evento traumatico o tracollo sentimentale. È il microchip che fa la spia. E se lei non dice nulla, è solo perché ha capito che non è il momento. A Roger vennero occhi iniettati di rabbia, ma riuscì a fermarli. Staccò il grande poster di David Letterman – David – e lo piegò con cura.

– Sei proprio sicuro di volerlo portare con te? Guarda che segno rimane sulla tappezzeria...
– Non ti preoccupare, Fletcher. Rosita lo rimpiazzerà in un attimo. E poi madrina si offenderebbe se lo lasciassi qui. Ogni volta mi dice che quel poster ha attraversato l'oceano per me.

David Letterman, l'uomo più potente della TV americana, quello che intervista i presidenti e Julia Roberts con la stessa disinvoltura, campeggiava da almeno cinque anni sul letto di Roger. Glielo aveva portato sua zia – la madrina di battesimo, che in famiglia chiamavano semplicemente "madrina" – da un viaggio organizzato a New York. Roger era stato appena assunto a Tele Nueva, e la zia aveva visto in quel poster un segno di buon auspicio. Pur non sapendo niente di questo Letterman – ma neanche la zia ne sapeva niente, gliene aveva parlato la guida durante una visita da Macy's – Roger aveva deciso di appendere il poster sopra il letto. Alla fine, tutti si erano affezionati alla faccia con gli occhiali di David, che era diventato elemento d'arredo della famiglia Milone. L'unica a non sopportarlo era sua sorella Rosita.

– Hai tolto la foto del nonno? Ma allora è vero che te ne vai...
– Cos'è questo tono sfacciato? Saluta tuo fratello.
– Oh, che palle, Fletcher...
– Smettila, e dimmi chi te l'avrebbe raccontata, questa cosa.

– Quella del piano di sotto, che vi ha sentito. Dice che Roger ha bisogno dei suoi spazi e che la sua vita deve andare avanti da sé, anche se non si sposa.

– Tu non devi dare retta alle cattiverie di quella scostumata, capito? Piuttosto, dimmi com'è andata a scuola.

Rosita si tuffò sul letto e si mise a canticchiare *Cry Me a River* di Justin Timberlake.

– Allora?

– Quella di mate mi ha dato dal cinque al sei. L'equazione era difficile, e non ci sono stata dentro.

– Potevi chiedere a Roger, che te le spiegava lui.

– Non poteva spiegarmele, lui, perché ha fatto ragioneria.

– Embè? Un fratello è sempre un fratello.

Quando iniziavano a rimbeccarsi, in media ogni mezz'ora, Roger non le tollerava.

– Ma la volete finire voi due?

– Bravo, diglielo tu che a te ti ascolta. Io vado a vedermi i Simpson. Ah, dimenticavo. La madre di Calì ha comprato le tue cavolo di pentole e dice che il riso si attacca. Grazie per la figura di merda...

La signora Maria dovette intervenire.

– BASTA, ROSITA! Scaldati la pasta e guarda i Flintstones, e smettila!

– Sono i Simpson, Marge.

La pasta, l'assaggio di primi, per me ancora un po', grazie. Ogni cosa detta portava Roger lontano da lì. A quest'ora forse gli sposi si erano appena seduti a tavola. Stella si sarebbe attardata per fare il filmino nei giardini, è questa la prassi, no? E poi le foto coi testimoni, coi parenti di lei, coi parenti di lui, con gli amici di lei, con i cugini di lui, di nuovo la rabbia. La signora Maria disattivò il microchip e fece finta di non capire. Era una mamma generalmente invasiva, ma sapeva stare al suo posto, se necessario. Solo la faccia tonda divenne più buia del solito, senza tuttavia scalfire la dolcezza del suo tono di voce.

– Sarà dura, lo so, ma è solo così che si cresce, Roger. Ormai sei un uomo, e il Signore ti aiuterà. E non dar retta a quello che dice tua sorella. Lei ci tiene a te, un sacco. È che adesso deve fare la ribelle, per via della sua età. Tu però devi promettermi una cosa.
– Dimmi.
– Che ti comporterai sempre in modo onesto, come ha fatto tuo padre. È per questo che lui vive ancora in mezzo a noi.

Era davvero troppo. Roger abbracciò sua madre con quel poco di cuore che gli rimaneva, lasciò gli scatoloni in mezzo alla camera e uscì.
Salì sulla sua Golf usata, scontrino alla mano, e corse a casa di Nico.

3

Nico si vergognava come un ladro.

Il suo amico era impazzito in una notte, e lo aveva trascinato in un sabato pomeriggio di racconti dettagliati, deliri visionari e ardite supposizioni. Per la parola "Stella" c'era l'offerta tre per due. Roger la menzionava appena possibile, ripetendo frasi ed eventi come un vecchio arteriosclerotico. Era stupidamente fiero che merito di quel nome fosse la grande – e unica – stella usata per indicare la categoria del motel. Ma lo faceva solo per dissimulare uno stato affettivo incerto.

A Nico veniva da ridere, ma si sforzò di mantenere inalterata la facciata da fratello maggiore. Lo conosceva bene, e sapeva che quando gli prendeva il trip bisognava lasciarlo fare.

– Io però non ce la faccio a entrare in una profumeria che si chiama The English Roses. E poi per cosa? Per chiedere se conoscono una tipa che ha comprato un "profumalenzuola"? Roger, ti rendi conto?

– Io mi rendo perfettamente conto. Ma anche tu devi renderti conto che il sognatore ha sempre ragione.

– Minchia, è arrivato il filosofo...

Roger parcheggiò in doppia fila, lasciò le chiavi della macchina a Nico e si avviò a piedi nelle viuzze in cui cominciava la zona a traffico limitato. Non ci andava spesso, lì. Negozi troppo cari e ragazze troppo fidanzate. A volte ci faceva un salto la domenica con gli amici per mangiarsi un gelato, o una piadina, ma niente più. The English Roses era un negozio-gioiello all'angolo, con piccole finestre al posto delle vetrine, luci basse. Roger attese l'uscita di due ragazze prima di entrare. Provò la stessa sensazione di quando varcava le porte di un sexy shop. Un'elegante signora magra ed educata – una madamina, direbbero a Torino – scrutò il mai visto cliente con un certo sussiego. Malgrado una camicia a righe che ne sottolineava i pettorali, le scarpe beige non perfettamente linde tradivano la sua matrice popolare. Ma la madamina, che in realtà era una *madame* di origine inglese, si era imposta di essere gentile con tutti allo stesso modo.

– Mi dica.
– Buonasera, signora. Complimenti per il negozio. C'è un ottimo profumo...
– Grazie. Sa, è una profumeria. Cercava qualcosa di personalizzato?
– Veramente sto cercando una persona.

La signora reagì con un certo distacco, la mano pronta a far suonare l'allarme da un momento all'altro. Ma Roger fu efficace e accorato, consapevole che quello era l'unico appiglio per ritrovare una donna di cui non sapeva neppure il nome. Aveva un certo ascendente sulle signore oltre i cinquanta, forse per quell'aria da bravo ragazzo che in casa sa aggiustare tutto, anche il fon. Dopo un po' di titubanze, dovute al pregiudizio più che a un'etica professionale, la signora accettò di vedere lo scontrino. The English Roses era una profumeria artigianale, nel senso che i prodotti venduti erano creati personalmente dalla madamina. Una stilista dell'olfatto, insomma, con prezzi altissimi e clientela selezionata.

– Ricordo perfettamente questa ragazza. Non viene con assiduità, ma ogni tanto appare e mi porta via mezzo negozio. Sembra un po' matta, non è vero?

Roger sentiva di averla già tra le braccia.

– Un po' matta lo è di sicuro.
– Ieri è impazzita per *Amir*.
– *Amir?*
– Sì, è una delle mie creazioni che non aveva mai provato. Annusi quest'ampolla...

Roger avvicinò il naso alla boccetta di vetro, e in un attimo ritrovò Stella. Era proprio lei, ed era di nuovo lì. Note speziate di mirra e incenso, unite ad ambra, arancia e cedro. Mentre la signora raccontava l'inenarrabile – l'impotenza delle parole di fronte ai profumi – Roger sentiva di nuovo salire l'eccitazione.

– Una volta è venuta anche con il compagno, un signore molto distinto. Le ha regalato di tutto.

Quanto più non voleva sentire, tanto più era desideroso di sapere. Stella era quindi fidanzata per davvero, apparve scritto in faccia a Roger, alimentando il desiderio represso della signora di spifferare ciò che sapeva. Abituata a clienti snob e discreti, era inibita a qualsiasi confidenza. Si limitava a parlare di tendenze olfattive, decidendo arbitrariamente che esistono mode anche per il naso: quest'anno va l'agrumato, il sandalo è anni Ottanta, il bergamotto è démodé. Deliri del genere, di cui nemmeno lei era poi così convinta.

– Ma mi dica: perché sta cercando questa ragazza? Lo so, è una domanda stupida. Si vede lontano un miglio che la desidera. Però lei lo sa che è fidanzata, vero?
– Penso che oggi si sia addirittura sposata.

La signora abbassò lo sguardo. Era molto più acuta di quanto volesse dare a vedere. Nel modo in cui Roger aveva annusato il ricordo, ebbe le prove della notte appena trascorsa.

– Io non so come possa aiutarla, perché di quella ragazza non conosco nemmeno il nome. Sa, noi negozianti siamo gentili con tutti ma non ci interessiamo a nessuno. È un lavoro, il nostro.
– Quindi non ha il suo numero di telefono...
– No, e nemmeno un indirizzo. Ma appena ricapita di qui, stia tranquillo. Cercherò di scoprirlo, anche andando contro i miei principi.

Roger si sentiva felice ed estremamente grato. Finalmente gli tornò il sorriso.

– Perché vuole prendersi questo rischio?
– Per il modo in cui ha annusato quell'ampolla. Lei è un ragazzo passionale e ce ne sono pochi, ormai, di uomini così. Dobbiamo tenerceli stretti.

Roger scrisse in modo chiaro il suo numero di telefono e lo lasciò alla signora accompagnandolo da un tenero "mi raccomando". La profumiera si allontanò sul retro, per rientrare con un piccolissimo flacone di vetro.

– Questo glielo regalo io. Quando sentirà la sua mancanza, lo annusi. Vedrà che funziona.
– Grazie, signora...
– ... Miss Andersen, molto lieta.
– Io sono Roger, Roger Milone. Piacere.

Roger la salutò con due baci e se ne andò spavaldo, sotto gli occhi perplessi della cliente appena entrata. Quando arrivò alla macchina, trovò Nico seduto sul cofano della Golf con le orecchie fumanti per l'attesa. Per un attimo, gli sembrò che avesse cent'anni. Fronte stempiata, barba incolta, una felpa indossata senza nessuna cura.

– Che cazzo hai fatto, Roger? La messa in piega?
– Lascia stare. È troppo in gamba 'sta signora. Se la ricordava, Stella. E pure il suo uomo...
– Fino a qui c'eravamo arrivati anche noi. Possiamo salire in macchina, intanto?

Roger mise in moto e ripartì, facendo sentire a tutti il suo marmittone difettoso. Era molto stanco, ma aveva ancora troppa adrenalina da smaltire. Inondò Nico di nuove chiacchiere, castelli costruiti per alimentare una fantasia raramente così eccitata. Nico ascoltava e pensava a quanto aveva fame. Erano quasi le sette, perfette per una pizza al taglio dal Sudicio. Roger annuì solo per poter andare avanti a fare supposizioni.

– Mi ha anche detto che sono un tipo passionale.
– Quella ti voleva fare, te lo dico io.

Roger si lasciò andare a una risata liberatoria. Si sentiva di nuovo sereno, e lo stomaco chiedeva già carboidrati, mozzarella e Coca-Cola. Seduti su sgabelli che guardavano un muro scrostato, Nico chiese tutto il chiedibile sull'intimità di Stella. Se aveva goduto, come aveva goduto, cosa aveva concesso e cosa no. Per la prima volta in vita sua, Roger omise parole e azioni. Ogni tanto si toccava i pettorali – petto-compatto, lo chiamava l'amico – per cercare di aggrapparsi a qualche sicurezza.

Quando giunse il momento di tornare a casa, pregò Nico di riaccompagnarlo al motel dove aveva trascorso quella notte.

4

Tom Cruise o Colin Farrell? Valentino Rossi o Eminem? Rosita aveva trascorso tutta la domenica a guardare il buco lasciato da David Letterman – il nonno – senza riuscire a trovare una soluzione. Mezz'ora al telefono con la Giò non era bastata per decidere da quale idolo farsi dare la buonanotte. A illuminarla, ci pensò un vecchio video di MTV. Un *baby boy* caduto negli inferi di alcol e cocaina, riemerso e crollato più volte, cantava *Angels*. L'avrebbe salvata lui dalla noia e dalla disperazione. Robbie Williams.

– Ma non è quello drogato?

– Ne è già venuto fuori da un pezzo, ed è maturato un casino. Cos'è, porti sfiga, Fletcher?

– Ma ti sembra il modo di parlare a tua madre? È questo che vi insegnano a scuola?

– Fletcher, non mi chiudere. Sei solo arrabbiata perché Roger se n'è andato senza avvisare. Secondo me è innamorato...

– Innamorato?

– Chiaro. L'ho letto su "Top Girl", e lui è sicuramente innamorato: distratto, se ne vuole andare via, assente dai discorsi, occhi lucidi. Minchia, Fletcher! Non avrai mica pensato che stava male per noi?

Rosita, Rosita. Era aggressiva perché si sentiva esclusa, sola e un po' insicura. A scuola la prendevano in giro proprio per via di suo fratello, che vendeva pentole in TV. E poi per il modo un po' burino in cui si vestiva: poche griffe, tanti abbinamenti di colore azzardati, molto rossetto, troppi "minchia iea". Lei, principessa di periferia, che un po' stonava in quel liceo dove era voluta andare a tutti i costi, per non sentirsi sfigata, aveva una sola, grande amica: la Giò. Giovanna – per chiamarla come i genitori – abitava nella stessa zona dei Milone, solo che il suo condominio era decisamente più signorile, con un piccolo giardino davanti e l'ascensore senza bisogno della chiave. E, soprattutto, aveva la mansarda con il camino. Rosita pativa un po' per questo. Lei viveva da sempre in un palazzo proletario, con il tinello pieno di bomboniere, il cucinino stretto e lungo, la stanza di mamma in stile veneziano e una camera da condividere con quell'animale di Roger. Aveva conosciuto la Giò il primo giorno delle superiori. Era entrata, spaesata più del solito, e aveva visto quell'ultima fila vuota, occupata soltanto da una silenziosa ragazza bionda. Il suo sguardo disorientato le dava tranquillità e le ispirò simpatia. Così le si sedette di fianco preferendola alle compagne della fila davanti, con i capelli pieni di gel che "si facevano le grandi". L'intesa con la Giò era stata istantanea. Poche parole e grandi affinità: musica house e R&B – difficile che piacciano entrambe, ma a noi sì – stesso dee-jay preferito, stessa antipatia per Jennifer Lopez, danza moderna, Bart Simpson, eyeliner blu, i valori dell'amicizia, Bacardi Breezer gusto orange. In due anni, mai una lite. E ora che il letto di Roger era libero, Rosita poteva finalmente ospitare la Giò a casa sua, e farla dormire sotto gli occhi di Robbie. La signora Maria era d'accordo, come sempre, alle sue condizioni.

– Invitala la prossima settimana, che così metto un po' in ordine... Ma Roger che fine ha fatto? È sparito e ha lasciato tutti gli scatoloni qui. Ah, se ci fosse ancora tuo padre lo avrebbe fatto rigare dritto.

– Nessuno ti potrà mai far rigare dritto se sei innamorato.

Serafica e assoluta, sempre, eppure con un cuore fragile fragile.

– E tu, piccola mia, sei innamorata?
– Chiaro. Ma io non ti ho detto niente. E poi non sono piccola: ho sedici anni.
– Come sarebbe che "non mi hai detto niente"?
– È per scaramanzia. Ne posso parlare solo con la Giò, che mi capisce.
– Ah, io non ti capisco! E dimmi, almeno: è un bravo ragazzo?
– Lo vedi? Non mi capisci. Non mi chiudere, ma', lasciami stare.

La signora Maria decise di arrendersi, perché sei cattiva con me?, e chiuse la porta, rinunciando al suo desiderio di fare pulizia. Si fece il segno della croce e imbastì qualche preghiera per Roger e Rosita. Malgrado la fede e i desideri, i suoi figli non erano proprio il ritratto del credente ideale. Ma in fondo erano di animo buono, e questa era la cosa più importante. Glielo ripeteva ogni volta don Giovanni – un amico di famiglia più che il parroco della chiesa – e lei annuiva con gli occhi al cielo, a cercare quelli del marito.

Rosita, intanto, era tornata alla sua scrivania e fissava una pagina bianca del diario. Prese una penna fucsia, e dopo un attimo di esitazione cominciò a scrivere: "Antonio, Antonio, Antonio, Antonio, Antonio, Antonio, Antonio". Un nome che riuscì a togliersi dalla mente solo il giorno seguente, e solo per qualche minuto, durante la diretta televisiva del fratello.

Amiche di Tele Nueva, eccoci anche oggi all'appuntamento in diretta con "Pentola Today". Io sono come sempre Roger Milone e sto per presentarvi un'offerta davvero straordinaria. Cominciamo con questo fantastico set di pentole... fondo alto quasi due centimetri e interno satinato per non far attaccare i cibi. E se il manico si brucia? Nessun problema: un nostro incaricato viene a casa vostra, smonta il vecchio manico e vi rimonta quello nuovo senza nessuna spesa, care amiche. Vogliamo poi dare un'occhiata al coperchio? Guardate qui, con questo termostato... così potete sapere quando le vostre pietanze cominciano a cuocere, vostro marito smetterà di lamentarsi e sarà molto più accondiscendente con voi.

– Non può dire 'ste cazzate, mamma...
– Shhhh... zitta!

... Una batteria inedita, mai presentata in TV, che viene venduta nelle fiere e nelle liste nozze anche a millecinquecento euro, e non esagero! E per le prime settanta chiamate, avrete degli abbinamenti da strapparvi i capelli!

– "Ora lasciate il numero alle signorine..."
– Basta, Rosita!

... Ora lasciate il numero alle nostre signorine, ma componetelo len-ta-men-te perché i centralini sono intasati...

– Sempre la stessa scena patetica...
– ...

Il giorno e l'ora che volete voi, il nostro incaricato vi raggiunge ovunque voi siate, vedete la merce, la toccate con mano, toccate pure lui, se vi va! Poi decidete se acquistare o no. Potete pagare a rate, care amiche, anche di nascosto da vostro marito: venti euro al mese per soli trentasei mesi, il costo di un caffè al giorno! Perché ricordate: tutti i prezzi aumentano, tranne i nostri. Roger Milone vi dà appuntamento a domani con "Pentola Today", e vi augura un buon proseguimento di giornata qui su Tele Nueva, la TV del *corazón*.

– Ferma il videoregistratore.
– Fletcher, ti rendi conto che non abbiamo più cassette libere perché dobbiamo registrare le puntate di 'ste pentole?

– Ma è per madrina... Sai che da lei Tele Nueva non si prende bene e ci tiene così tanto a Roger. Com'è andata con la Baicchi?

– Sei e mezzo in orale...

– E non sei contenta?

– No, perché Milanese ne ha sbagliate due e a lui gli ha messo dal sei al sette. Ce l'ha con me, 'sta stronza...

Rosita non era mai soddisfatta, ma in questo caso aveva ragione. Il suo piglio deciso e diretto non era apprezzato da tutti, in particolare dalla Baicchi, quella di matematica, che amava essere leccata in ogni momento della mattina: buongiorno professoressa, com'è vestita bene professoressa, vado a prenderle il gesso professoressa, volevo fare una domanda professoressa, accetta volontari professoressa? Professoressa 'sto cazzo, diceva tra sé Rosita. Frasi così zerbine non sarebbero mai uscite dalla sua bocca, e la Giò era perfettamente d'accordo con lei. L'unica insegnante che accettavano – o, meglio, adoravano – era la Parodi, quella di italiano. Con lei le smancerie non funzionavano, anzi, servivano solo a peggiorare la situazione. Davanti alla Parodi, Rosita esibiva tutti i suoi acuti: seguiva con interesse, si appassionava ed era sempre pronta a essere interrogata. In orale era perfetta, mentre sui temi latitava un po', per via dell'ortografia. Per la smania di scrivere ed esprimersi e raccontarsi e criticare il mondo, riusciva sempre a perdere qualche apostrofo per strada. E su quello la Parodi era irremovibile. Ma Rosita lo accettava, e sapeva che prima o poi lei e la forma sarebbero andate finalmente d'accordo.

– E Antonio?

– Come fai a sapere che si chiama Antonio?

– Così, l'ho immaginato...

– Fletcher non immagina: INDAGA. Per quello ti chiamiamo come la "Signora in giallo". Te lo ripeto, ma', non mi chiudere.

Rosita uscì dal tinello e corse in camera, con gli occhi pieni di rabbia. Lo sapeva, lo sapeva che sua madre le sbirciava il diario di nascosto ma in fondo, inconsapevolmente, lo desiderava.

L'aveva atteso anche quella mattina – il sogno – alla fermata dell'autobus. Arrivava sempre alle sette e trenta spaccate con un amico, forse un compagno di scuola. Malgrado il tifo sfrenato della Giò, anche stavolta non era riuscita ad avvicinarsi, a sorridergli, a far vedere che esisteva e conosceva il suo nome, ma non la sua vita. Immobile, Rosita. Occhi bassi, gambe molli, cuore a scatti. A dispetto degli eccessi e della voce squillante, della mancanza di tatto, delle sue labbra coraggiose. Davanti ad Antonio spariva. Rosa senz'acqua, pulcino dimenticato nel nido, walkman dalle pile scariche, *candle in the wind*.

Per consolarla, Robbie Williams le cantava *Eternity*. E lei sentiva che lo avrebbe amato per sempre.

5

Sette giorni.

Sette giorni trascorsi a dormire in un motel, a guardare una ventola al soffitto, ad annusare un desiderio, a evitare mamma e sorella, a sperare che Stella aprisse la porta. Sette giorni a vendere pentole in TV, nell'attesa di una telefonata. Nico era piuttosto seccato. Aveva sgomberato velocemente il suo mega ripostiglio per ospitare Roger, e lui aveva deciso di trasferirsi da un'altra parte, pur di ritrovare lo stesso talamo condiviso con Stella. Un gesto scaramantico, uno dei tanti con cui s'illudeva di poter modificare il corso dei fatti. Un capriccio da trenta euro a notte, con vista panoramica della tangenziale sud. La vedeva, e soprattutto la sentiva, anche mentre faceva le flessioni mattutine.

Roger era passato una sola volta a casa, quando non c'era nessuno, a prendere un po' di vestiti. Aveva lasciato un biglietto in cui rassicurava le sue donne che andava tutto alla grande, ma era un periodo di transizione, cercate di capirmi, ci vediamo a pranzo domenica, comunque sto bene. Quel "comunque sto bene" fu la prova, per Fletcher, che qualcosa non andava. Ma non poteva insistere. Rosita continuava a sostenere la sua teoria dell'amore, portando come esempio il cugino della Giò, che si era trasferito a Catania da quando aveva messo incinta la donna della sua vita, che storia romantica. Aveva anche cercato prove a sostegno della propria tesi analizzando ad alta voce le puntate di "Pentola Today": oddio si sta perdendo, non sa più il numero di telefono, ma quello non è il coperchio, che cravatta oscena, se lo vedesse la Giò. La signora Maria restava in silenzio cercando di essere, da buona madre, geneticamente sopra le parti. Evitò di registrare le puntate notturne di "Teletrasporto", l'altro programma di Roger, in cui convinceva le signore a cambiare auto, o a farla cambiare al marito.

Si concentrò invece sul menu della domenica: caponata per Roger, calamari ripieni per Rosita, zeppole di San Giuseppe per don Giovanni, Maalox per tutti. Se solo ci fosse stato ancora suo marito, sarebbe stato fiero di lei. Capace di sacrificare la propria esistenza per quella dei figli, cui non aveva fatto mancare nulla – tranne la PlayStation – grazie ai lavoretti svolti per arrotondare la pensione: assistente per anziani, bidella in nero, commessa in un banco di calzature al mercato, ma solo il sabato pomeriggio perché c'è più gente.

La signora Maria impiegò un paio di giorni a spignattare, intervallando i soffritti con le chiacchiere da pianerottolo, in cui due volte su tre lei e la signora Muti sparlavano di quella di sotto, la scostumata.

La tavola era ormai imbandita con la tovaglia buona, bicchieri a calice e il servizio di piatti che le aveva regalato sua cognata per le nozze. Rosita completava le decorazioni con patatine e sottaceti e ballava davanti a MTV. Il weekend era ormai agli sgoccioli, solo un pomeriggio da passare, e poi avrebbe di nuovo rivisto Antonio.

Roger fu il primo ad arrivare. Aveva deciso di sospendere la tristezza per non far preoccupare sua madre. Si presentò con un vassoio di cannoli siciliani, ma ho fatto le zeppole di San Giuseppe, come facevo a saperlo io, potevi telefonare, dài ma' non rompere, il solito figlio. Rosita alzò il volume della TV per non partecipare alla discussione. Quando don Giovanni suonò alla porta, sembrava che in casa ci fossero almeno trenta invitati. Il campanello impose il silenzio.

– Buongiorno, padre.
– Ciao Maria, ciao ragazzi.

Un quarantenne bello come il sole. Don Giovanni non era un prete, ma una leggenda. Ex pugile, lui stesso stentava a crederlo, aveva scoperto Dio a trent'anni, e dopo un duro periodo di seminari e trafile era diventato parroco. Non amava le convenzioni, possedeva una mentalità laica e disapprovava quasi totalmente le direttive vaticane. Tuttavia non aveva alcuna voglia di polemizzare, perché diceva che Dio non gli aveva dato tempo da perdere. Si rendeva però conto anche lui che un prete con quel nome e la faccia da sex symbol non era tanto credibile, per cui accettava di buon grado il soprannome che gli avevano attribuito alcuni ragazzi dell'oratorio: don Johnson. Perché, dicevano, era identico a Sonny Crockett, l'eroe di *Miami Vice*. Come lui, era determinato e inflessibile: se, per esempio, sentiva dire parolacce o bestemmie, non richiedeva un "atto di dolore", ma ti obbligava a sciacquare la bocca con acqua e sapone.

La signora Maria e don Giovanni erano, agli occhi di Roger e Rosita, una splendida coppia televisiva. Lei, una saggia indagatrice perfettamente calata nella parte. Lui, il tenebroso inarrivabile che tiene le donne incollate allo schermo. Il binomio vincente per liberarsi di *Beautiful*.

– Com'è andata la messa?
– Abbastanza male, ragazzi. Sono un po' giù.
– Allora ci siamo trovati!
– Rosita...
– No, Maria... lascia che il Signore si esprima attraverso le sue parole.

Roger cominciò a versare il vino e a passare i primi vassoi di antipasti. Don Giovanni sorrise e, con voce mesta, cominciò a sfogarsi.

– A messa viene sempre meno gente. La fede c'è, ragazzi, ma mancano i fedeli. E poi troppe messe: alle otto, alle dieci, alle undici e al pomeriggio. Sono troppo stressato. A volte, durante la predica, non sento neanche quello che dico. Così le persone alla fine si stufano, escono addirittura prima della comunione... e cambiano parrocchia!

– Non dire così, don. Tu sei il miglior prete in circolazione. Lo dice anche la Giò. Secondo noi la gente viene meno in chiesa perché oggi la religione va vissuta dentro di sé.

Rosita amava recitare la parte di Lisa Simpson. Ne adorava la saggezza, le uscite, le note malinconiche del suo sax. E, soprattutto, avrebbe tanto voluto avere un padre come Homer. Il suo non l'aveva mai conosciuto, solo ascoltato dai racconti sbiaditi di Roger e da quelli commossi di mamma. Dalle foto distribuite in tutta la casa non gli assomigliava neanche un po', a Homer, magro e con tanti capelli com'era. Se però lei doveva immaginare un padre, lo avrebbe voluto saggio e dolce e ironico e indifeso come papà Simpson.

A Roger stava ritornando la *sciüffia* – espressione inventata da Nico, un mix di greco e italiano, che significava "malinconico scazzo" – per cui si concentrò su don Giovanni, cui era molto legato.

– Dài, don. Reagisci! Cerca di capire cosa non funziona: per esempio, sbaglio o fate sempre gli stessi canti?

– Sì...

– E poi non c'è mai nessuno che suona! Per carità, tu sei intonato però non sei proprio Vasco Rossi.

– E nemmeno Robbie Williams!

– In effetti ci avevo già pensato, ma sono un po' pigro. Devo darmi da fare a trovare una band...

– Basta una chitarra.

– O un organo.

– Ma come fate a sapere queste cose voi, che non vi vedo mai a messa?

La signora Maria scosse la testa mortificata, alzando gli occhi al cielo. Rosita non si fece pregare per rispondere.

– Per capire certe cose, sono bastate le ultime due messe di Natale. Veramente moscissime. Io e la Giò volevamo addirittura...

– Ancora un po' di caponata, don Giovanni?

Don Giovanni sorrise, e finalmente si rilassò. Era ospite dei Milone almeno ogni due settimane, e la signora Maria andava molto fiera di aver stretto amicizia con una personalità così importante del quartiere. Inoltre, sosteneva che se i suoi figli non andavano a messa, la messa doveva andare dai suoi figli. Anche se era lungi dalla testa di don Giovanni fare pressione sui fedeli.

– E come va l'amore, ragazzi?

Roger e Rosita si guardarono veloci e incrociarono, istintivamente, le mani sotto il tavolo, parla tu che sei faccia da culo, parla tu che sei più grande, no parla tu. La signora Maria, colta in pieno imbarazzo, sparì nel bagno simulando una necessità impellente.

– A me piace una ma non sarò mai ricambiato, perché è già di un altro.

– Io amo un ragazzo che non saprà mai che esisto, perché non riesco nemmeno a guardarlo in faccia, ho sempre bisogno della Giò.

Don Giovanni li fissò, i suoi figlioli preferiti, e si commosse. Spontanei e indifesi, lo avevano disarmato in poche battute.

– Vedo che le parole sono venute dal cuore, e non dal vostro cervello, e questo già mi piace. Però non dovete confondere l'amore con il possesso, né con il bisogno. L'amore non chiede niente e non dice niente. L'amore si dà. E, se lo doni veramente, stai tranquillo che ritorna.

Roger e Rosita non ci avevano capito molto, presi com'erano dalle loro burrasche emotive, ma le parole suonavano bene e gli occhi di don Giovanni erano un'oasi di pace. Di Dio, in realtà, i due fratelli non s'interessavano più di tanto: lo facevano solo per far contenta la signora Maria, che era così devota, e per tenere desta la memoria del padre. Sospirarono insieme e guardarono il piatto. Si resero conto che non avevano ancora assaggiato la caponata.

6

Lo vide arrivare sotto una pioggia improvvisa, lento e puntuale in mezzo al traffico cittadino. Cornice quotidiana delle sue fantasie, il 56 era in orario anche quel lunedì. Rosita si era tutta "azzizzata", come dicevano lei e la Giò. Si era alzata un'ora prima del solito per decidere come vestirsi. Aveva mangiato una merendina sul letto, stomaco chiuso, bevuto tè freddo, stomaco chiuso, e si era truccata con ombretto rosa, mascara blu e burro cacao leggermente scuro. Capelli arrabbiati e dita incrociate, aveva atteso l'arrivo di Antonio, ma invano. La Giò provava inutilmente a suggerire ipotesi di speranza: forse non gli è suonata la sveglia, forse oggi entra un'ora dopo, forse ha tagliato e allora dobbiamo tagliare anche noi, vedrai che lo incontriamo in centro. Intanto le porte dell'autobus si erano aperte e dentro era il solito macello di zaini, ombrelli e signore polemiche. Rosita fu l'ultima a salire, quando vide una macchia veloce spuntare dall'angolo e correre incontro alla pioggia. Eccolo, Antonio. Veniva avanti disperato con l'amico che lo seguiva a distanza. Rosita si fece coraggio e prese a urlare, cercando di fermare le porte.

– GUIDO! Un attimo, per favore...

Per gli studenti della sua zona, gli autisti si chiamavano tutti Guido, per comodità d'interazione. Il Guido di turno era di buonumore e attese paziente l'arrivo di Antonio, ma non del suo compagno, che venne lasciato tristemente giù. Rosita era rimasta talmente di sasso da non riuscire neppure a voltarsi. Temeva che tutto l'autobus sentisse i boati del suo cuore.

La Giò la guardò sorridente, le fece un cenno d'intesa e si spinse avanti senza di lei. Panico. Sono sola, sola al mondo, e dietro di me c'è l'uomo della mia vita, ha il fiatone, lo sapevo che ce l'avrebbe fatta, è lui, lo sento, Dio aiutami. La paura fu ancora una volta più forte di lei. Staccò la mano dalla sbarra che la teneva in piedi e provò a raggiungere la sottana della Giò. Ma non aveva fatto i conti con la curva in arrivo. Rosita cadde goffamente indietro, finendo con lo zaino addosso ad Antonio, minchia che figura di merda.

– Scusa...
– Scusa tu, che non sono riuscito a fermarti.
– ...
– Ciao, io sono Antonio.
– ...
– E tu?
– Rosi... Rosita. Oggi sei da solo?
– Sì, mio cugino non è riuscito a salire.
– Ho visto...
– ...
– ...
– Fai lo scientifico?
– Sì, seconda.
– Io perito elettronico, terza.
– Terza...

La conversazione scorreva lenta e prevedibile, le parole venivano stillate come gocce di un veleno mortale. Rosita sarebbe stata pronta a iniettarselo, quel veleno, se solo lui glielo avesse chiesto, io ti amo, io ti ho amato dal primo momento che ti ho visto. La Giò la vedeva arrossire ed era orgogliosa di lei. Ma l'idillio stava per finire, destino crudele, dio distratto. Rosita vide la sua fermata in arrivo e l'amica che le faceva cenni disperati.

– Devo... devo già scendere.
– Allora ci vediamo domani, Rosita.
– ...
– ...
– A domani.

Non ci credeva. Non ci poteva credere. Anche la pioggia si era fermata, allontanando le nuvole con raggi di sole improvvisi. Il 16 marzo. La primavera aveva cambiato data di nascita. La Giò e Rosita aspettarono che l'autobus girasse l'angolo prima di abbracciarsi saltando. Avevano tutte e due gli occhi lucidi dalla gioia, lo sapevo, me lo sentivo che sarebbe successo.

– Che figura di merda, Giò. Sono caduta davanti a tutti... però mi ha troppo salvato lui che mi fa: "Scusa tu, che non sono riuscito a fermarti...".
– Stavate troppo bene insieme, mentre parlavate.
– Si vedeva che mi tremavano le gambe?
– Cosa vi siete detti? Racconta, racconta tutto. Ma dobbiamo andare, altrimenti quella sclerata della Baicchi se la prende con noi.

Partirono di corsa tenendosi per mano. Non si sarebbero lasciate mai. Riuscirono a entrare in classe, seconda G, prima della campanella. Rosita si diresse subito al calendario appeso di fianco alla lavagna, quello dove tutti potevano esternare le loro emozioni. Lo fissò, il 16 marzo. Prese la mira col suo Uni Posca rosso, e sentenziò: ROSITA AMA ANTONIO, circondandolo di cuori. Appena lo vide, Daniela Berbotto cominciò subito a protestare, perché diceva che lei quel giorno faceva cinque mesi di fidanzamento con Tommy Salsa e non era giusto che Milone occupasse tutto lo spazio per scrivere il nome di uno sconosciuto.

"Mi fai solo pena" la liquidò Rosita, e la Giò dovette intervenire perché le due non si prendessero di nuovo per i capelli, ci avevano già provato una volta ed erano finite dal
preside.

Quel giorno Napoleone, le equazioni, Montale, il geniti-
vo sassone e il secondo teorema di Euclide avevano assunto un nuovo, rivoluzionario significato: Antonio e Rosita. Era il più bel giorno della sua vita. Non capì nulla per
le quindici ore successive. Come al solito, dovette arrivare
Roger per riportarla alla realtà.

TELE NUEVA, ORE 23.15

Amiche di Tele Nueva, la TV del *corazón*, ben trovate anche
questa settimana con "Teletrasporto", il programma che vi mette in contatto con le auto dei vostri sogni. Abbiamo auto davvero per tutte, dalle neopatentate alle amanti della guida sportiva.
Perché Teletrasporto è questo...

– Una passeggiata...

– ...

... una passeggiata in tutto ciò che è automobile, dalla A di
Alfa Romeo alla V di Volvo. Venite a trovarci in una delle nostre
concessionarie, o telefonate per raccontarci quello di cui avete
bisogno. Io, Roger Milone, e tutto lo staff della catena Teletrasporto saremo pronti a esaudire ogni vostro desiderio. Perché
ricordate: UN'AUTO FATTA CON COSCIENZA È UN'AUTO CHE VI FARÀ
FARE MOLTA PIÙ STRADA. E noi abbiamo innanzitutto la coscienza
di ascoltarvi. Siamo partiti da piccoli, anche noi abbiamo fatto i
nostri sbagli ma abbiamo rimediato all'errore, grazie alla nostra
serietà. E stasera, solo per le amiche di Tele Nueva, una clamorosa offerta: se acquistate un usato Teletrasporto, vi aspetta una
settimana di soggiorno per voi e la vostra famiglia nelle più belle località balneari italiane.

– Sempre più patetico...
– Shhhh!

Per saperne di più, chiamate chiamate chiamate. Ora, linea
alla regia per un breve stacco pubblicitario e poi saremo di
nuovo qui, in diretta su Tele Nueva, per le offerte di "Teletrasporto".

– Io vado a dormire, mamma.
– Mamma a me? Che ti prende, Rosita?
– Niente, ma'. Sono stanca. Buonanotte.
– ...?

Roger stava approfittando del break per bere una Coca-Cola con Nico – stasera finalmente dormo da te e ti racconto tutto – quando una delle centraliniste, la più tinta di tutte, lo raggiunse con aria sfottente.

– Ti vogliono al telefono...
– Ma sto per andare in onda, non posso.
– Pare molto urgente.
– E chi cazzo sarebbe?
– Dice di chiamarsi Stella.

Roger restò un attimo immobilizzato, ma si rese subito conto che non c'era tempo per il terrore. Uno di quei momenti in cui il cervello aziona il piano B della lucidità.
Ancora un minuto e sarebbero tornati in onda. Sotto gli occhi sempre più perplessi di Nico, Roger corse veloce alla cornetta.

– Pronto?
– ...
– Stella, sei tu?
– Vorrei acquistare un'auto usata e un soggiorno con te.
– Stella, sei tu.
– Immagino che tu sia di fretta, quindi sarò breve: che ne dici se ci vedessimo tra un'ora al solito posto?
– Stella...
– Mi stai dicendo di sì?

7

Il cielo era tornato nella stanza.

La ventola volata giù dalla finestra per lasciare posto alle costellazioni. La congiuntura astrale stava lavorando per lui, pensava Roger, quando vide Stella entrare in camera abbottonata dentro un impermeabile, la pelle appena abbronzata, un cappello a tesa larga a nasconderne lo sguardo. Non la ricordava più: la tensione aveva attutito il ricordo, la paura aveva cancellato i tratti. Solo le mani, dita lunghe e nude, sembravano le stesse. E quell'odore di *Amir* più intenso che mai.

Non si dissero quasi nulla, solo una carezza prima di esplodere. Roger liberò la sua fantasia. Lui, spesso così regolare e meccanico – pochi preliminari, io sopra tu sotto, ti amo, doccia – giocò con i tempi dell'attesa, le carezze impreviste, la seduzione volgare delle parole. Un sesso non diretto, ma laterale. Sentiva che poteva essere l'ultima volta, e non voleva giocarsela in modo qualunque. Stella era tornata, almeno una volta era tornata. Probabilmente il viaggio di nozze non era andato bene, certo doveva averlo fatto, magari ai Caraibi, si vedeva dalla sua pelle oro. O forse no, anzi, molto probabilmente no. Dopo quella magica notte aveva disperatamente trovato il coraggio di fuggire dall'altare – non si era neanche presentata – lasciando le mamme degli sposi con le loro velette in testa e le rose appuntate dalle cognate. Si era sicuramente presa una settimana per pensare. C'era andata ai Caraibi, ma da sola. E aveva scelto, era evidente, aveva scelto, senti come sta godendo adesso, Dio esiste. Un conduttore come condottiero, che l'avrebbe portata sul suo cavallo bianco a mangiare croissant.

Fu quando Stella afferrò il suo membro, che improvvisamente la sentì. E il mondo gli crollò addosso in un istante. La fede. La mano sinistra non era più completamente nuda, dita vibranti nell'aria, ma era vestita di un sottilissimo anello in oro bianco. Adesso girati, ti faccio vedere io, troia, so io di cosa hai bisogno. Ma più pensava così, più sapeva che non sarebbe riuscito a liberarsi facilmente di lei. L'eccitazione gli mandò in tilt il cervello. Venne prima del previsto impazzendo di piacere.

Stella lo guardava soddisfatta e beata, e gli accarezzava il petto, giocando con i pochi peli del suo torace.

– Sai qual è la persona a cui tengo di più in questo momento?

– Io?

– No. Mio marito.

Ma mentre lo diceva, la sua bocca era di nuovo su quella di Roger, a chiedere perdono, affetto, attenzione, cattiveria. Compulsiva, questo sembrava, eppure assolutamente disarmante quando lo guardava in quel modo. L'aveva notato per caso a Tele Nueva, e voleva rivedere lo stesso film dell'ultima volta. Se l'era immaginato spesso, in quella settimana a Cuba. Un ricordo soprattutto fisico, fatto di unghie aggrappate alla schiena, occhi di piacere, respiri affondati nei baci e mani che tappano la bocca per impedirti di urlare. Un ritratto molto diverso dalla realtà di suo marito, che l'aveva conquistata soprattutto con l'intelligenza.

A dispetto dei dubbi di Roger, Stella si era invece sposata senza alcuna esitazione – è l'uomo giusto per me – davanti a parenti commossi e amici eleganti. Di quella notte nessuna traccia, nessun senso di colpa. Le venne in mente solo un istante, quando sentì rimbombare "prometti di essergli fedele sempre" in tutta la chiesa, forse anche nelle scale fuori. Guardando gli occhi dell'imminente sposo, rivide il numero della stanza, la ventola al soffitto, la faccia del portiere, il petto-compatto di Roger. Inspirò senza che nessuno se ne accorgesse e pronunciò il suo sì.

– Perché mi hai cercato di nuovo, Stella?
– Non ti sono mancata?
– Se non ti avessi rivisto, sarei morto.
– Tu mi ricordi un mio compagno del liceo per cui mi ero presa una cotta clamorosa. Era abbastanza brutto...
– Grazie.
– Non so cosa ci trovassi in lui, però mi faceva sangue. Per questo, quando ti ho visto bere Coca-Cola in quel bar, non ho avuto esitazioni.

Roger riusciva a seguire una frase su tre perché, mentre gli parlava, Stella lo faceva continuamente uscire dalla stanza. Lo portava nei mercatini di Bangkok, in spiaggia a Miami Beach, a fare una partita a bowling e per cena a Parigi, *escargot* e *vin rouge*. La voleva. La voleva perché lo teneva sospeso, perché lo trattava male, perché nessuno lo aveva mai guardato così da vicino. Ma non era sola, mannaggia a lei, e per nulla al mondo avrebbe voluto rovinare una famiglia appena formata. 'Fanculo la famiglia, si ripeteva subito dopo, se questi sono i presupposti tanto vale che si sciolga subito. Era disorientato. Sapeva che chiedere spiegazioni o appuntamenti non gli avrebbe portato nulla di buono, ma Stella si sarebbe potuta alzare dal letto e rivestire da un momento all'altro. Per fortuna non lo fece subito, perché gli lesse sul volto un elenco di interrogativi.

– Ti stai chiedendo se sono una puttana, vero? Una ti ferma in un bar e ti chiede di fare sesso con lei... Poi ti lascia all'alba per andarsi a sposare e appena tornata dal viaggio di nozze, quando suo marito è fuori per lavoro, ti vede in TV e ti desidera di nuovo. Sì, forse la spiegazione è proprio questa: sono una puttana. Anche le puttane non si fanno chiamare con il proprio nome...

– ...

– La verità è che amo questa persona da dieci anni. Forse troppi. Non mi crederai, se io fossi in te non lo farei, ma non l'ho mai tradito. Mai. Fino a quella sera. Era tutto pronto, quasi fatta, e mi è venuta una paura tremenda. Paura che mi stessi perdendo qualcosa.

– Stella, guarda...

– No, lasciami parlare. Tra poco devo andare, magari mi ha chiamato a casa per la buonanotte e non posso stare via senza una buona ragione, anche se *tu* sei una buona ragione. Non ti conosco affatto, non sapevo nemmeno che facessi quelle porcate in TV, ma sei una persona semplice. Si vede da come guardi... e poi mi piace sentire il tuo odore.

– Anche a me piace il tuo profumo. Si chiama *Amir*, vero?

Stella si ritrasse un attimo per la sorpresa, come se si sentisse scoperta.

– Come fai a saperlo?

– Era lo stesso della mia ex. Lo comprava in un negozietto, non so dove. Mi è sempre piaciuto un casino, anche se su di te fa un altro effetto.

Stella incassò il colpo, visibilmente turbata. Pensava che tra il suo mondo e quello di Roger non potesse esserci nulla in comune. Aveva perfino escluso la possibilità di un passato, nella vita del suo amante. In un attimo scopriva una rivale retroattiva, con lo stesso profumo di cui lei si riteneva l'unica legittima proprietaria.

Roger acquistò subito cento punti. Aveva giocato d'astuzia, e aveva vinto.

– Spero di vederti ancora, ma non ti prometto niente. Non so né come né quando.

– Non puoi sparire di nuovo senza che io sappia nulla di te, Stella.

– Tu sei l'unico a conoscere il mio nome e il mio segreto. E adesso, ti prego, non dire nulla.

Roger si sciolse dentro il suo magone, ma si mostrò forte e sicuro, come promesso a Nico. La baciò con possesso, incatenandola al fuoco delle sue viscere. Le mani, ne strinse forte le mani – la fede – fino quasi a farle male. Ma decise sorprendentemente di lasciarla andare. Prese un pezzo di carta e scrisse velocemente il suo numero di cellulare, seguito da una gigantesca R.

– La prossima volta puoi chiamarmi qui.

– Ti ho detto che non so se ci sarà una prossima volta.

– Ma se ci fosse, almeno parli direttamente con me. Adesso vai, la tua casa ti aspetta.

Stella esitò un attimo davanti alla porta, disegnando con le dita il pizzetto di Roger.

– Domani nella battaglia pensa a me.

– Scusa?

– Domani nella battaglia pensa a me. È una frase di Shakespeare, che interpreta perfettamente il mio stato d'animo. Quando credevo che nella mia vita stesse arrivando la tranquillità, dentro di me è cominciata la guerra.

Roger le accarezzò le dita, insistendo pericolosamente sull'anulare sinistro.

– La vincerai.

8

Roger fece squillare il telefonino e Nico mise in moto l'Alfetta.

Stella uscì dal motel, attraversò la strada e si avviò nel
piazzale dove c'era la fermata dei taxi. Teneva il cappello
con la mano destra mentre l'impermeabile, ora socchiuso,
lasciava vedere i movimenti perfetti delle sue gambe.
Aveva un'andatura estremamente personale, che ne faceva oscillare il busto come se dondolasse.

Nico la teneva d'occhio – minchia che figa – mentre attendeva impaziente l'arrivo dell'amico, motore acceso e
fari spenti. Roger raggiunse la macchina correndo, in affanno come poche altre volte. Entrò dalla portiera posteriore e si sdraiò sui sedili per il timore di essere visto.

– È già partita?
– Sta salendo in taxi adesso. Roger, ti rendi conto che è
una cazzata?
– Litighiamo dopo, okay? Adesso segui quella macchina. Se scopriamo dove abita, è fatta.

Nico si morse la lingua, e pure il labbro inferiore. Era
stato quasi un'ora ad attendere che Roger sfogasse i suoi
istinti e alimentasse un delirio sempre più fuori controllo.
Adesso si trovava a pedinare un'auto sulle strade di San
Francisco come se fosse una cosa normale. Malgrado ti-

mori e paure, Roger era invece molto eccitato all'idea di un inseguimento. Non l'aveva mai fatto, neanche quando era convinto che la sua ex lo tradisse, troppo orgoglioso per abbassarsi all'umiliazione della fiducia. Ma in questo caso la fiducia non c'entrava. Era la ricerca disperata di una verità, un riscatto, il manico di un coltello di cui si conosce solo la lama. Se non fosse stato per una persona speciale come Roger, Nico sarebbe sicuramente andato già a dormire, o a bere una birra al pub. Ma per lui valevano solo eccezioni. Aveva un atteggiamento iperprotettivo, e lo assecondava in tutto.

– Almeno, ci avete dato?
– Di più, Nico. Di più. Fare sesso con lei mi dà dipendenza. Forse per quello sto così male. La vedi ancora, la macchina?
– Eccome. Adesso la tua amica sta parlando al telefonino...
– E con chi?
– Che cazzo ne so? Non con te, direi.

Nico non lo avrebbe mai voluto ferire, ma si era imposto di riportare un po' di buonsenso nell'aere. Diceva che quando si è ubriachi d'amore, ci dev'essere sempre qualcuno che ti riporti a casa. A casa di Stella, ribatteva Roger, e Nico scuoteva la testa sconsolato. In realtà, l'inseguimento si stava rivelando più difficile che in TV. Le corsie preferenziali davano al taxi un continuo margine di vantaggio, ma Starsky riuscì a tamponare l'handicap grazie ad accelerate furiose e infrazioni frequenti.

Per fortuna l'auto bianca entrò in autostrada, direzione nord, e seguirne le tracce divenne molto più semplice. Al fine di depistare ogni sospetto, Nico azzardò addirittura un sorpasso in un tratto senza uscite intermedie. Mentre schiacciava il piede sull'acceleratore, cercò di rubare un'istantanea di Stella. Vide poco, ma quel poco lo colpì. Continuava a discutere al telefono, forse con il marito, forse con l'inevitabile amica al corrente di tutto. Sembrava una donna molto sicura di sé, noncurante di poter essere ascoltata dal tassista. Per un attimo, provò un po' d'invidia.

Roger continuava a stare rannicchiato sul sedile posteriore inondando Nico di domande: cosa fa, cosa gli sta dicendo, ti sembra contenta, ti sembra sessualmente appagata eccetera. Ma presto dovette interrompersi perché l'inseguimento era giunto a una svolta: il taxi aveva messo la freccia a destra, uscita Bel Ami.

– Te l'avevo detto che era una borghese di merda.
– Guarda che a Bel Ami una volta c'erano le acciaierie francesi.
– Peccato che oggi la casa più piccola è un loft da trecento metri quadri.
– Nico, chi cazzo se ne frega che casa ha Stella! L'importante è sapere dove abita.

Dopo il casello, il taxi prese subito una stradina secondaria, che costeggiava il fiume. Era una notte d'anticipo di primavera, con la luna che illuminava il paesaggio come un lampione sospeso. Bel Ami sembrava una periferia metafisica: comoda per arrivare in centro, perfetta per prendere l'autostrada, ma assolutamente difficile da identificare architettonicamente. Costruita nei primi anni Venti da un magnate francese appassionato di Maupassant, era stata per decenni quartiere dormitorio per gli operai della città. Alla fine degli anni Ottanta, complice l'astuta intuizione di alcuni architetti, aveva preso le sembianze di uno spazio concettuale destinato ai nuovi ricchi. Lì dove c'erano l'erba e le ciminiere, oggi sorgevano abitazioni di lusso perfettamente integrate.

Dopo un paio di svolte in incroci deserti, il taxi entrò in una viuzza piuttosto isolata e si fermò davanti a un cancello. Nico finse di parcheggiare alcuni metri più avanti. Spiò Stella scendere dalla macchina – minchia che figa –

aprire con le chiavi un piccolo portone e svanire nel nulla. Il tassista ripartì velocemente in cerca di nuove corse, lanciando una brutta occhiata a Nico e all'Alfetta.

– Roger, ti puoi alzare. La tua amichetta è già a nanna.
– L'hai vista? Hai visto dove ha citofonato?
– Ha aperto il portone con le chiavi ed è entrata. Comunque complimenti. Non l'ho vista bene, ma sembra proprio una gran topa.

Roger non gradì. Quando si trattava di Stella, si prendeva molto sul serio. Scesero dalla macchina e si avviarono al cancello in cerca di una traccia, una targhetta, un campanello. Trovarono solo un lungo elenco di nomi e citofoni: studi di fotografi, uffici di rappresentanza, qualche cognome straniero e una serie infinita di iniziali. Più che un condominio, sembrava una cittadella medievale dell'epoca postatomica. Cemento armato e vetri, sculture e giardini sospesi. Il posto incuteva una certa soggezione, ma per Roger acquistava un fascino particolare. Stella abitava lì. Spiò attentamente i pochi finestroni accesi cercando di scorgere un'ombra, una sagoma, una seppur blanda indicazione. Gli apparve solo il fantasma di due persone molto vicine tra loro, forme filtrate attraverso le tende. Forse si stavano abbracciando, forse addirittura qualcosa di più. Roger era tentato di scavalcare il cancello, ma Nico fu pronto a fermarlo.

– Adesso basta. Abbiamo giocato a 007 e abbiamo scoperto dove abita. Ma ora ce ne torniamo a casa e ne parliamo con calma.
– Okay.
– Dài, ti preparo due uova alla Pieros. Che dici?

Le uova alla Pieros avevano da sempre tirato su l'umore di Roger. Una specialità dell'infanzia di Nico, fatta con melanzane e feta fusa. Lui era infatti nato a Salonicco – padre greco, madre napoletana – una città dove la gente legge il destino nei fondi del caffè. Aveva vissuto lì fino alla pubertà, ma dopo la separazione dei suoi era tornato a vivere con la madre in Italia. Roger lo ammirava per questo – conosce pure un'altra lingua, anche se non è come l'inglese – e si fidava ciecamente delle sue uova.

Ai due piaceva da morire mangiarle di notte, dopo il lavoro, allegri e sbracati nella cucina di Nico. Ma quella sera l'atmosfera era un po' diversa. Roger guardò ancora un attimo il cancello chiuso e risalì in macchina con aria delusa. Malgrado il sesso sfrenato, malgrado le frasi sulla porta, malgrado le allusioni al profumo, malgrado il pedinamento, con Stella si sentiva ancora al punto di partenza. Non si era mosso di un dito, e non sapeva come venirne fuori. Continuava ad alimentare fantasie improbabili, frutto dell'inesperienza e della soggezione a una donna che, per la prima volta in vita sua, lo teneva in pugno. Questo lo disarmava e gli dava una certa insicurezza. In fondo, lui si era sempre sentito un uomo forte: faceva un lavoro d'immagine, cambiava camicia ogni giorno, giocava a calcetto piuttosto bene, veniva da una famiglia rispettabile, aveva ancora tutti i punti della patente e non era mai stato senza ragazza per più di due mesi. Un uomo di successo, insomma. Stella ne aveva minato le basi e gli aveva fatto annusare – in tutti i sensi – la possibilità di variazioni sul tema della soddisfazione personale. L'aveva conquistato con l'eros, ma non solo. Colpa anche di un comportamento mai prevedibile e uno charme che non si poteva spiegare a parole, ma solo con un gesto. Un gesto d'inchino.

Arrivati a casa – casa dove Roger non aveva ancora dormito – misero le uova in padella e provarono a elaborare un piano d'azione. Un progetto che Nico non assecondava in nulla. Trovatene un'altra, gli rispondeva lapidario, se vuoi venirne fuori.

Roger ribatteva annuendo, e intanto pensava se si ricordava la strada per Bel Ami.

9

Alle sei del mattino, Rosita era già in piedi.

Non accadeva dall'ultima gita al Gran Paradiso. Robbie Williams non aveva chiuso occhio neppure lui, per regalarle un buongiorno turchese. Aveva provato a cantarle qualcosa con Kylie Minogue, per farla dormire, e ci aveva aggiunto anche *Supreme*, ma inutile, troppo agitata la ragazza.

I capelli, sempre loro. Non aveva la più pallida idea di come pettinarli, li aveva lavati e non avrebbe dovuto, ora erano tutti gonfi e non sapeva che verso fargli prendere. Per un attimo, aveva pensato addirittura alle treccine, ma la Giò non aveva risposto al suo SMS – probabilmente dormiva – quindi preferì non rischiare. Provò ad aggiustarli con schiuma e gel, e per un attimo le balenò di impiastrarli col sapone di marsiglia. Per fortuna desistette. Quando sembrava ormai perduta, le si aprì una via di fuga: il cappello comprato al concerto degli Articolo 31, gli Articolo, che le stava da dio, lo dice la Giò, e le alzava gli zigomi. Per il resto, procedette con la solita meticolosità dell'abitudine. Osò soltanto un rossetto più acceso, perché aveva capito che ad Antonio piaceva. Questo dall'analisi che avevano fatto lei e le compagne durante l'intervallo.

Arrivò alla fermata con quindici minuti di anticipo. Si lasciò passare davanti due 56 prima di vedere formarsi il solito microcosmo delle sette e venti. Anche la Giò arrivò prima del solito, conosceva la sua amica, ed evitò accuratamente qualunque allusione critica sul look. Tutto era pronto, le dita incrociate. Mancava solo l'eroe. E comparve, finalmente, passo accelerato e cugino a distanza, al solito. Rosita non resistette e allungò la mano alla ricerca della Giò, ti voglio bene, aiuto, sta venendo verso di noi, sembra un angelo, come mi stanno i capelli, vorrei morire.

   – Ciao, Rosita.
   – Ciao...
   – Ah, lui è mio cugino Vincenzo
   – E lei è la Giò.
   – Ciao, Giò.
   – ...
   – Ragazzi, arriva!

L'autobus interruppe l'idillio. La Giò e Rosita si strinsero ancora forte le mani e salirono definendo un piano che non aveva bisogno di parole: tu parli con Vincenzo, io parlo con Antonio. E così fu. L'autobus si trasformò in una giostra, e Rosita salì per la prima volta sulla ruota del Prater. Il mondo le girava intorno e, ovunque guardasse, incontrava sempre lo stesso sorriso. Lo desiderava, lo desiderava con tutta se stessa. Desiderava quei jeans a vita bassa e il giubbotto beige, le All Star rosse – le voglio comprare uguali – e il profumo che non aveva ancora capito ma era troppo il suo. Due fermate per rompere l'imbarazzo, due per ridire le stesse cose dell'ultima volta, una di attesa e l'ultima, meravigliosa fermata per sentire le parole più dolci della settimana.

   – Mio cugino compie diciassette anni e sabato pensava di fare una festa a casa sua...
   – Ah.
   – Ti andrebbe di venire con la tua amica?

Io mi sposo con Antonio, la Giò con Vincenzo, potremmo vestirci uguali ma non di bianco, don Giovanni capirà.

Faremo lo stesso viaggio di nozze – alle Maldive, naturalmente – però magari l'ultima notte io e la Giò dormiamo in camera insieme, così mi racconta com'è andata la sua notte d'amore, la vedo bene con Vincenzo. Oddio devo rispondere.

– Chiaro. Se non siamo impegnate credo che potremmo venire...
– Bene, ci sarà un po' di gente.
– E... dove abita tuo cugino?
– Lo scoprirai nei prossimi giorni.

Quasi svenuta, Rosita. La salvò la fermata in arrivo e la Giò che la tirò via con uno strattone. Quando si aprirono le porte, scivolò giù dalle nuvole, voltò la testa e vide il bell'Antonio salutarla con un occhiolino.

Rosita e Giovanna attesero i soliti venti secondi per ripetere la scena della mattina precedente. Salti di festa e via di corsa, tenendosi per mano, verso il compito di mate.

– Mi fa: "Lo scoprirai nei prossimi giorni" e a me stavano per uscire le lacrime. Meno male che mi sono tenuta.
– Si vede troppo che gli piaci...
– E Vincenzo?
– Simpatico.
– Guarda che non vuol dire, Giò. Anche a me Antonio all'inizio era solo simpatico...
– Ma se l'hai conosciuto ieri!
– Sì, però non è proprio bellissimo, è un tipo, c'ha pure il naso un po' deviato, deve essersi preso a botte per qualche ragazza...
– ...
– E poi alla festa magari conosci qualcun altro. Comunque non rinunciare a Vincenzo prima di averlo conosciuto.
– Rosi, quanto vorrei che capitasse anche a me una storia come la tua.

– Devi solo aspettare il momento giusto... Ma cosa ci mettiamo sabato?

Si scrissero bigliettini per tutta la mattina. Non riuscirono a farlo solo durante il compito di mate, perché la Baicchi le teneva particolarmente d'occhio. Rosita era al settimo cielo e la Giò era al settimo cielo per lei.

A Rosita l'amore sbocciato aprì improvvisamente lo stomaco, per cui tornò a casa affamata come poche altre volte. Fece il bis di pasta e polpette sotto gli occhi di sua mamma e davanti alle parole inutili di Roger.

TELE NUEVA, ORE 13.20

Anche oggi, care amiche, per le prime settanta chiamate avrete degli abbinamenti incredibili. Se acquistate il nostro fantastico set di pentole potrete scegliere una lampada abbronzante, un microonde – che in casa serve sempre – e questo Hi-Fi del futuro, che anche se Nico in regia s'incavola e mi dice che non si può dare... IO VE LO DO LO STESSO! E con soli cento euro in più avete il condizionatore con deumidificatore, non un giocattolo ma una macchina versatile dalle altissime prestazioni, dotata di computer di bordo multifunzione. E non è ancora finita: tra tutti quelli che chiameranno oggi, verrà estratto a sorte un favoloso Bimby! L'unico, l'originale, che in cucina sa fare proprio tutto, anche il pollo alle mandorle! Quindi chiamate subito le nostre signorine, e componete i numeri len-ta-men-te.

Per una volta, Rosita non fece commenti. Guardava beata la faccia del fratello urlare le solite cazzate e pensava a come azzizzarsi sabato. La signora Maria aveva capito tutto – il microchip di mamma – ma preferì non dire nulla e godersi la gioia che esplodeva sul volto della figlia.

Anche Roger sembrava tornato in forma. Fu più convincente del solito e a Tele Nueva erano tutti soddisfatti. Perfino il megaboss, Alejandro Sevilla, cui non era affatto simpatico, espresse pubblici consensi sul suo conto. Lo aveva assunto solo grazie alle insistenze di Nico, che aveva un ottimo ascendente su di lui. Ma a pelle gli dava fastidio: non gli piaceva il suo modo di vestire, di parlare, di presentare. Però le pentole alla fine le vendeva, e quindi c'erano pochi argomenti cui appellarsi.

– Tu questo pomeriggio sei tutto per me.
– Cazzo, Nico. Dobbiamo montare la scarpiera dell'Ikea, vero?
– Esatto. Mi hai fatto svuotare una stanza e ho la casa piena di roba. Quindi oggi troppo che non mi scappi.
– Ma non dovevamo tornare a Bel Ami?

Roger si rese conto della richiesta inopportuna e abbozzò un'espressione di scuse. Si sentì improvvisamente in colpa. L'essere innamorato non ne giustificava l'assenteismo dai neodoveri domestici, neppure per un fantasma. Abbracciò Nico davanti agli occhi pettegoli delle gallinelle in studio – 'sti ricchioni – e lo portò fuori a bere nel bar più economico della zona. Malgrado la promessa fatta qualche ora prima, aveva ancora voglia di parlare del suo trip. Davanti a Coca ghiacciata e olive fritte, gli raccontò per l'ennesima volta la sua impotenza, la frustrazione, la speranza sepolta e risorta. E gli confessò che a volte si masturbava dopo aver annusato la boccetta di profumo.

– Devi lasciare perdere. Stanne lontano, ora che puoi, o ne esci pazzo. Da noi si dice che ti è venuta la *garfunìa*.
– La *garfunìa*?
– Sì, è una specie di tristezza che ti prende all'improvviso e non ti molla più. È l'ultimo stadio, ancora peggio della *scüffia*. Ma può capitare a tutti.

Nico aveva una filosofia tutta sua, forse per via delle origini.

– Ma perché non ci posso neanche provare, con Stella?
– Perché 'sta stronzetta ti sta illudendo. Lei da te vuole

solo una cosa: la mazza. Te la chiede facendoti vivere come in un film, che non sai mai cosa succede. Te la chiede dicendoti che ama il marito, per farti salire la rabbia e l'eccitazione. E riesce anche a chiedertelo recitandoti Shakespeare prima di andare via. Ma vuole solo la mazza, altrimenti ti avrebbe già dato il suo telefono, non credi?

– Non lo so.

– Non ti voglio buttare giù, ma questo è il mio ruolo, lo sai. Tre anni di vita in più saranno pur valsi a qualcosa, o no? E adesso vai a casa a sistemare bene la tua roba in stanza. Sono contento di avere qualcuno che mi aiuti nelle faccende...

Roger finì di bere la Coca-Cola e cercò di trattenersi. Alla fine piazzò il solito rutto liberatorio.

10

Trasferirsi da Nico gli fece bene.

In poco tempo Roger capì che cosa significa dividere gli spazi, rispettare le regole, preparare da mangiare, lavare subito le stoviglie dopo averle usate, soprattutto la pentola col sugo, che si attacca. Imparò a non essere prepotente, a fare qualcosa per gli altri, a preoccuparsi di Fletcher e sua sorella, a voler loro più bene. Si impegnò ad aiutarle economicamente, quattrocento euro al mese, quanto poteva, perché diceva che le sue donne erano tutto per lui.

Trasferirsi da Nico lo obbligò anche a pensare meno a Stella. A non guardare continuamente il cellulare nella speranza di un segnale, un invito, un cenno d'assenso.

Ogni tanto lui e l'amico uscivano con i ragazzi di Tele Nueva, soprattutto due "belle tipe". Da un po' di tempo Nico se la intendeva con la prorompente Gina, ma di nascosto, perché era stata per anni la donna di Sevilla e lui, da buon pupillo, non voleva irritare il boss.

A Nico, va detto, piacevano le ragazze volgari – le scopo più volentieri – e non voleva legami troppo stretti. Gina era la velina tuttofare più bionda di Tele Nueva: velina, in realtà, era una definizione fin troppo ambiziosa per lei. Aveva il mito del posto in cui era. Si era saputa distinguere al centralino, nell'ufficio marketing e soprattutto come valletta in trasmissione. Era conosciuta soprattutto per i capelli stile "Donatella" – Rettore o Versace, a scelta – e le tette rifatte, che le rimanevano attaccate al petto anche quando si chinava. Ma a Nico piaceva per quello, e poi lo intrigava l'idea che lei avesse una sorella perfetta per Roger: meno bionda, più timida, un pelo più intelligente ma solo un pelo. Sabrina. Un passato di minchia sabbry e una sorella ingombrante, anche se negli ultimi tempi avevano trovato un equilibrio, seppur precario.

Gina e Sabrina erano le stelle di Tele Nueva – starlet – e brillavano nell'etere buio della TV spazzatura. Non sognavano né Channel Four, né Tele Cinco, né tanto meno la Rai. Si sarebbero esibite solo per Tele Nueva.

Una sera Roger le invitò tutte e due a casa, anche se era più casa di Nico che sua, ma guai a dirglielo. Non aveva grande esperienza, in cucina, ma anni di convivenza con Maria Milone gli avevano tramandato inconsciamente i piccoli segreti della riuscita dei piatti. Nel dubbio, "agghio, ogghio e peperoncino". Quando in casa c'è quello c'è la salute, diceva ogni volta la signora Maria.

Nico aveva preparato lo *tsatsiki* – a proposito di aglio – e la classica insalata greca ma con poca cipolla. Gina e Sabry si erano presentate con una buona meringata e una bella scollatura, la primavera in arrivo. A vederle, sembravano due madonne in processione: vestiti importanti e oro su tutto il corpo, caviglie incluse. Roger era intimidito. Poi pensò che era la sua vita, quella, e doveva viverla come gli veniva mandata. Per una volta, abbandonò la Coca-Cola e si affidò al vino con *retsina* – *bleee* – mandato dal padre di Nico.

– Ieri a "Pentola Today" mi sei proprio piaciuto, Roger. Devo farmi dare la cassetta. Però non sei un po' solo, in studio? Ti ci vorrebbe una compagnia.

– Gina, se arrivi tu io scompaio. Hai troppa personalità.

– E allora per te ci vuole una come Sabry, che è sexy ma sa anche stare al suo posto... Devo parlarne a Sevilla.

Roger guardò Nico in cagnesco e Sabrina in imbarazzo, cercando di mantenere la calma.

– Non siamo qui per parlare di lavoro...
– Bravo Nico!
– Pronti per i miei spaghetti?

E mentre assaggiavano insieme aglio, olio e soprattutto peperoncino, Roger si sentì rinascere. Sapeva che stava cominciando una nuova fase, in cui era finalmente indipendente, e poteva avere tutte le esperienze del mondo: partire all'improvviso, mangiare a qualsiasi ora, bere dalla bottiglia, dormire fuori casa senza avvisare nessuno. Non aveva mai cucinato per qualcuno, solo per Rosita, qualche volta, ma si trattava soltanto di scaldare i piatti che aveva già preparato la signora Maria.

– Roger, sembrano gli spaghetti di nostra madre!
– È un complimento, Gina?

Nico gli diede una violenta ginocchiata sotto il tavolo.

– Roger deve sempre fare lo spiritoso...
– Ma ci riesce benissimo. Perché non chiedi a Sevilla di darti un programma di cabaret? Sabry ti potrebbe aiutare col suo humour, vero Sabry?
– ...
– Ouzo per tutti?
– Ti prego, Nico. La mia bocca è in fiamme.

Gina guardò Nico con occhi pieni di rimmel. Era vagamente ubriaca. Sabrina discuteva del più e del meno, lasciando sempre che fosse sua sorella a condurre la conversazione, "lei è un mito per me". Si alzarono dal tavolo e si stravaccarono su un divano-fregatura: fresco di mobiliere alla vista, feriva con le molle e faceva scivolare lentamente i sederi a terra.

Malgrado la scomodità, i quattro trascorsero buona parte della serata proprio su quel divano, davanti a Tele Nueva. Prima sparlarono dei colleghi, poi criticarono allegramente la replica di "Teletrasporto": Roger devi cambiare look, Roger impara il linguaggio del corpo, Roger la cravatta non si usa più, Roger ti ci vorrebbe una come Sabry al tuo fianco, eh Sabry?

Gina era un fiume in piena, e anche le tette le straripavano dal vestito. Nico la trovava sempre più volgare e ancora più eccitante. Le allungò pesantemente le mani addosso e cominciarono a baciarsi con passione. Roger e Sabry si sentirono improvvisamente soli, in compagnia soltanto delle noiose promozioni televisive.

– Tu vivi qui, Roger?
– Da pochi giorni. Vuoi vedere la mia camera?

Non sapeva bene perché gli era venuta quella risposta. Forse l'imbarazzo, aveva bevuto un po' di ouzo e non era abituato, voleva tranquillizzare Nico e punire Stella, perché non mi hai chiamato.

Appena entrati in camera, Sabrina gli saltò inaspettatamente addosso. Una donna che non lo fa da mesi, forse anni, questo sembrava. Le sue mani non erano nude – dita vibranti nell'aria – ma piene di anelli. Ne mancava solo uno. Quello per cui Stella non era lì con lui.

Dalla stanza di Nico arrivavano urla di piacere e suono di schiaffi, l'amore pesante, sì padrone. Roger stesso fu più feroce del solito, egoista e diretto come nei momenti peggiori. Sabrina percepiva quella distanza e supplicava un secondo round.

Roger pensava a Stella e gli veniva da piangere.

11

La signora Maria aveva gli occhi di fuori, incredula.

Rosita stava sparecchiando la tavola. Non l'aveva mai fatto di sua volontà, neanche quando sparivano i Simpson perché l'antenna moriva, il dramma dei Milone. Portava via i piatti sporchi e canticchiava *Into the Groove*, quasi fosse posseduta dal fantasma di Amélie Poulain.

Il sabato del villaggio stava per diventare realtà. Il conto alla rovescia sembrava interminabile – minchia, non mi passa più – perché basato sulle ore, non sui giorni. Ormai ne mancavano due e mezzo alla festa di Vincenzo, ma lei e la Giò sarebbero arrivate un po' dopo, così suggeriva "Top Girl", per essere *"Queen of the scene"*.

Da quando aveva ricevuto l'invito, l'albachiara di Rosita era stata sempre uguale: sveglia con mezz'ora di anticipo, merendina a stomaco chiuso, rossetto o burro cacao, i dubbi dell'amore, i dubbi per l'acconciatura, le dita incrociate. Di Antonio ormai aveva capito tutto, sebbene gli avesse parlato ogni volta per poche fermate, alcune addirittura in silenzio. Era senz'altro Lui il ragazzo perfetto, quello che le avrebbe fatto scoprire l'amore e i piaceri del sesso. Perché non era bambino come gli altri, che pensano soltanto al calcio, ad allungare le mani e a "farsi le storie", cioè a dare baci con la lingua. E non era neanche il classico romanticone come Grigiotti, che manda SMS in francese veramente sdolcinati, troppo che non ha mai avuto una ragazza.

Antonio era semplicemente perfetto. Non si comportava come uno che sa tutto, quando parlava ti guardava dritto negli occhi e soprattutto non metteva mai la maglia nei pantaloni, come Igor Astrologo.

Rosita era ancora immersa nei sogni quando suonarono alla porta.

– Vado io, Fletcher! È la Giò...

La signora Maria si affacciò timidamente nell'ingresso.

– Ciao, Giovanna.
– Buongiorno, signora Milone. Come sta?
– Non c'è male, grazie. E a casa, tutto bene?
– Chiaro. Tutto a posto.
– Saluta tanto tua madre da parte mia. Vuoi mangiare qualcosa?
– Già pranzato. Mamma ha fatto le orecchiette...
– E come le fa?
– Dài Fletcher, ci dobbiamo preparare... Guai a te se entri in camera senza bussare!

La signora Maria non disse nulla, cuore di madre, e lasciò che Rosita si richiudesse nel suo rifugio. Da quando Roger era andato via, in casa regnava la tranquillità. Rosita aveva finalmente conquistato il suo spazio, il suo telefono, la sua musica, i suoi poster, le sue ore davanti allo specchio, dio che brufolo. Per quanto fossero così lontani d'età – "ci vogliono due Rosita per fare un Roger", le ripeteva il fratellone – c'erano continuamente battibecchi tra i due, e la signora Maria non sapeva mai che fare. Ne parlava con Dio e con don Giovanni, a volte con la signora Muti, mai con quella di sotto.

Il letto di Rosita aveva l'aspetto di un banco al mercato. Dalle memorie del passato agli ultimi saldi, ogni possibilità era stata vagliata. Non aveva potuto comprare nulla di nuovo, pochi soldi Rosita, e la Giò l'aveva rassicurata sul fatto che dovesse essere naturale, ad Antonio piaci come sei. In pochi minuti le trovò una combinazione perfetta: jeans a vita bassa e maglia nera, che faceva un po' sera e un po' no, perfetta per il pomeriggio. Ma la cosa più dura furono i capelli.

– Hai mai visto una top model con i capelli come i miei?
– Sinceramente, no. Ma non vuol dire, Rosi. Griva li ha molto peggio dei tuoi e l'anno scorso si è fatta una storia con "Danny Zuco".
– Sì, però lui prima di baciarla si è bevuto due bicchieri di Baileys!
– Comunque con queste forcine colorate sei veramente un'altra... E poi è importante come ti senti dentro: se stai bene dentro, sei bella anche fuori.
– Io dentro mi sento morire.

La Giò prese ancora un po' di gel e cercò di addomesticarle il volume della chioma, certo che sono fortunata io ad avere i capelli lisci.

– Adesso calmati, Rosita.
– Ma tu non sei agitata per Vincenzo?
– No, non penso di essere presa. Se è successo, non me ne sono ancora accorta.
– Speriamo che gli piaccia il regalo.

Rosita era un fiore appena sbocciato. I capelli non erano proprio il massimo, la Giò glieli aveva anche tagliati un po' con le forbicine, e aveva peggiorato la situazione. Ma nel complesso era una bella ragazza: alta al punto giusto, tette al punto giusto, trucco al punto giusto – ma qui per merito esclusivo della Giò – e un gran bel sorriso.

– Rosita, ma esci così, senza niente? Mettiti il giubbotto che ti raffreddi. Vedi Giovanna com'è ben coperta.
– Sì, ma guardi che sto morendo dal caldo...

– Dài, Fletcher, non ci chiudere. Dicci in bocca al lupo, piuttosto.

– In bocca al lupo per cosa? Non era stamattina il compito in classe?

– ...

– Arrivederci, signora.

Rosita non riuscì neppure a ribattere. Quando la signora Maria si sintonizzò e disse "divertitevi", le due erano già nell'ascensore. Il pacco lo teneva la Giò – il festeggiato deve capirlo subito che ci tieni a lui – mentre Rosita si fermava a ogni vetrina per controllarsi nuovamente i capelli. Il loro ritardo era perfetto. Mezz'ora spaccata, come diceva "Top Girl". L'indirizzo ormai lo conoscevano a memoria, e anche la strada, ci erano già andate un paio di volte per vedere il cognome sul citofono e poi scappare via, minchia se esce adesso che figura di merda. Varcarono il portone come due valchirie e salirono a piedi quattro piani di scale. Arrivate davanti al campanello, la Giò prese le mani di Rosita.

– Merda, merda, merda.

Rosita annuì velocemente e suonò.

Vincenzo aprì la porta euforico e beato, birra in mano e baci in attesa.

– Eccole qui, le ragazze dello scuolabus!

– Ciao, Vince, buon compleanno.

– Questo regalo è per te da parte nostra... speriamo che tu non ce l'abbia.

– Grazie, ma non state lì! Entrate...

La festa era già nel vivo. Un grande salone, privato di tavolo e mobili, si era trasformato in una pista da ballo con musica hip-hop e dee-jay invasato, guai a chiedergli una canzone. I ragazzi erano tutti più grandi, diciassette anni almeno, e per lo più maschi, le leggi dell'adole-scenza. La cucina era la stanza adibita alle consumazio-ni: birra, Coca e Martini bianco imbandivano la tavola. Rosita e la Giò si illuminarono quando videro un angolo pieno di Bacardi Breezer orange, devono averne di soldi i suoi.

Di Antonio nemmeno l'ombra. Vincenzo aprì il pacco e rimase a bocca aperta per qualche secondo. La Giò cercò subito di toglierlo dall'imbarazzo.

– Ce l'avevi?
– Ormai no... Credevo che non ci fossero nemmeno più in giro.
– Infatti è una rarità. Però secondo me e Rosita la ban-diera della pace andrà sempre di moda, perché il mondo avrà sempre bisogno di pace.
– ...
– Comunque se non ti piace possiamo cambiarla. Ave-vano anche le spillette.

Vincenzo non sapeva davvero che dire – se la vede mio padre mi ammazza – e le invitò a ballare. Rosita era sem-pre più nervosa, magari Antonio è morto e nessuno ha il coraggio di dirmelo, lo vedo dalle facce, dio come mi ve-sto al funerale?

Dulcis e soprattutto *in fundo*, Antonio apparve.

– Non ti girare, Giò. Anto è lì che parla con due... Non è bellissimo?
– Come faccio a dirtelo se non mi posso girare?
– Guai a te se ti giri, Giò. Oddio c'ha visto, sta venendo verso di noi... Come stanno i capelli?
– Perfetti.
– Ti voglio bene.

Gli attimi più lunghi degli ultimi sedici anni.

– Ciao Rosita, ciao Giò. Da quanto tempo siete qui?

– Appena arrivate... bella musica.

– Vero? Il dee-jay è quello che una volta ha messo i dischi al Gulliver.

La Giò si defilò in un attimo, sorella complice, senza che Antonio se ne rendesse minimamente conto. Erano soli, finalmente soli. Il frastuono, il fumo, il rumore di bicchieri rotti non li sfioravano nemmeno. Rosita cercava di ricordare il decalogo della seduzione: guardalo fisso negli occhi, ogni tanto sfiorati le labbra, non tenere le braccia conserte... non ce la farò mai. A un certo punto la prese di nuovo il panico, perché sentì alle sue spalle la voce di Daniela Berbotto, che girava mano nella mano con Tommy Salsa e faceva finta di conoscere tutti. Per fortuna le disse solo un gelido "ciao" – non si tirarono i capelli – e Rosita rispose con aria di sfida, non c'è proprio paragone tra il mio Antonio e Tommy Salsa, che ti avrà già fatto le corna, si vede lontano un miglio. Rosita era ancora soprappensiero quando si trovò la bocca di Antonio a un passo dal collo, la musica sempre più alta, la marcia nuziale a suonarle nelle orecchie.

– Rosita, dovrei dirti una cosa, però forse qui non è il posto adatto.

– ...

– Ti va se ci spostiamo in una stanza più tranquilla?

Si chiusero in bagno – non è romantico? – perché tutte le altre stanze erano occupate da giovani fumatori, ubriachi all'esordio o coppie in cerca d'intimità. La testa di Rosita era sempre più confusa, come mi stanno i capelli?, se solo potessi specchiarmi un attimo, davanti a lui non posso.

– È da quando ti ho conosciuta che volevo chiederti una cosa, ma non so come...

– Sii sincero, Antonio. Dimmi cosa stai provando...

– ...

– Non sarai mica timido?

– Ecco... volevo sapere...

– ...

– ... La Giò ce l'ha il ragazzo?

– ... !!!

– ... Perché la trovo molto carina, molto dolce... insomma, mi piacerebbe mettermi con lei.

– ... ???

Buio improvviso e rumore di cannoni. La presa della Bastiglia, arriva Garibaldi, poi Hitler, Mazinga, lo sbarco in Normandia, Sandokan, Jeeg Robot d'Acciaio, il Vietnam, Gangs of New York. Rosita vide davanti a sé solo scene di morte e distruzione, carne e sangue. Ferite profonde, lacerazioni e lacrime. Lacrime, lacrime, lacrime. Dio è morto, pensava, e adesso muoio anch'io.

Non avrebbe mai voluto essere nata.

12

– All'una e un quarto su Tele Nueva.
  – Minuto più, minuto meno. Siamo in diretta.
  – Domani lo vedo senz'altro.
  – Don Johnson, guarda che è una porcata commerciale...
  – Rosita, non essere sempre distruttiva. E invece, padre,
mi dica. Come vanno le messe?

Il pranzo della domenica. Il solito rituale in cui la signora Maria cucina in abbondanza, Roger arriva coi dolci, Rosita esprime i suoi pensieri e don Giovanni sfoga le proprie frustrazioni su dati d'ascolto e messa.

– Si avvicina la stagione di cresime e comunioni, e quindi la chiesa si riempie di più. Ho anche trovato un organista, che però può cominciare dalla prossima settimana.
Speriamo bene, perché ho ricevuto un'altra mazzata.

Roger e Rosita lo guardarono chiedendosi come mai
non si fosse dato al cinema – ma forse era più adatto agli
sceneggiati televisivi – anziché a Dio.

– Ho beccato un'intera famiglia, di cui non posso fare il
nome, entrare nella parrocchia di don Giacomo. Capite?
Quattro persone che fanno un chilometro in più per andare a sentire un'altra messa...

– E come fai a esserne sicuro?

– Li ho visti con i miei occhi, Dio mi è testimone.

– Ma magari avranno avuto una ricorrenza, una cerimonia... Ancora un po' di carotine bollite?

– Grazie, Maria. Mi sono informato, non c'era nessun anniversario. L'unica ragione è che don Giacomo è più bravo di me. Lo odio! Cioè, come dire... lo ammiro.

Rosita riuscì a sorridere, ma solo un attimo, prima di ripiombare nel suo lutto. Roger si stava divertendo e la signora Maria sentiva che il marito, dall'alto dei cieli, era fiero di lei.

– Don Johnson, sei veramente unico. Non penso che esistano altri preti come te, che esternano liberamente le proprie emozioni.

– Esistono, caro Roger, esistono. Ma la maggior parte sono repressi. Soffrono in silenzio, e poi hanno reazioni isteriche. Una volta uno ha rifiutato di dare la comunione a una fedele, una fedelissima, a dir la verità, perché si era separata dal marito. Ma si può? L'ha mortificata davanti a tutti e lei è tornata a posto a bocca asciutta. Imperdonabile... Sono sicuro che Dio non è assolutamente d'accordo.

– Anch'io la penso come Dio.

– Brava Rosita.

Era un po' cinica, Rosita, ma in realtà parlava per non morire del tutto. Voleva a ogni costo evitare i "che cos'hai?" di mamma e fratello. Ancora poco e l'avrebbe scampata. Mancava solo il primo, e poi sarebbe stata legittimata a sparire – sono già sazia, vado in camera – per rielaborare il dramma della propria situazione. Gli antipasti sembravano più lenti del solito, i ravioli al ragù pesanti come macigni. Rosita si faceva forza per riuscire a deglutire e poter così andare ad agonizzare in camera, uno due tre giù, uno due tre giù, uno due tre coraggio.

– Fletcher, non mi va più niente... vado di là.

– Ma c'è la faraona ripiena!

– Sai che mi fanno pena i volatili. Povere bestie...

– Dio ti benedica, figliola. Sei di animo buono.

– Grazie, don.

Rosita sparì. La signora Maria alzò le spalle. Roger sbottò preoccupato.

– Si può sapere cos'ha? Avete litigato?

– Deve essere successo qualcosa ieri. Lei e Giovanna sono andate a una festa, e quando è tornata non ha più detto una parola. Ha staccato pure il cellulare e stamattina non le ha neanche voluto parlare al telefono. Mi fa: "Dille che ora non posso".

Roger lasciò il tavolo ed entrò in quella che, fino a poco tempo prima, era stata anche la sua camera. David Letterman sostituito degnamente da Robbie Williams, anche se era rimasto il segno nella tappezzeria. Gli scaffali erano stati invece occupati da trucchi, amuleti, peluche e oggetti fucsia.

Rosita stava tutta rannicchiata sul letto, gli occhi mimetizzati nel sonno. Ma sedici anni di convivenza erano pur valsi a qualcosa, pensava Mr "Pentola Today", non me la conti giusta tu. Le accarezzò il viso con dolcezza. Gli occhi di Rosita, dapprima impassibili, cominciarono a lacrimare. Lacrime lente, e per questo ancora più dolorose, ancora più grandi. Roger andò avanti fino a che Rosita si mise a sedere e, senza schiudere mai le palpebre, si abbandonò tra le braccia del fratello. Nel calore del sangue si sentì di nuovo amata. Gli raccontò – al diavolo il pudore – tutto quello che era accaduto: il sogno, l'attesa, l'umiliazione, la beffa. Il suo odio istantaneo per la Giò, che aveva capito tutto o forse no, ma non importa, la odio lo stesso. E non avrebbe più voluto vedere Antonio in vita sua. Parlava di cambiare scuola, di fare la plastica, di trasferirsi in un'altra città o quartiere, portami con te. Roger la lasciò straparlare, la invitò a sfogarsi e la fissò senza muoversi dal letto. Si alzò solo per mettere un po' di musica, vorrei Robbie ti prego. Il giovane baronetto la deliziò con *My Way*, il classico di Frank Sinatra con cui aveva conquistato la Royal Albert Hall.

– Semplicemente non è lui, Rosita. Non sarà Antonio quello giusto per te, ma arriverà. Arriverà prima di quanto credi. Ed è bene che tu pianga, la tua è l'età migliore per farlo. È quando si piange a trent'anni che cominciano i dolori.
– Anche tu soffri per amore?

Roger ci mise un po' prima di annuire.

– Me n'ero accorta... l'avevo letto su "Top Girl".
– Ma non dobbiamo parlare di me adesso. C'è una cosa importante che devi fare subito.
– No, non chiedermi di parlare alla Giò. Io la voglio vedere morta!

Roger le allungò una sberla sonora, che Rosita incassò senza proteste né reazione, solo lacrime supplementari.

– Ci ho messo anni prima di trovare un amico come Nico. E tu non perderai la Giò per una cazzata in cui lei non ha colpa, mettitelo in testa. Non ha fatto niente, è solo stata se stessa. Anzi, si è data da fare perché la tua storia cominciasse, ti è stata vicina, ti ha incitata.
– ...
– Quindi adesso alzi il telefono, la chiami e ti scusi per quello che hai pensato, non solo per quello che hai fatto.
– E se poi lei si è messa con Antonio appena sono uscita?
– In quel caso ne riparliamo. Ma non sarà così. E ricordati: cerca di fare la superiore con lui, quando lo incontri. Non dargli la soddisfazione di farti vedere col muso.

Don Giovanni entrò proprio in quel momento, figlioli miei che bello vedervi piangere. Evitò le prediche classiche – diceva che erano controproducenti – capì in poche battute cosa era successo e ricostruì velocemente i fatti. Rosita stava tornando lucida e attribuiva il fallimento ai capelli – non si è mai vista una top model con una testa così – e soprattutto al suo approccio troppo diretto, ai modi un po' bruschi di dire le cose. Don Giovanni la guardò più disarmante di Homer Simpson e le regalò parole piene di conforto.

– Le cose che non ti piacciono sono la parte più bella di te.
– Hai bevuto troppo vino, don.
– Smettila e ascoltami. I tuoi peggiori difetti sono, agli occhi di Dio, le tue migliori qualità. È solo che si esprimono, come dire, in modo eccessivo. Le cose che le persone amano di te sono le stesse per cui potrebbero non amarti, se ne riceveranno in quantità industriale.

Rosita era molto interessata, Roger ancora più di lei.

– È dunque qui che ho sbagliato? Mi dovevo legare i capelli?
– Tu non hai sbagliato niente, e comunque non mi riferivo ai capelli. Non hai bisogno di cambiare nulla per poter essere amata. Non potrai amare nessun altro se non ti vuoi bene così come sei.

Rosita non sapeva dove don Giovanni imparasse quelle cose, probabilmente con lui Dio – se c'era – aveva più confidenza. Ogni volta che lo vedeva, le sembrava che tutto andasse per il verso giusto e che vivere fosse facile e semplice e universale.

Stranamente, la reazione di Roger era molto simile alla sua, e lui stesso non sapeva se fosse un bene o un male. La signora Maria risolse tutto con una leggerissima torta al mascarpone, appetito di ritorno, la domenica ideale. Domerica che per Roger ebbe un finale ancora più lieto. Stava per spegnere il telefono – e gli occhi, e il cervello – quando, con tono educato e colpevole, Roger sentì di nuovo la voce di Miss Andersen. Aveva trovato Stella.

13

Roger non era più riuscito a chiudere occhio.

Aveva cercato di parlarne con Nico, a casa, ma lo trovò ipnotizzato davanti alla "Domenica sportiva". Aveva anche provato a farsi un bagno, per allentare la tensione, ma niente. Miss Andersen non aveva voluto – o potuto – anticipare nulla al telefono, rimandando le rivelazioni al mattino successivo. Di fatto, Roger era solo. Solo con un desiderio e una labile speranza. Era tornato qualche giorno prima davanti a quel cancello, a Bel Ami, ma il guardiano aveva abbaiato allontanandolo malamente. Così ci aveva rinunciato, almeno per il momento, in attesa di un piano migliore. Ora Miss Andersen lo sorprendeva con una verità imminente, regalo imprevisto, la soluzione di un giallo senza assassino.

– Era da molto che aspettava qui fuori?
– No, non molto, Miss Andersen. Dalle otto.
– Ma sono le nove e mezzo!

Roger accennò un sorriso, cercando di apparire rilassato. Aiutò Miss Andersen ad aprire la porta del negozio, attento a non fare gesti inopportuni. L'ultima volta aveva notato come quella signora fosse facilmente incline al giudizio, per cui si sforzò di evitare errori di comportamento. Era perfettamente consapevole dei propri limiti, ma cercava di superarli con coraggio e spirito di osservazione. Per cominciare bene, aveva cambiato scarpe. Lasciato a casa il modello inglese beige chiaro – effetto parquet – si era infilato un mocassino che non avrebbe attirato attenzioni. Per la fretta di parlare, Miss Andersen non ci fece neppure caso. Accese velocemente le luci del negozio, sistemò meglio un paio di ampolle e si mise a sedere su una delle due poltroncine da salotto – o meglio, da "madamina" – che animavano l'ampio spazio davanti al banco.

– È tornata, Roger. È tornata qui sabato pomeriggio.
– Da sola?
– Solissima. Cercava un profumo da carta.
– Un profumo da carta?
– Sì, serve per profumare le lettere, i libri, le foto. Una cosa molto raffinata.

Roger la guardava imbambolato, continuando a parlare solo per prendere tempo.

– E lo ha comprato, il profumo?
– Certo che no. Le ho detto che della fragranza *Amir* lo avevo finito ma sarebbe arrivato presto. Le ho chiesto se potevo richiamarla per non farla ripassare inutilmente. E così, caro mio, ho avuto il suo numero di casa. Eccolo qua: dunque, lei si chiama...
– Non voglio sapere il suo vero nome, la prego. E non mi chieda perché. Mi scriva soltanto il numero.

Miss Andersen guardò Roger felicemente stupita – adorava le commedie romantiche, soprattutto quelle con Winona Ryder – e trascrisse il telefono di Stella omettendone l'identità. Era sempre più affascinata da questo giovanotto con cui non sarebbe mai andata a cena, per l'imbarazzo della differenza d'età. Ma se avesse potuto scegliere d'istinto, oltre alla cena, si sarebbe fermata volentieri anche dopo il caffè.

Ottenuto l'osso, il cagnolino Roger non vedeva l'ora di svignarsela. L'aveva trovata, l'avrebbe trovata. Era già sulla porta, sorriso spalancato e ascella pezzata, quando Miss Andersen lo afferrò per un braccio.

– Ce la puoi fare, Roger.
– In che senso?
– Quando ho chiesto alla tua amica com'era andato il viaggio di nozze, non sembrava affatto entusiasta... Mi ha detto che è stato molto più eccitante il ritorno. E io ho subito pensato a te.
– ...
– Che profumo stai indossando in questo momento?
– Il *Drakkar Noir*. È il mio preferito.

Miss Andersen non sapeva se ridere o piangere. Lo lasciò un attimo in attesa, aprì un'antica vetrinetta e tirò fuori una bottiglietta di *Iss*.

– È la mia ultima creazione. Senti qui... muschio, bergamotto e arancio amaro, il profumo di Napoleone.
– Ma "Iss" non vuol dire "lui" in napoletano?
– Certo. È in ricordo di un *bravo guaglione* che mi aveva scippato la testa...

Roger scoppiò a ridere per quell'improvviso cedimento verbale di Miss Andersen. Ma la sua risata venne interrotta da un'illuminazione.

– Posso averne una boccetta anche per il mio amico Nico, che sua madre è di Napoli?

Conquistata in un battito di ciglia, Miss Andersen obbedì senza nemmeno considerare la sfacciataggine della richiesta. Al momento dei saluti, Roger le accarezzò la mano con un bacio. Promise di non tradirne la fiducia – noi non ci siamo visti – e corse sulla sua Golf verso gli studi di Tele

Nueva. Avrebbe già voluto chiamare Stella, ma era terribilmente in ritardo e voleva ritagliarsi una situazione tranquilla. Non stava nella pelle dall'eccitazione.

Uno due tre prova, uno due tre prova. Care amiche di Tele
Nueva, prova, prova... Mi portate della Coca-Cola per favore?

– Ma cosa dice, Fletcher?
– Oddio è già in onda... ROGER SEI IN DIRETTA!
– Tanto non ti sente, che ridere... Guarda com'è calmo,
si beve pure la Coca-Cola.

Grazie bellezza... Care amiche di Tele Nueva,

BURRRRRP

– Oh mio Dio...
– Ha ruttato.
– Ma... Roger.
– Che figura di merda! Oddio non parla...

...

– Figlio mio, di' qualcosa!
– Minchia, sembra una mummia. Cosa sta guardando?

Siamo in diretta? SIAMO IN DIRETTA? Okay... okay, cominciamo.
Vi siete spaventate, eh? Credevate che fossi impazzito, care amiche? Be', vi ho voluto fare uno scherzo anche se Carnevale è appena passato. Ma adesso bando alle ciance, e cominciamo seria-
mente la nostra puntata di "Pentola Today", il programma che
vi mette le offerte direttamente sul tavolo.

– Bravo, figlio mio...
– Che faccia da culo.

Voglio subito presentarvi questo splendido set in smalto por-
cellanato per rendere più allegra la vostra vita in cucina. Vi ricordate le pentole della nonna?

– Meno male, si è ripreso...

– Tanto lo licenziano.

Bene, noi abbiamo ripescato il fascino delle pentole che avevano le nostre nonne riproponendole con tecniche all'avanguardia. E mi rivolgo soprattutto a voi, care amiche, che siete attente al regime alimentare e non volete esagerare con i condimenti. Con queste pentole, a soli duecentottanta euro potete dire addio al grasso e alla cellulite! Non avrete più bisogno né dell'estetista, né delle povere Wanna Marchi, né del chirurgo estetico perché sarete sane! Sane mangiando. E per le prime cinquanta chiamate, ci sono premi da strapparvi i capelli!

– "Ora lasciate il numero alle signorine"...

– Tanto lo licenziano.

... Ora lasciate il numero alle nostre signorine, ma componete len-ta-men-te perché i centralini sono intasati... Dalla regia mi fanno cenno che sono rimaste solo quindici batterie!

Alla signora Maria venne un attacco d'ansia e, per la prima volta in vita sua, non volle più guardare. Spense il televisore. Il figlio, il figlio adorato, il figlio maschio, il piccolo principe, quello che lei e suo marito avevano amato dal primo istante, aveva ruttato in faccia a milioni di telespettatori. Forse non erano proprio milioni, ma in quel momento Maria Milone s'immaginò fiumi di persone a caccia di pentole in TV. Rosita si chiuse in camera, troppo presa dai drammi del suo cuore. Ma il telefono cominciò a suonare. Padrino e madrina, Griva, Daniela Berbotto, la signora Muti, che non osava bussare, addirittura don Giovanni. Tutti. Tutti avevano sentito in diretta il *burp* di Roger – rutto doppio, specialità della casa – e telefonavano a Maria e Rosita per commentare l'accaduto. Nessuno aveva capito se si fosse trattato o no di uno scherzo.

La sede stessa di Tele Nueva era stata tempestata di chiamate. Gina e Sabrina erano addirittura tornate provvisoriamente al centralino per tamponare l'ondata di protesta. Donne divertite, donne ferite, casalinghe eccitate o umiliate da quello che credevano un bravo ragazzo – uno di famiglia – e invece le aveva sempre prese in giro. Un vero e proprio scompiglio telefonico. Alcune pretendevano addirittura pubbliche scuse. Scuse che non sarebbero mai arrivate perché, come Rosita aveva previsto, Roger venne licenziato in tronco. Alejandro Sevilla non aspettava altro e davanti a una buccia di banana così vistosa fu davvero inevitabile. Non volle nemmeno sentire le suppliche di Nicol'amico – è stata colpa mia, dovevo avvisarlo e mi sono distratto – né i suggerimenti di Gina, potrebbero fare coppia lui e Sabry e si sistemerebbe tutto. Lo cacciò a male parole dal suo ufficio liquidandolo con un assegno in nero. Roger incassò, in entrambi i sensi, e uscì senza parlare. Lo smarrimento era talmente grande che non riusciva neppure a manifestarlo. Solo le mani cominciarono a sudare e la lingua ridusse drasticamente la salivazione, ma agli occhi di tutti apparve ancora più calmo del solito. Arrivato in strada, si sentì tristemente solo. Solo e perduto. S'incamminò verso il parco dove a volte andava a fare una passeggiata. Lo chiamavano "il parco dei matti", perché potevi sempre trovare qualcuno che ti raccontava una storia. Non era particolarmente curato, le panchine distrutte dai vandali, ma all'interno aveva anche un piccolo laghetto artificiale che non attirava mai nessuno. Lunghi, sonori passi accompagnavano i pensieri di Roger.

Aveva fatto una cazzata – un eccesso di spavalderia, o distrazione – e questo era il conto. Essere in possesso del numero di Stella lo aveva destabilizzato. Si sentiva il re del mondo, e adesso era il capo dei disoccupati. Tutto per uno stupido errore, di cui doveva assumersi buona parte di responsabilità. Per quanto fosse un po' bizzarro, "Pentola Today" era pur sempre un lavoro. Il suo lavoro. E Roger aveva sempre cercato di svolgerlo al meglio. Gli dispiaceva soprattutto per sua madre, la conosceva e sapeva che l'avrebbe presa male, stavolta ti ha pure visto madrina. La chiamò prima che lo facesse lei, e mentì dicendo che era tutto risolto. Mamma non gli credette ma si sentì subito più calma, l'importante è che stia bene.

Mentre camminava, Roger ripensò alla sua vita senza direzioni né troppe aspettative. Una professione in automatico, il televenditore, sorrisi vuoti dispensati a un operatore. Non aveva mai pensato che avrebbe potuto migliorare, ambire a qualcosa di più stimolante. Cambiare. Non ci aveva neanche provato. Fino a Stella. Una notte che rimetteva in discussione tutto. Un futuro difficile, forse impossibile, che però si lasciava immaginare. E adesso, finalmente, questo futuro semplice si poteva coniugare. Roger prese il telefonino e compose il numero che le aveva trascritto Miss Andersen con una grafia d'altri tempi. Libero. Uno squillo, due squilli, tre squilli, quattro squilli, la sua voce: "In questo momento non possiamo rispondere. Se volete, lasciate un messaggio dopo il *bip* e vi richiameremo al più presto. Grazie".

Un messaggio banale, ripetuto anche in inglese, che lo feriva a morte. Non *siamo* in casa, vi *richiameremo*. Stella parlava al plurale. E parlava senza esitazione, con quella voce di cachemire capace di scaldare anche le parole più fredde. Roger mise giù stranamente sollevato. Almeno sapeva dove trovarla. D'improvviso, aver perso il lavoro non rappresentò più un dramma. Ne avrebbe trovato un altro – ma doveva sbrigarsi, per aiutare le sue donne – e ce l'avrebbe fatta di nuovo. In fondo, non stava andando da nessuna parte, lì. Una corsa inutile su un tapis roulant. Tele Nueva era un rifugio di disperati, che si illudevano di brillare sotto il sole delle luci in studio. Gina e Sabrina erano le più disperate di tutte, ai suoi occhi, perché veramente convinte della loro scelta. E, a modo suo, era disperato anche Nico, che si lasciava vivere senza speranze. Roger si sedette sul bordo cementato del laghetto con le gambe a penzoloni nel vuoto, mentre alcune carpe nere gli nuotavano sotto i piedi.

Cominciò a tirare sassi nell'acqua, perso nella noia dei suoi pensieri. Il sole era al tramonto, il cielo di marzo chiedeva uno straordinario di luce, e un po' di silenzio.

Anche Rosita era alla finestra, le case popolari davanti a lei, il traffico in declino. Un foglio aperto tra le mani, letto e riletto almeno una ventina di volte.

Cara Rosi,
non riesco a dormire. Ho provato tutte le posizioni, ho anche fatto le tecniche di rilassamento che ci ha insegnato quella di fisica, ma non ce la faccio! Ti ho già chiamato tre volte ma hai sempre il cellu staccato, devi essere veramente down. Tua madre mi dice che stai dormendo, ma io non ci credo. Mi spiace un casino per quello che è successo, anche se non ho capito bene com'è andata... vorrei sapere anche la tua versione. Berbotto dice che ti ha visto uscire in lacrime, ma sai lei com'è bocca di cesso, quindi non mi sono fidata. Poi altri mi hanno confermato che era vero. Che cosa vi siete detti veramente, Rosi? Ho chiesto ad Antonio, ma non mi ha voluto parlare. Scusa, ma non ce l'ho fatta, ero troppo preoccupata (tu non avresti fatto lo stesso?)... Alla fine ho chiesto a Vince, che mi ha raccontato tutto. Io piacevo ad Antonio e tu piacevi a Vince. Sono proprio due bambini immaturi a non aver capito come stavano le cose. Appena ho saputo questo me ne sono andata senza salutare nessuno. È tutto il pomeriggio che piango, perché immagino come ti senti adesso. Però volevo dirti che per me sei la persona più importante di tutte. Vali più dei miei genitori. Sei e sarai per sempre la mia migliore amica e nessuno ci separerà mai. (Soprattutto se è un cretino che a malapena conosciamo...) Quindi non soffrire troppo per quel montato, perché è solo lui che non sa cosa si sta perdendo. E se per caso cambi idea su Vince, fatti avanti! Non eri tu che mi dicevi che era carino? Ma era solo per convincermi, vero?
Rosi, scusa ma adesso devo andare a dormire. I miei sono già venuti due volte a rompere perché vedono la luce ancora accesa e domani c'è scuola. Non vedo l'ora di abbracciarti e darti questa lettera.
E anche se non vorrai più, per me sarai la sorella che non ho mai avuto.
Ti voglio bene.

Giò

14

– Chiamatemi Roger.
  – Scusi, signor De Palma?
  – Chiamatemi quello che ha ruttato.
  – Il ragazzo di cui parlava prima Benaquista?
  – Lui.

La stanza dei bottoni stava all'ultimo piano, il ventesimo, di un edificio anni Trenta.

Robert De Palma, uomo prodigio della TV mondiale, aveva fondato nei primi anni Novanta a New York un network di rottura, secondo solo a MTV. Un canale interamente dedicato ai reality show, alla ricerca di persone scomparse, alle candid camera, ai grandi fratelli, al backstage della vita. Una rete che faceva un passo sempre più lungo degli altri, sempre prima degli altri. In due parole, Real Channel. Robert De Palma – Bob, per gli amici – forte dei primi incoraggianti risultati, continuava a rischiare e scommettere, fidandosi delle persone di cui si circondava e del suo innegabile intuito. Chi passava da Real Channel aveva la strada spianata per le reti nazionali e la garanzia di contratti invidiabili.

Pur delegando molto sul piano della programmazione, De Palma era tuttavia assai presente nelle varie sedi nazionali a livello strategico. All'America lasciava totale indipendenza, mentre cercava di seguire l'Italia il più possibile: "Terra fertile e talento sprecato" diceva con lieve accento alla Dan Peterson. Ma per orgoglio non ammetteva che era per amore, il motivo per cui aveva scelto di vivere nel Bel Paese.

Roger venne raggiunto al telefono mentre stava rientrando dal parco e dallo stagno, dai sassi e dal tramonto.

– È il signor Roger Milone?
– Sì?
– Resti un attimo in linea. C'è Robert De Palma per lei.
– ...

Ne aveva solo sentito parlare, di De Palma, dimentico com'era della realtà. Un pezzo grosso, il nome gli ricordava qualcosa di leggendario, una roba tipo Marlon Brando. Magari era uno scherzo, anche se quella non era giornata di scherzi, Nico, se sei tu ti ammazzo.

Invece era una chance. Non se ne rese conto subito – forse non lo capì, o era troppo frastornato dagli eventi – per cui corse all'appuntamento senza aver preso coscienza di cosa stesse succedendo.

Roger incontrò il signor De Palma e il di prima Benaquista in un lounge bar tutto azzizzato – avrebbe sentenziato Rosita – in una zona tornata trendy da quando i calciatori avevano deciso di aprire lì i loro ristoranti. Non era sicuramente un quartiere che Roger amava frequentare. Ne vedo già tanti dove vivo, di capannoni, blaterava con Nico, che quando esco esigo muri puliti e locali eleganti.

De Palma e Armando Benaquista notarono subito l'ubriaco spaesamento di Roger nell'entrare, e non gli dispiacque neanche un po'.

Lo fecero accomodare – ma com'è vestito? – lo lasciarono ordinare – ma cosa beve? – e per rompere il ghiaccio gli chiesero subito come gli era venuto in mente di emettere quel suono gutturale. Roger si sentiva imbarazzato, ma si sforzò di dissimularlo. Si trovava in un locale chic – cioè *cheap* – davanti a due emeriti sconosciuti e non sapeva bene che dire.

– Non avevo digerito bene. A volte succede.

De Palma e Benaquista, rispettivamente superdirettore e superautore televisivo, si capirono all'istante. È lui. L'abbiamo trovato. Quando ormai non ci credevano più.

In settimane di provini avevano visto sfilare ragazzi brillanti e spigliati, mignotti ambiziosi e saccenti, ma nessun vero animale, nel senso più genuino del termine. Era stata soprattutto la sua reazione al rutto che li aveva conquistati. L'istinto formidabile a trovare scuse, una faccia impassibile eppure tenace nel tentare di negare l'evidenza. Televisivamente, poi, era piuttosto rassicurante: tratti decisi, occhi diretti, fisico tonico e nessuna ambiguità nel gesticolare.

Roger credette di essere in una candid camera di Real Channel, ma il tono autorevole del boss fugò ogni dubbio, anzi, gli diede sicurezza. De Palma cominciò a spiegargli chi era, che tipo di televisione amava, quale fosse il suo ruolo e quello di Benaquista. Di lì a poco, senza cadere in inutili giri di parole, gli lanciò una chiara e allettante proposta di lavoro: un programma. Un programma vero, con un conduttore vero, un autore vero, un regista vero – povero Nico – e un pubblico che non deve comprare niente.

– Ci siamo accorti che i maschi si sentono terribilmente incompresi ed esclusi dalla programmazione. Le donne hanno invece da sempre i loro spettacolini: soap opera, *gossip*, rubriche rosa, telepromozioni tipo le tue...

– Il mio programma è inguardabile, lo so.

– Vedi, caro Roger, Benaquista, che è uno dei nostri autori di punta, ha pensato a un programma dedicato a *noi* uomini. Una specie di spazio in cui possiamo finalmente dire quello che ci pare in fatto di sesso, abitudini, tecniche di conquista.

– E io cosa c'entro?

Benaquista lo guardava sempre più soddisfatto di quegli interventi, espressioni tra l'incantato e il sorpreso. Più sembra innocente, più gli crederanno, più il programma sarà riuscito.

– Tu hai fatto un rutto spettacolare, senza alcun pudore, da vero maschio. E sei andato avanti facendo finta di niente. È di te che loro si fideranno.
– Loro chi? ·
– I maschi che cambiano canale per cercare di placare le proprie frustrazioni, con la moglie davanti all'altro televisore che non li caga di striscio. È a loro che tu darai voce.

Roger non ci credeva. Sarebbe stato il paladino dei maschi traditi, di quelli sessualmente inappagati o umanamente infelici. Avrebbe dato corda ai mascalzoni e ai temerari, ai balordi e ai bastardi. Gliel'avrebbe fatta vedere lui, a Tele Nueva, e a Sevilla, brutto coglione che ti scopi le tue troiette e non sai che ce le facciamo pure io e il mio amico.

Mentre Roger fantasticava – la bocca semiaperta – Benaquista e De Palma sentivano che era l'uomo di cui avevano bisogno. E la sua aria lievemente sfigata spinse Bob a fare una proposta economica davvero notevole per un esordiente, che vincolava Roger Milone in esclusiva a Real Channel: quattromila euro a puntata, per una striscia quotidiana di quindici minuti.

Roger non credeva alle sue orecchie. Per un attimo, si dimenticò di Stella. Gli venne invece in mente suo padre, che lo accarezzò con un colpo d'ali e gli raccomandò la calma. Roger prese un attimo di tempo.

– State parlando sul serio?
– Ti sembra che uno come me si scomodi per scherzo?
– ...
– Bene, ragazzo, siamo d'accordo. Però ci dobbiamo dar da fare perché io vorrei partire il prima possibile e questo programma è già fermo da troppo tempo.

– Quando vorrebbe cominciare?

– Dammi pure del tu, Roger. Direi che in un mesetto possiamo mettere tutto in pista. La scenografia sarà semplice: riproduciamo fedelmente uno spogliatoio da palestra. E ogni sera avrai un ospite che ha voglia di sfogarsi e raccontare le sue esperienze. Pescheremo i maschi più maschi che ci sono in circolazione.

Benaquista annuiva a ogni parola di De Palma, senza avere mai l'atteggiamento patetico di certi gregari.

– Ma non sei curioso di sapere il titolo del tuo programma?

– Scusate, ma mi sto ancora chiedendo se è tutto vero.

– Smetti di pensarci, e senti qua: "Roger Milone vi presenta 'Da uomo a uomo', lo spogliatoio dei pensieri maschili". Che te ne pare?

Roger sentiva i coperchi delle pentole cadere per terra, le macchine perdere pezzi della carrozzeria. Vedeva la Coca-Cola scorrere a fiumi e chilometri di rutti in coda per lui. Stava segnando al novantunesimo davanti all'Italia, o a metà partita come Tardelli, e questo lo faceva godere. Cercò di contenersi, il volto di suo padre accanto a sé. De Palma gli diede appuntamento la mattina seguente per definire impegni e contratto, mentre Benaquista lo salutò con una pacca sulla schiena.

Rimasto solo e inebetito davanti al locale *cheap* – cioè chic – Roger si guardò un attimo intorno.

Fece un rutto da collezione e corse a casa da Nico.

15

Nico non riusciva a essere felice per la notizia.

Non capiva che cosa lo frenasse, forse una subitanea nostalgia, uno strano senso di colpa, l'etica del dovere che viene meno sul più bello. Si sentiva ancora responsabile di quanto era successo all'amico su Tele Nueva. Distratto fatalmente quando meno avrebbe dovuto. Per due minuti si era scollegato dal mondo mentre Roger esibiva a tutti i suoi rutti. E adesso si presentava lì, con gli occhi sgranati e la voce tremante, a ringraziarlo per il regalo. Lo abbracciava urlando "siamo ricchi" e robe del genere, ma Nico non capiva. O meglio, non voleva capire. Anche lui sapeva poco di De Palma, ma conosceva benissimo Real Channel, suo padre a Salonicco non guardava altro. Però, però. Nico non saltava, non abbracciava, non sorrideva, irrigidito sul chi va là della sua postura.

– E adesso?

Una domanda impegnativa per chi ha voglia solo di festeggiare, e aggiunge per una volta il rum nella Coca.

– Adesso cosa?
– Che farai?
– ...
– Cambierai. La TV ti cambierà. Smetterai di frequentar-

mi, perderai il senso delle cose. Avrai solo amici "che lavorano nello spettacolo" e passerai l'estate con una bonazza a farti fotografare in Sardegna o a Formentera. Non ci cascare, Roger. Non accettare.

Roger si toccava lì, ma senza farsi vedere. Tutto si aspettava, tranne di dover discutere su un argomento come quello. La gioia. Come si può dubitare della gioia? È come mettere in discussione il Colosseo, le gambe di Gisele, gli slalom di Tomba, l'amatriciana, i colpi di Diabolik, le punizioni di Platini, la TV dei Broncoviz, dei Guzzanti e della Gialappa's. La Coca-Cola. Ma Roger si fidava della sua spalla, e sapeva che quelle parole nascondevano qualcosa di buono. Nico gli raccontò anche che Sevilla era stato irremovibile, mentre Sabrina aveva pure "uscito le unghie" per il nervoso, minchia sabbry incazzata.

– Mi piacerebbe rivederle ancora, Gina e Sabrina.
– Smettila di dire queste cose per compiacermi. Non te ne frega un cazzo di Sabry. Te la sei fatta solo per non pensare a Stella, ma non è servito a niente.

Nico era acuto e pungente e diretto come il suo bicchiere di ouzo senza ghiaccio.

– Sai che l'ho cercata di nuovo? La tipa della profumeria mi ha recuperato il numero di telefono. Così l'ho chiamata.
– E lei?
– C'era la segreteria. Però posso riprovare.
– Roger, stacci dentro. Quella non ti vuole come la vuoi tu. E tu la cerchi solo perché non ti caga. Piuttosto, se ti va, Gina e Sabry ci hanno invitato a cena da loro la prossima settimana, visto che lasci Tele Nueva.
– Figo...
– Ti ho detto di smetterla di compiacermi.
– Oh, che palle. Vaffanculo.
– Ecco, così va meglio.

A Nico tornò il buonumore. Si era spaventato, aveva protestato, ma non ce la faceva proprio a mordere. Sentiva che quello era un giorno fondamentale per la vita di Roger – sotto ogni aspetto – e lui ne era stato escluso.

Mancava ancora il contratto, però. E mamma Grecia gli aveva insegnato ad aspettare tutti gli invitati, prima di stappare le bottiglie. Convinse quindi Roger a non mettere il rum nella Coca, stasera bevila liscia e domani si vedrà. Erano tutti e due di nuovo sereni, i soliti ignoti con le camere in disordine e pile di piatti da lavare.

– Non voglio sentirtelo più dire, capito?
– Cosa?
– Che cambierò. Io cambierò solo se cambi anche tu.

Nico cedette per un istante, ma l'Hera di Samo non gliel'avrebbe perdonato, di sasso com'era. Cominciò a sbadigliare per togliersi dall'imbarazzo, ma cadde subito nella trappola del sonno, con gli sbadigli è sempre guerra persa.

Roger si chiuse in camera e si mise a torso nudo davanti allo specchio. Ammirava compiaciuto la solidità del suo corpo, petto-compatto, e testava eroicamente la durezza del bicipite. Si sentiva invincibile. E se invece fosse stato tutto uno scherzo? Una candid camera di quelle bastarde, con i telespettatori piegati in due mentre passa la scritta: "L'intervistato non sa che la telecamera è nascosta".

In effetti era tutto molto strano. Come avevano fatto a trovare il suo numero? Perché l'avevano ricevuto in un bar e non in ufficio? E poi come poteva esistere quel programma in Italia? L'avevano preso in giro. Senza dubbio. E ora stavano ridendo di lui, Nico se lo sentiva ma non aveva osato dirglielo.

Roger stava ancora disperatamente cercando di prendere sonno, quando da uno scatolone spuntarono, arrotolati, gli occhi di David Letterman, l'amico americano di madrina. Si alzò e aprì il poster, ammirandolo in silenzio.

Il sorriso beffardo di chi la sa lunga – lunghissima – lo tranquillizzò. Anche Letterman aveva cominciato leggendo le previsioni del tempo, e poi si era trovato di fianco Sophia Loren e Nicole Kidman, con carta bianca sulle domande da fare. I miracoli erano quindi possibili, e sicuramente la signora Maria stava già pregando per lui. Fu su questo pensiero che crollò, esausto.

Al suo risveglio i dubbi erano dissolti, il vestito stirato, la cravatta pronta, il contratto imminente. Uscì prima che Nico si alzasse, meglio evitare altre parole che potessero far crollare le sue labili certezze. Arrivò alla sede di Real Channel con mezz'ora di anticipo. Lo fecero aspettare novanta minuti.

Lo invitarono a salire all'ultimo piano, la stanza dei bottoni. De Palma e Benaquista stavano seduti su un divano rosso. L'ufficio sembrava una serra, uno stuolo di piante che seguivano fedelmente il boss a ogni cambio sede.

Il contratto era vero, ed era lì. Quattromila euro a puntata, per tre mesi. Uno sproposito, in confronto ai mille di Tele Nueva, accreditati un giorno ogni trenta. Era l'occasione della sua vita. Lesse velocemente il contratto, cercava soprattutto la conferma dell'ingaggio, e firmò.

De Palma ordinò una bottiglia di champagne e la fece stappare a Roger.

– Al nuovo divo.
– A Roger Milone.
– Alla vostra.

"Divo" avevano detto, "divo", oddio sono di nuovo nella candid camera, deve essere dietro quello specchio. Ma tornò subito in sé quando De Palma – chiamami pure Bob – gli descrisse i duri impegni che lo aspettavano per la preparazione del programma: incontri costanti con gli autori, il costumista, il produttore, il regista, e le prove quotidiane.

Tele Nueva, al confronto, era il regno dell'approssimazione: tutti facevano tutto, e subito. Dalle telefonate alla regia, i confini erano assai meno marcati di quanto si potesse pensare. Roger Milone stava entrando in una squadra di professionisti – guarda che bell'ufficio in confronto a quei quattro mobili di Sevilla – e ci stava entrando dalla porta principale.

Fissati i primi appuntamenti, Benaquista lasciò la riunione salottiera e corse a seguire uno dei suoi programmi di successo. De Palma si sedette di fianco al neo-nato pupillo.

– E dimmi, Roger. In che zona abiti?
– Nel Girotondo, Robert.
– Bob. Hai un loft, lì?
– No, vivo da poche settimane in un appartamento col mio amico Nico.
– E prima?
– Sempre nel Girotondo, ma con mia madre e mia sorella. Sempre condominio.

Il Girotondo. La periferia della città, la cintura che corre tutta uguale e senz'anima, era stata oggetto negli anni Cinquanta e Sessanta di speculazione edilizia. Fu in quel periodo che gli avevano dato questo nome. Perché non si vedeva né l'inizio né la fine, del Girotondo. La distanza dal centro era sempre uguale, la scomodità di viverci ovunque la stessa. Case cresciute senza piano regolatore, senza verde, senza troppi servizi. Nel tempo la situazione era migliorata, ma quel quartiere non aveva mai avuto gli input modaioli di altre zone dismesse. Nell'immaginario collettivo, il Girotondo era ormai considerato un luogo in cui fosse meglio non abitare.

– Una stella nascente non può vivere nel Cerchio, Roger. Devi cambiare casa.
– Devo?
– Vorrei che lo facessi. Ma non preoccuparti di nulla, ho

già la soluzione. C'è un piccolo attico dove abitava prima mia moglie, in centro, molto riservato e tranquillo. È già arredato, ma se non ti piace possiamo cambiare tutto. Naturalmente non avrai né affitto né spese da pagare.

– Bob...

– Non pensare che lo faccia solo per te, Roger. Lo faccio anche per me.

Roger – ormai cominciava a essere un'abitudine – era ammutolito. Nel giro di poche ore la slot-machine aveva cominciato a regalare gettoni. Quanto prima era stata avida nello stillare centesimi, adesso scialacquava privilegi senza fatica, valla a capire.

– In quella casa troverai anche un pianoforte. Non farci caso, lo usava Cristina per esercitarsi, ma adesso ne ha un altro. Se però ti dà fastidio, lo faccio portare via.

– Tua moglie suona il piano, Bob?

– Non è che lo suona. È semplicemente la sua vita. Fa la pianista.

Roger non avrebbe mai pensato che qualcuno potesse realmente fare, come lavoro, il pianista. Era una figura datata, per certi versi inverosimile, che abitava soltanto il passato lontano e il presente finto dei film. Ne aveva visto più d'uno sul tema – *The Pianist, La pianiste, The Piano* – ce lo avevano portato, ed era riuscito a non addormentarsi tutte le volte.

Lasciò l'ufficio prima che De Palma ritirasse le parole dette.

Appena sentì il rumore del tram, in strada, si rese conto di quanto avrebbe voluto abbracciare Stella.

16

TELE NUEVA, ORE 13.15

Care amiche di Tele Nueva, sono Gina Iannuzzo e da oggi sarò io a presentarvi tutte le novità di "Pentola Today"...

– Ma chi è 'sta sgualdrina?
– Te l'ho detto che lo licenziavano...

... Sono sicura che molte di voi mi hanno già visto in altri programmi, ma l'emozione dell'esordio è sempre grandissima. Per rompere il ghiaccio, comincerei subito con questo fantastico tris di casseruole.

Gina non riuscì ad aggiungere altro, perché la signora Maria la mise a tacere con decisione. Quello che dall'inizio aveva insinuato Rosita era vero. Roger non avrebbe più condotto "Pentola Today", non sarebbe più stato un volto televisivo. Chissà quante gliene avrebbe dette alle spalle quella di sotto, la scostumata, e come l'avrebbe presa madrina.

Rosita invece si sentiva sollevata. Finalmente non l'avrebbero più presa in giro al liceo, con battute stupide su coperchi e tempi di cottura, in particolare Griva e Berbotto. E poco gliene importava che Roger non avesse più un impiego, l'importante era che non facesse più quel lavoro. Aveva comunque altri casini cui pensare, Antonio ti odio, ti odio, spero che ti mettano l'apparecchio.

Roger citofonò in quel momento. Aveva cercato di fare il

possibile per arrivare in tempo per la trasmissione e dare lui la notizia, ma la corsa in taxi era stata inutile, il primo lusso buttato al vento. La signora Maria lo accolse con gli occhi lucidi, il dolore della delusione, mentre Rosita non riusciva a nascondere un mezzo sorriso. Prima di parlare, Roger accese su Tele Nueva, che in casa Milone era posizionata al numero quattro, al posto di Emilio Fede.

Fidatevi di me che sono una donna: il riso qui non si attacca neanche se ci mettete la colla al fondo, care amiche!

Care amiche. Care amiche 'sto cazzo. Sentire il suo linguaggio sulla bocca di Gina gli diede fastidio, ma la rabbia si spense con il televisore.

– Fletcher, Rosita. Preparatevi che andiamo a pranzo fuori. Dobbiamo festeggiare.
– Non c'è niente da festeggiare, Roger, con quello che è successo. Il Signore non mi ha ascoltato.
– Mamma... è successa una cosa meravigliosa. Ma non voglio dirvi niente fino al ristorante.

L'aveva chiamata "mamma". Succedeva di rado, in genere quando era arrabbiato o nervoso o troppo stanco. Ma non capitava mai per caso. Doveva essere qualcosa di grosso, il microchip di Fletcher difficilmente sbagliava. La signora Maria sospese la cottura del cavolfiore e andò di corsa a prepararsi. Rosita cominciò a lagnarsi che aveva tanto da studiare – domani c'è la Baicchi – e non voleva perdere tempo.

– Per una volta puoi anche rinunciare ai Simpson, no? Vorrei che ci fossi anche tu, sorellina. Dài, registralo e lo guardi stasera.

Rosita sbuffò, ma obbedì. In fondo era curiosa e poi, rispetto a due giorni prima, il suo umore era un po' migliorato. Lei e la Giò si erano parlate e abbracciate – non avrei dovuto reagire così, guarda che anch'io avrei fatto lo stesso, sì ma solo tu potevi perdonarmi, non c'è niente da perdonare, Rosi – però Antonio era ancora una spina nel fianco. Rosita lo desiderava ancora di più, orgoglio addio, anche se aveva cercato di affrontarlo con odio, disprezzo e poche parole, i consigli di Roger dimenticati, o rimossi. Quando lo incontrava alla fermata, lo salutava con aria di sfida e voce seccata, la Giò non sapeva mai che fare, Antonio neppure, figuriamoci il cugino Vincenzo. Per due mattine riempirono le fermate di banalità, omettendo qualunque riferimento alla festa e all'eventualità di incontrarsi al di fuori dei mezzi pubblici. Bisognava stringere i denti e ripartire a testa alta, perché le ragazze hanno sempre una marcia in più. Parola di Lisa Simpson.

Rosita si cambiò così per un'occasione che si preannunciava davvero speciale: suo fratello le avrebbe dato un nipotino. Non poteva che essere quella, la notizia, si vedeva lontano un miglio. E poi era cotto da settimane, lo aveva capito subito lei, l'altra alla fine deve aver ceduto alle insistenze, ed è rimasta subito incinta, ommaronna divento zia e dovrò fare da madrina, devo dirlo alla Giò.

Per una volta, aveva sbagliato pronostico. Davanti a un piatto di spaghetti ai frutti di mare, lei e sua madre vennero così a sapere della svolta epocale nella carriera di Roger: "Da uomo a uomo", tutti i giorni alle ventitré su Real Channel. La signora Maria sembrava piuttosto perplessa.

– Non è per caso una di quelle robe per i "diversi", vero Roger? Questo spogliatoio maschile...

– Si chiamano gay, Fletcher. E poi non sono "diversi", sono come noi. È solo diverso il modo che hanno di esprimere la propria sessualità, ma i sentimenti restano identici. Ce l'ha spiegato anche la Parodi.

– Sei troppo avanti, Rosita. Comunque, mamma, non è un programma per i gay. È per i maschi normali.

– NORMALI?

– Cioè... eterosessuali. Madonna, Rosita, non so più come devo parlare.

– Devi assolutamente incontrare don Giovanni, figlio mio. Mi sentirei più tranquilla se lo facessi.

Da un lato le puntualizzazioni di Rosita, dall'altro i timori della signora Maria. Roger si sentiva stretto in una morsa d'affetto, e un po' s'irritò. Avrebbe voluto festeggiare in modo più sereno. In fondo era una bella rivincita nei confronti del Girotondo, che voleva omologare tutti a una vita senza sale. Lui invece ce la stava facendo – almeno così sembrava – e il bello è che non l'aveva cercato, né desiderato. Mai chiesto niente a nessuno. La sua esistenza stava correndo sbiadita, quando si è fermato e ci ha digerito sopra, *burp*. Adesso si trovava con un contratto in tasca, un programma su Real Channel, un attico in centro, addirittura un pianoforte. Gli mancava l'amore, oddio, forse era arrivato anche quello, nonostante le contrarietà.

In quel momento avrebbe voluto vedere nuovamente la faccia di suo padre, i capelli impomatati e la voce forte, i principi solidi. Lui gli avrebbe sicuramente detto di mantenere la testa sulle spalle, lo avrebbe rimproverato di essere andato al ristorante ancor prima di aver visto un centesimo. Poi però gli avrebbe detto: "Fai come vuoi, la vita è la tua e io parlo così solo perché sono vecchio".

– Ragazze, che ne dite di esprimere un desiderio e andare in centro a realizzarlo?

La signora Maria alzò gli occhi al cielo, il successo gli ha dato già alla testa, mentre Rosita tirò fuori uno dei sorrisi più grandi del pianeta. Lasciarono a casa la mamma, aveva già dato per quel giorno, e sfrecciarono in cerca di sogni. Rosita non aveva bisogno di fantasia.

Come prima cosa volle andare dallo stesso parrucchiere della Giò, che costava un occhio della testa e lei non se lo poteva permettere. Roger attese paziente un'ora e mezzo che si facesse stirare la chioma e la arricchisse di riflessi, mentre lui lasciava sul tavolo i primi ottanta euro. Poi fu la volta dell'abbigliamento. Due ore dentro la Rinascente per acquistare tre gonne, una camicia di jeans, un completino di seta e un paio di stivali al ginocchio. Infine, i CD. Pur di strafare, riempì il cestino di qualunque canzone serbasse un buon ricordo: Britney, i Blue, Le Vibrazioni, Christina Aguilera, tutto Eros, i primi Backstreet, gli East 17, perfino la Pausini. Roger la guardava inebetito. Sua sorella, la sua sorella adorata, sempre aggressiva e insoddisfatta, finalmente poteva essere fiera di un ragazzo come lui, ragioniere inefficiente, il venditore di fumo che la porta dal coiffeur.

La signora Maria, intanto, era da almeno mezz'ora al telefono con don Giovanni. Gli aveva raccontato quello che era successo a Roger dopo il rutto – il signore potrà mai perdonarlo? – e poi gli aveva confessato timori e perplessità su un programma che poteva anche essere disdicevole per un ragazzo così cattolico, almeno nell'animo. Don Giovanni la tranquillizzò: è la corruzione a essere disdicevole, è la maleducazione, è la mancanza di rispetto. Sono queste le cose sconce, diceva, non gli uomini che confidano in TV i loro amplessi. Ma il buon parroco non sapeva ancora, esattamente, che tipo di programma sarebbe stato. E non lo immaginava bene neanche la signora Maria.

Altrimenti le preghiere non sarebbero bastate.

17

Rosita e Maria Milone erano piuttosto confuse.

Il contratto lo avevano visto, ma non sapevano interpretarlo. La loro unica fonte di consultazione era Roger, ed era una fonte di cui, in frangenti come quello, si fidavano poco. Le avrebbe di certo rassicurate di più Nico, che la signora Maria considerava come un ragazzo con la testa a posto, anche se lo sentiva solo al telefono. Ma Nico, da quando Roger si era trasferito a casa sua, non si era più fatto vivo. Aveva chiamato solo una volta, preoccupato, quando l'amico si era rinchiuso in motel. E poi più nulla.

Le uniche notizie su Roger, quindi, provenivano da lui medesimo, l'imbonitore per eccellenza. Ora che l'argomento si faceva serio un po' di diffidenza non guastava, soprattutto per una persona scaramantica come la signora Maria. Doveva aspettare. Aspettare, vedere e valutare. Per ora bocche cucite, quindi, guai a te Rosita se ne parli in giro, anche se è ovvio che lo puoi dire alla Giò, ma il cerchio si chiude lì.

Roger, dal canto suo, reagiva in modo strano. Era accaduto tutto in fretta, troppo in fretta. Il lunedì aveva ruttato e il martedì si era trovato le carte intestate. Dov'è la burocrazia? Dov'è la fatica, la delusione, la perseveranza, la gavetta? Dove sono i sudori versati e i traguardi inseguiti? Roger si sentì improvvisamente in colpa. Cominciò a pensare di essere un indolente privilegiato, un po' Forrest

Gump, per certi versi, baciato dalla fortuna senza nemmeno essersi preso la briga di corteggiarla.

L'unico che riusciva a riportarlo alla realtà era Nico, che però appariva l'ostacolo più duro da superare. L'aveva presa male. Anche al telefono, quando gli aveva strillato che il contratto esisteva sul serio, non aveva esultato come Roger avrebbe voluto. O meglio, come Roger avrebbe fatto se la buona sorte fosse toccata all'amico. Magari era solo un'impressione.

Esisteva tuttavia un'altra questione che adesso angosciava Roger: l'attico di De Palma. Si era trasferito da Nico da appena due settimane, i giorni che ti cambiano la vita, e gli aveva fatto svuotare una stanza per combattere l'impeto degli ormoni e delle illusioni. L'amico l'aveva accolto senza battere ciglio, come si può fare solo per un fratello, o un figlio. L'aveva accudito, gli aveva preparato le prime cene, lavato le prime camicie. E adesso, un magnate qualunque gli offriva un appartamento senza spese. Roger sapeva già di non poter rifiutare – era stata un'imposizione, seppur elegante – ma non voleva ferire Nico.

Stava ancora meditando sulle parole più giuste da trovare, quando i pantaloni cominciarono a vibrare vistosamente, una chiamata senza nome.

– Indovina chi viene a cena?
– Stella...
– Non ho molto tempo per parlare, però vorrei.
– Solito posto?
– Non posso stasera, Roger. Mio marito è qui. Però potremmo trovarci e bere qualcosa, se ti va...
– Quando?
– Quanto ci metti ad arrivare davanti al motel?
– Poco, pochissimo. Dieci minuti.
– Perfetto. Tra mezz'ora lì. Aspettami in macchina.

Nico dimenticato, il contratto dimenticato, l'attico dimenticato, chissenefrega dei soldi. Roger rinunciò perfino a entrare in casa e farsi una doccia, era questione di pochi metri, perché davanti a Stella la realtà perdeva la precedenza.

I commercianti stavano per chiudere, le saracinesche finivano pesanti i loro turni di lavoro. Solo una era ancora a metà. Un negozio di fiori. Roger l'aveva visto spesso – ci passava davanti la mattina per andare a Tele Nueva – ma non ci si era mai fermato. I fiori erano una roba romantica, e poi troppo cari, duravano poco, spesa inutile. Ma per Stella non c'erano regole, non c'erano commenti. La luce all'interno era ancora accesa, e la porta socchiusa. Roger abbassò un po' la testa ed entrò bussando. La stanza sembrava abitata soltanto da un profumo verde, un misto di fiori e piante. Era una delle prime volte che Roger ci metteva piede, zotico che non sei altro, si diceva. Mentre fissava inebetito un giglio, un urlo scomposto lo sorprese alle spalle.

– Mi scusi, non l'avevo sentita entrare...
– Scusi lei, forse è chiuso.
– Sì, in effetti stavo finendo una composizione sul retro, ma se ha bisogno mi dica.

Roger guardò l'ora e si sentiva già colpevole.

– Vorrei dei fiori. Dei fiori belli.
– Ha delle preferenze?
– No... mi dia i più cari.

Che brutta frase, pensò la fioraia. Una ragazza semplice, anche se non più giovanissima, con naso leggermente aquilino e un volto acqua e sapone. Roger le guardava le mani un po' rovinate, pensando solo a Stella.

– Se mi permette, non sono d'accordo. Sono per una ragazza, vero?
– ...

99

– Ed è un'occasione importante?

– Non lo so. Forse non la vedrò più. Facciamo rose, rose rosse. Quelle a gambo lungo, sono le più fighe, no?

– Sì, sono loro. Però così davvero non la rivedrà più. Le rose rosse fanno prendere grandi spaventi. Si fidi di me: regali un mazzo di margherite gialle. Ne ho di freschissime, e le faccio un bel mazzo. Che dice?

La ragazza lo guardava con una strana innocenza. I suoi occhi sembravano prevedere la verità. Erano lì, sospesi, in attesa di una risposta. Faceva quel lavoro da anni, prima con la madre e poi da sola, e si divertiva a intuire le storie d'amore che c'erano dietro ai suoi fiori. Quello che vedeva adesso era il coraggio della disperazione, l'uomo pronto a tutto, l'uomo che ha paura di perdere. Quando chiedono "i più cari" sono proprio messi male, pensava.

– Allora, vanno bene le margherite?

– Mi fido di lei. È il suo lavoro.

La ragazza sorrise compiaciuta. Scelse i fiori a uno a uno, accorciò i gambi, poi aggiunse foglie che Roger non aveva mai visto, e chiuse il mazzo con fili di paglia. La sua abilità nel tenere il mazzo pericolante era davvero straordinaria.

– È bellissimo. Non avrei mai pensato che i fiori... come dire... sento che farò una bella figura.

Rimasero un po' impacciati a guardarsi, quasi come se pagare fosse un gesto poco elegante. Fu Roger a tirare fuori il portafoglio e a gesticolare la richiesta. La fioraia rispose anche lei a cenni, e gli fece anche un po' di sconto.

– In bocca al lupo, signore.

– Crepi, signorina.

La frase suonava male, malissimo. Ma la fioraia capì le buone intenzioni e continuò a sorridere. Lo scortò fino all'uscita. Osò, proprio all'ultimo istante, dargli un buffetto sulla schiena. Ma Roger – anestetizzato com'era – non riuscì neppure a sentire. Risalì in macchina e appoggiò i fiori sul sedile di fianco. Si sentiva sempre più in ritardo.

Arrivò al motel in pochi minuti, parcheggiò davanti, spense il motore e attese. La vedrò, tra poco la vedrò, adesso ho anche i soldi, un lavoro rispettabile. I soldi possono cambiare molte cose. Questo si diceva Roger, mentre gli sembrava di riconoscere Stella in tutte le donne che vedeva, compresa un'orientale.

– Sono per me?
– Stella, da dove sei sbucata?
– Posso salire, prima?

Stella attese che Roger spostasse i fiori ed entrò in macchina. Una scia di *Amir* accompagnava i suoi movimenti.

– Ti ho preso questi...
– Le margherite gialle. Sono anni che non me le regalano. In genere mi mandano rose rosse, che io trovo così fredde... Senza profumo, prevedibili. Anche le margherite non profumano però, non so, mi sembrano fiori meno corrotti.
– A me li ha consigliati la fioraia. Cioè, io poi ero d'accordo... sai, non me ne intendo tanto.

Stella lo baciò. Era questo che lo attraeva di lui, oltre alla chimica del corpo. Quella semplicità di borgata squisitamente virile, un po' innocente, un po' ignorante. Lei, abituata alle sue frequentazioni borghesi, ne era così attratta che aveva difficoltà a controllarsi. Roger era già in estasi, addirittura un po' eccitato, ma il momento era troppo romantico per rovinarlo con la foga, per di più in macchina.

– Non ho molto tempo, Roger. Non posso rientrare a casa tardi. Mio marito è qui.

– Cosa vuoi fare?

– Perché non andiamo a bere qualcosa nel bar dove ci siamo incontrati?

– Ma non è rischioso, per te?

– Non ti preoccupare. La possibilità che mio marito possa vederci qui è pressoché zero. E poi a quest'ora è impegnato.

– Che lavoro fa?

– Sì, forse è il momento che tu sappia qualcosa più di me. Ne parliamo davanti a un aperitivo, ti va?

Erano le nove. Per il vecchio Roger era già passata l'ora della cena, figuriamoci quella dell'aperitivo. Ma per lui Stella aveva sempre ragione, caspita com'è bella oggi, le mani, guarda le mani.

Era dispiaciuto per non esserne stato più ossessionato ultimamente, quasi come se ci si abituasse persino a convivere con un'ossessione. E Stella era anche quello: un'ossessione sfuggente, un'immagine in fuga che lo trascinava fuori dal Girotondo. Una donna che adesso lo fissava attraverso grandi occhiali da sole, sorseggiando Martini rosso.

– Ti ho visto, sai, ieri? In diretta. Un rutto davvero memorabile. Di sera sei passato anche su "Blob".

– "BLOB"???

– Non fare quella faccia. Non ti avrei chiamato se mi fossi scandalizzata, non credi?

Non le credette.

– Parliamo di te. Mi stavi dicendo di tuo marito...

– Vuoi sapere cosa fa? È un medico. Molto affermato. Quindi è spesso via per convegni e compagnia bella e io, lo sai...

– E tu, che fai? Di lavoro, dico.

Roger prese le mani di Stella tra le sue, dita vibranti nell'aria, e cominciò ad accarezzarle.

– Te lo dico, però è un segreto.

– ...

– Sono una restauratrice di quadri. Faccio rinascere i sorrisi delle Madonne, di Gesù, e di molti nobili.

– LO SAPEVO! LO SAPEVO!

– Shhh... Roger, non urlare.

– Me lo sentivo, minchia. Con quelle mani lì non potevi che fare un lavoro del genere. E hai uno studio vicino a casa?

Stella sorrise senza rispondere, e anche lei si eccitò. Ma il momento era, in un certo senso, romantico. Si trovavano in un locale davvero poco definibile. Un bar elegante nelle intenzioni ma kitsch come una bomboniera. Un bar dove si poteva stare seduti per ore senza che nessuno venisse a prendere l'ordinazione. Era lì che, la sera prima di sposarsi, Stella aveva trovato Roger, appollaiato sulla sua Coca. In un blitz di follia gli si era avvicinata – diretta e provocante – e ci era andata giù pesante, la paura del grande salto le aveva dato spigliatezza. Convincere Roger era stato, ovviamente, molto semplice, anche se adesso lui chiedeva spiegazioni.

– So che c'è poco tempo, Stella. E io vorrei parlarti.

– Ma tu mi hai già detto tutto. Queste margherite lo hanno fatto per te.

– Sì, però io vorrei conoscerti di più, vederti di più, sapere se abiti qui nel Girotondo o che ne so... se hai una casa a Bel Ami. Vorrei soprattutto sapere come sta andando la battaglia.

Stella rimase un attimo turbata. Sentire il nome del suo quartiere sulla bocca di Roger le diede una strana inquietitudine. Prese tempo, sorseggiando il suo Martini.

– La battaglia è strana. Io lo amo, lo sai. È l'uomo della mia vita ed è assolutamente fantastico. Però viverci insieme, non so... non ci sono ancora abituata. Quando eravamo fidanzati, e lo siamo stati per dieci anni, io ho sempre avuto il meglio di lui. Lo vedevo con la barba fatta, e non mentre se la faceva. Lo trovavo già vestito, e non che mi gira intorno in mutande e calzini. È come se con la convivenza finisse il mistero, si svelasse il trucco. E, soprattutto, vivendoci insieme non mi manca più. Non sta più sotto il mio portone a baciarmi perché devo salire. Pensavamo che quel tipo di rapporto avrebbe salvato la nostra unione: eterni fidanzati.

– E poi?

– Poi non abbiamo resistito, ci siamo lasciati tentare. Eravamo anche stufi di tutte le persone che ci incoraggiavano a farlo. E lì ho capito che forse mi sarei persa qualcosa. Però non so se abbia senso che io e te continuiamo a vederci, che io ti chiami quando penso a te. Non è giusto per nessuno. Forse non dovremmo più incontrarci, Roger.

– ...

Stella guardò le margherite gialle ed ebbe un secondo tuffo al cuore. Lo baciò di nuovo, le mani ad accarezzargli il volto, a sfiorargli eccitate il petto sotto la camicia. L'indice gli disegnava lentamente i contorni del viso, grattando il pizzetto. Roger era così fuori dal mondo che riuscì perfino a non parlare del suo nuovo contratto.

Surreali. Così apparivano agli occhi della proprietaria, che conosceva lui di vista – doveva lavorare in zona – ma non lo aveva mai identificato esattamente, né tanto meno le interessava. Li guardava, mentre pomiciavano come ragazzini, senza respiro né sosta né pudore. Fino a quando la ragazzina guardò l'ora, prese i fiori in mano e si allontanò di corsa dal tavolo.

18

Rosita, per una volta, si piaceva.

I capelli non erano ancora da top model, però averli tagliati dal parrucchiere della Giò le dava sicurezza e quei riflessi biondi sembravano perfetti per lei. In realtà le bastarono pochi giorni per alleggerire l'onta di Antonio e riprendere confidenza con il fisico e l'umore. Aveva subito informato l'amica del nuovo programma di Roger e la fantasia era immediatamente corsa verso un futuro di fama e ricchezza, in cui lei dava feste in abito da sera e invitava i più belli della scuola: Alex, Rudy e Pizzy, cioè Matteo Pizzimento, il vero latin lover del liceo Majorana. All'arrivo di Antonio e Vincenzo, però, lei e la Giò avrebbero fatto intervenire i buttafuori. E Rosita, vedendoli andare via a testa bassa, si sarebbe finalmente vendicata. Le avevano prese in giro, e Antonio l'aveva illusa con quelle mezze frasi che non significavano niente.

A guardarlo bene, non era neanche così speciale. Aveva un bel fisico, almeno vestito, però con tendenza a ingrassare. Lo rivelava il suo collo. "Collo tozzo, corpo grasso" le ripeteva la signora Maria.

Anche l'oroscopo era dalla sua: "Momento terribile per la seconda decade, ma supererai una cocente delusione con coraggio e buonsenso. E, soprattutto, preparati: Cupido ha una freccia già tesa per te".

Rosita aveva quindi alzato il suo livello di attenzione

– soprattutto durante l'intervallo – ma l'unica cosa che notò fu lo sguardo meno ostile di Daniela Berbotto. Era stata scaricata da Tommy Salsa per una di terza, e lei l'aveva presa ancora peggio di Rosita. Si erano trovate insieme a cancellare i proclami d'amore sul calendario appeso in classe – Antonio ama Rosita, Tommy ama Daniela – gli stessi per cui si sarebbero tirate i capelli. Nella sconfitta del gesto ritrovarono un po' di solidarietà, ma avevano caratteri troppo forti per ammetterlo serenamente.

L'imminente svolta nel lavoro di Roger – più che una svolta, una rivoluzione – aveva dato a Rosita una strana adrenalina. Quel pomeriggio di shopping era stato davvero importante per lei. Aveva capito che suo fratello le voleva davvero bene. Avrebbe potuto festeggiare con Nico, o altri amici, invece aveva scelto lei, con sedici anni in meno e tanti problemi in più.

Sentì che il destino poteva cambiare, che anche lei ce l'avrebbe fatta a combinare qualcosa di buono. Lo ripeteva anche davanti a Robbie Williams, che un po' le credeva e un po' no, occhi di gatto infedele. Nonostante le intenzioni, tuttavia, Rosita divenne molto più facile alla distrazione. In classe la Giò continuava a darle gomitate per farla stare attenta, ma era inutile: lei continuava a sognare baci e vestiti, vestiti e baci. Feste faraoniche.

La Baicchi la punì con un'interrogazione a sorpresa e un cinque sul registro, brutta acida non cambierai mai. Solo con la Parodi le cose andavano alla grande. Anche l'ortografia aveva fatto progressi, e nell'ultimo tema si era addirittura presa sette e mezzo, Griva tiè.

Se Rosita era fra le nuvole, la signora Maria non stava sicuramente coi piedi per terra. Malgrado non ci volesse pensare, il nuovo stipendio di Roger le rimbombava ancora in mente. Quattromila euro a puntata, per quindici minuti, cinque giorni la settimana. Lei ci metteva sei mesi per recuperare quattromila euro, grazie alla pensione. E adesso suo figlio poteva guadagnarli in quindici minuti. Dio – pensava – non ce l'ha più con me. Avrebbe tuttavia creduto al miracolo solo vedendo Roger di nuovo in TV. Per ora silenzio assoluto, come le aveva anche consigliato don Giovanni nell'ultima telefonata. Ma l'attesa la logorava, e non voleva assillare i propri figli con preoccupazioni inutili.

Ricominciò a fumare. Aveva smesso molti anni prima, quando era incinta di Rosita. Da allora non si era più avvicinata a una sigaretta. Un pomeriggio nervoso, mentre era in tabaccheria a giocare i numeri del lotto, si regalò un pacchetto di sigarette. Arrivata a casa, si chiuse in bagno e ne fumò una. Poi un'altra. Poi un'altra ancora. Poi basta. Si lavò i denti e uscì dal bagno con la testa che le girava.

Roger era assolutamente all'oscuro di quanto le sue donne fossero in fibrillazione. Le aveva sentite solo telefonicamente – Fletcher dall'apparecchio fisso, Rosita via SMS – e gli sembravano le solite squinternate. Ma in quel momento, lui era soprattutto preso dalla preparazione del suo programma. Real Channel possedeva una vera e propria macchina da guerra. In poco tempo aveva attrezzato uffici in cui Roger potesse lavorare con gli autori e mettere a punto "Da uomo a uomo". Era tutto nuovo per lui: l'efficienza, la divisione dei compiti, le gerarchie, le precedenze, le segretarie che gli portavano il caffè. Fu Benaquista che – su consiglio spassionato di De Palma – diede a Roger le dritte per muoversi nel suo ruolo con una certa padronanza: parlare con tutti, ma relazionarsi solo con autori e produttore. Gli omise ovviamente le riunioni della settimana precedente, in cui costumista e staff avevano passato giorni e notti per costruire il look d'esordio. Alla fine optarono per pizzetto incolto e capelli corti, che faceva tanto diavolo inferocito. Poi, per tranquillizzare la massa maschile impaurita, gli avrebbero aggiunto gli occhiali da vista, anche se aveva undici decimi per parte.

Roger – Truman – non si rendeva affatto conto di che realtà fosse quella. Quando entrava in ufficio tutti elargivano sorrisi, quasi fossero mesi che non si vedevano. A

Tele Nueva lo salutava così solo la povera Sabry, se le girava.

L'altro evento sorprendente era che lo ascoltavano sul serio. E, soprattutto, le cose che diceva venivano messe in pratica. A pranzo, poi, durante le pause di lavorazione, aspettavano che fosse lui il primo a ordinare e tutti, o quasi, si aggregavano nella scelta. Una sensazione abbastanza strana. Aveva provato a confidarsi con Nico, ma si era mostrato poco interessato, dicendosi stanco od occupato. Roger non aveva ancora trovato il coraggio di parlargli della casa, rimandava di giorno in giorno. De Palma stava cominciando a irritarsi – non ti vuoi più trasferire? – ma Roger fu bravo a trovare scuse, è solo questione di tempo, mi devo abituare, figurati se non ci tengo ad avere un attico in centro.

In redazione, intanto, "Da uomo a uomo" era già un successo. Un giorno avevano mandato in sovrimpressione il messaggio: "Sei un maschio di 25-45 anni e vuoi raccontare le tue esperienze segrete in fatto di donne?" e in pochi minuti la segreteria di Real Channel era stata presa d'assalto. Voci desiderose di confidare tradimenti consumati, corteggiamenti falliti, paternità al DNA e orgasmi da celebrare. Le segretarie di redazione avevano orecchie scandalizzate, ma non perdevano un messaggio. Roger ogni tanto ascoltava e si faceva venire il complesso d'inferiorità. Altro che rutto in diretta. Le bestie stavano tutte in casa, nascoste sotto un doppiopetto grigio, un calzino consumato e una moglie nel letto.

Il successo delle adesioni fu un toccasana per gli autori. Benaquista era il capoprogetto, Emi e Pablo gli altri collaboratori. De Palma ogni tanto piombava in riunione, ma solo per accertarsi dello stato d'animo di Roger. "Conduttore di buonumore, ascolti di ottimo umore" ripeteva con il solito accento alla Dan Peterson.

Vedendo Roger ambientarsi con facilità – non lo pugnalano neanche troppo alle spalle – intuì che quello show avrebbe potuto fare il botto.

Dopo una settimana di rimandi e scuse, Roger decise finalmente di vedere la sua nuova casa. Lo fece alla fine di una giornata di prove, sfinito e spossato dagli esercizi per essere più pungente.

De Palma gli lasciò le chiavi – non avrebbe potuto accompagnarlo – e si limitò a far avvisare la portinaia dell'arrivo del nuovo inquilino. Poi chiamò uno degli autisti di Real Channel per portare il bravo presentatore nella nuova magione. Quando vide il palazzo, Roger s'intimidì. Uno stabile Liberty finemente ristrutturato, con ascensore in ferro battuto e una scala interna di forma ovale. Lui, abituato ai parallelepipedi del Girotondo, si sentiva goffo e a disagio. La portinaia stessa se ne accorse e fu meno gentile di quanto avrebbe dovuto, limitandosi a indicargli piano e interno. Ma Roger amava essere indipendente e non se la prese.

Mentre vedeva il vortice delle scale girargli intorno, gli venne in mente che anche il suo ascensore aveva le porticine, e cigolavano più o meno nello stesso modo. Arrivato al piano, cercò di indovinare quale fosse la porta, un gioco che si portava dietro dall'infanzia. Sbagliò le prime due. Ce n'erano tre.

Socchiuse l'uscio con delicatezza, quasi stesse aprendo un regalo dalla carta pregiata. L'emozione fu subito grande. Una stanza – per i suoi standard – immensa. Pavimento in cotto, vetrata sul terrazzo, un angolo cottura, divani bianchi e, in fondo alla stanza, quasi nascosto, il pianoforte.

Roger era eccitato e spiazzato, perché proprio a me, c'è tanta gente che se lo merita, io ho ruttato in faccia a tutti e ricevo pure un premio. Più ci pensava, meno gli tornava. Cominciò a fare una stima, se non dell'acquisto, dell'affitto. Ma si accorse di non avere parametri. I settantacinque metri di Fletcher erano di proprietà Milone, mentre da Nico non aveva neppure formalizzato il trasferimento, sei un amico, per ora sistemati qui e poi ne parliamo.

Cominciò a guardarsi intorno, e finalmente vide la camera. A soppalco sotto il tetto, si affacciava regale su quel salone immenso, arredata solo di un futon giapponese che aveva un aspetto da Aiazzone ma costava dieci volte tanto. Ne aveva di gusto la signora De Palma, pensò Roger. Poi scese giù, come i bambini, a perlustrare più a fondo il territorio. Il terrazzo era circondato da piante e rampicanti perfettamente curati – doveva esserci stato da poco qualcuno – e dava su un elegante cortile di alberi e ghiaia. Ma l'oggetto che più lo sorprese di quella casa – la sua nuova casa – era il pianoforte dimenticato. Roger ne fu dapprima intimorito, gli girava intorno circospetto, poi ammaliato. Si sedette sul panchetto e sollevò con timore il coperchio. Non aveva mai visto un pianoforte a coda così da vicino. Le dita si mossero goffe prima su un tasto, poi su un altro, poi su tutti. Ne uscirono non suoni, ma rumori, da cui tuttavia non riusciva a staccarsi. Rumori che festeggiavano la vita nascente. Non abitava più al terzo piano scala A, di fianco alla signora Muti e sopra la scostumata. Adesso i suoi vicini erano medici e professionisti, notai e artisti. Fantasmi senza cognome, che guarnivano i campanelli con iniziali e numeri. Adesso stava per toccare a lui. Roger si tolse la maglietta e cominciò a fare le flessioni sul pavimento.

19

La Baicchi stava scrutando il registro. Scorreva l'elenco alfabetico dall'alto verso il basso e viceversa, aiutandosi con l'indice.

– Griva...

E una era andata. La seconda G tirava un mezzo sospiro, ma non poteva ancora festeggiare. Difficile fare pronostici, con la Baicchi. Poteva interrogare una persona anche due volte consecutive, vera bastarda dentro. Aveva già deciso la seconda vittima, ma le piaceva sadicamente tenere la classe sulla corda.

– ... e Milone.

E te pareva. Rosita diede una testata contro il banco – le piaceva sceneggiare – e si alzò rassegnata appena la Giò le lasciò la mano con cui si erano fatte coraggio. Mentre si avvicinava al patibolo, incontrò lo sguardo di Berbotto, che le mostrò un cenno d'incoraggiamento. Rosita si sentì rincuorata e decise di affrontare la morte a testa alta. In fondo era solo interrogata con la prima della classe e le brutte figure bisognava metterle in conto. In realtà, non era poi così agitata. Aveva fatto tutti i compiti e i risultati le erano venuti al primo colpo. Solo la parte teorica non la sapeva perfettamente, ma la Baicchi di solito privilegiava la prova pratica. Milone era alla lavagna di destra, Griva a quella di sinistra. Tre esercizi a testa. Rosita mise il pilota automatico e senza alcuna esitazione risolse i tre problemi sulle potenze. Finì addirittura prima di Griva, suscitando un brusio d'ammirazione. Andò piuttosto bene anche sulla parte teorica, ma inciampò leggermente sul perché un numero elevato a zero dia sempre uno. Il voto fu sette per Rosita e otto per Griva, la solita ingiustizia, ma Milone ebbe dalla sua l'appoggio della classe – non avveniva spesso – che le si strinse intorno solidale. Una soddisfazione nei confronti della Baicchi, alla facciazza sua di merda.

Era comunque un bel voto, sette, e l'intervallo si trasformò in un meritato trionfo. Rosita e la Giò uscirono per mano, e scesero di corsa due piani di scale per arrivare al bar e accaparrarsi i panini. Prosciutto e "maio" per Rosita, pancetta e "maio" per la Giò, chinotto per entrambe. Si appollaiarono sul davanzale, scambiandosi morsi di cibo come due fidanzatine. Poi fecero il solito giro d'ispezione, per vedere se nuovi anatroccoli si erano trasformati in cigni. Ma la situazione era stabile. Il magico trio continuava a essere quello: Alex, Rudy e Pizzy, quinta A. Brillavano di luce propria sotto gli occhi di tutte, senza bisogno d'altro.

Rosita e la Giò fantasticavano ogni giorno di fare l'amore con uno dei tre. Ovvio che la prima volta *deve* essere quello giusto, *deve* essere naturale, ti *deve* volere bene. Ma se a chiedertelo è Pizzimento – o Rudy, o Alex – saltano tutte le regole.

E arrivò sul serio a chiedere, Pizzimento. Da accendere.

– Non fumo, mi spiace. Fumerei solo se me lo chiedessi tu.

Rosita non sapeva perché le era venuta quella risposta. Forse l'euforia dell'interrogazione, la primavera che iniziava a farsi sentire, i riflessi biondi, il desiderio di vendetta nei confronti di Antonio. Pizzy non ribatté, ma la guardò intensamente. Non era abituato a repliche così provocatorie e aggressive, solo occhi spauriti di ragazze in attesa di un sì. S'incuriosì, ma era troppo vincolato al suo ruolo di maschio *in fieri* per concedersi una battuta. Fermò due ragazzi di quinta, accese la "siga" e andò a godersela in cortile. Rosita e la Giò sembravano le pastorelle di Fatima, anche se alla Giò piaceva di più Alex.

In realtà, il ragazzo che aveva sognato negli ultimi tempi era ancora un altro: Ivan. Lo aveva conosciuto alla festa di Vincenzo, mentre Rosita si faceva del male in bagno con Antonio. Ivan era decisamente più grande – quarta D – ma non l'aveva mai preso in considerazione, solo notato alle manifestazioni, durante i cortei.

Per tutta la festa, il loro unico argomento era stato la politica. Lui l'aveva illuminata sulle differenze ideologiche tra destra e sinistra, invitandola a documentarsi, a leggere, a farsi una coscienza. Le aveva detto proprio così: "Finché non avremo una coscienza, non saremo mai liberi". E lei si era innamorata. Non l'aveva confessato a Rosita, non aveva osato dopo l'accaduto, abbattuta anche lei dalla disavventura dell'amica. Passata la tempesta, poté finalmente confidarsi. Il racconto, circostanziato in ogni dettaglio, era cominciato a fine intervallo per continuare tra i bisbigli durante l'ora d'inglese.

– E vi siete baciati, alla fine?
– Chiaro. Ma solo a stampo.
– Niente lingua?
– No, perché era quasi un bacio di saluto. Cioè, lui non mi ha chiesto di metterci assieme. Abbiamo soprattutto parlato dello stato sociale. Troppo affascinante... Mi ha già prestato la biografia di Che Guevara, e poi vuole che legga anche quella di Mussolini, per fare i confronti. Dice che la gente si schiera senza mai sapere le cose.
– Io sono di sinistra perché tutti gli artisti sono quasi sempre di sinistra. E ora che mio fratello va a Real Chan-

nel, capisci che per me è importante avere una posizione politica.

Quei discorsi improbabili vennero interrotti dalla Depravati che, esasperata dal chiasso crescente, non riusciva neppure a spiegare la semplice regola della *question tag*.

— Certo che se ti metti con Ivan è un bel problema.
— Perché?
— Per la differenza di età. Lui ha quasi diciannove anni. Fa tanto il saputello, ma poi è stato bocciato due volte.
— L'hanno bocciato perché è stato boicottato dai professori. Fascistoni.
— Vabbè, comunque ha sempre diciannove anni, e tu ne hai quindici.
— Tra un mese sedici.
— Però adesso quindici. Io sono dalla tua parte, Giò, e lo sarò sempre. Ma ci sono tante discriminazioni in giro, anche se secondo me non è giusto. Non dovrebbero esserci barriere per l'amore...
— MILONE E MOISIO! Volete finirla o devo chiamarvi alla lavagna?
— Ci scusi, professoressa. Milone mi stava spiegando il *present continuous*...

La Depravati evitò di inalberarsi, in fondo erano due brave ragazze, e andò avanti a spiegare le regole – poche – e le eccezioni – tante – della lingua più amata dalla disco-music.

Rosita e la Giò proseguirono la conversazione con i bigliettini. Facevano sì con la testa mentre la Depravati le guardava, e dibattevano sui loro ideali di ragazze in via di sviluppo. In realtà, la discussione passò dall'astratto al concreto in pochi pezzi di carta, la scrittura disinibisce la confidenza, si sa.

Pur non avendo mai avuto vere e proprie esperienze sessuali, Rosita pensava di essere ninfomane. Da quando aveva conosciuto Antonio, faceva sogni sempre dello stesso tipo, e aveva una crescente tendenza a masturbarsi. Ogni scusa era buona per chiudersi in bagno e ricercare ossessivamente il piacere. La Giò cercava di tranquillizzarla, anche a me capita, sì però tu non ti masturbi a scuola, chi ti dice che non lo faccia, brutta puttanella potevi dirmelo. Andarono avanti a prendersi in giro, pensando periodicamente alla morte e a Dio per non scoppiare a ridere durante la lezione.

Alla fine si lasciarono prendere la mano, e l'insegnante si scocciò di brutto. Fece irruzione improvvisa al loro posto, sequestrando i biglietti incriminati. Ne lesse solo uno a caso – cosa avranno da scriversi per un'ora di seguito – che la lasciò muta e senza colore: "Secondo me anche la Depravati è ninfomane".

20

Era quasi il momento.

L'esordio ormai vicino, le prove incessanti, De Palma nervoso. Roger doveva parlare con Nico, dirgli della casa, coinvolgerlo di più nella sua nuova avventura, forse non l'aveva fatto abbastanza. Voleva anche il suo parere su Stella dopo l'ultimo, infruttuoso incontro. Ma sapeva già che cosa gli avrebbe risposto. Si incrociavano solo al mattino e alla sera, scambiandosi sempre le stesse battute: tutto bene, sì anch'io, buona giornata, ciao. Si stavano allontanando senza una ragione precisa, una serie di incomprensioni sul filo del silenzio. La saggezza ellenica di Nico sembrava evaporata sotto un sole bruciante d'orgoglio.

Forse solo Stella avrebbe potuto aiutare Roger, in quel momento. Per lo meno a livello fisico. Al solo pensiero di sfiorarla gli s'indurivano i pantaloni. Chissà dov'era, a quale madonna stava regalando un nuovo sorriso. E chissà cosa aveva detto al marito delle margherite gialle, magari le aveva buttate nel primo cassonetto, magari le teneva sul comodino. Riprese in mano il biglietto di Miss Andersen, e ricompose il numero lentamente. Uno squillo, due squilli, tre squilli.

– Pronto?

– ...

– Pronto???
– ...

Roger mise giù, rabbioso e impotente. Era la voce di un uomo, sicuramente il marito. A un amante non si fa rispondere al telefono di casa. Una voce che per un attimo gli era sembrata familiare, come quella di Nico. Gli uomini al telefono sono tutti uguali, pensò, perché non hanno mai voglia di rispondere. Fu tentato di richiamare e sputare la verità via cavo, ma sapeva che non sarebbe comunque servito a riconquistare Stella.

Ci pensava continuamente in quei giorni, mentre si avvicinava la cena da Gina e Sabrina, già rimandata tre volte per i suoi impegni crescenti. Dopo una ventina di SMS, trovarono finalmente la serata libera. Peccato che Roger – ci teneva così tanto – riuscì a dimenticarsene. Fu Nico a placcarlo al telefonino. Appena vide il suo nome lampeggiare, Roger rispose già con le scuse.

– Nikito, abbiamo finito tardi, sto arrivando...
– Lo immaginavo.
– D'altronde siamo "una faccia, una razza", no? Mi ripeti l'indirizzo?

Roger era fuori tempo per colpa della futura casa. Gli piaceva da impazzire. A ogni pausa possibile, trovava modo di farle visita. La accarezzava, cercava di prendere confidenza con mobili e oggetti, annaffiava le piante, ammirava il pianoforte e si specchiava a torso nudo in camera da letto. Non riusciva a credere che presto – molto presto – sarebbe vissuto lì. Lo sconvolgeva ancor di più che avere un programma su una rete nazionale.

Salì su un taxi e si diresse verso la cena delle sorelle Iannuzzo, che abitavano appena fuori del Girotondo. Si rese conto che si stava presentando a mani vuote – diranno già che sei cambiato e te la tiri – così pensò rapidamente a cosa portare: vino, gelato, cannoli siciliani. I fiori. Chiese al tassista di fare inversione e tornò alla solita saracinesca a mezz'asta, dalla fioraia che leggeva il pensiero dei suoi clienti. Entrò con minor timore della prima volta, e passò istintivamente dal lei al tu.

– Ciao... sono di nuovo qui.
– Ti pensavo, l'altro giorno. Com'è andata con le margherite?
– ...
– Se n'è andata come le altre volte?
– Più o meno.
– Stai tranquillo, tornerà. Se ha tenuto i fiori, tornerà.
– Speriamo. E tu?

La ragazza, per una volta, si mise sulla difensiva. Riprese a sistemare i fiori nei vasi, eliminando le foglie imperfette.

– Io cosa?
– Tu. Che fai, come ti va...
– Sto aspettando che qualcuno mi mandi dei fiori. Il brutto di questo lavoro è che non te li regala mai nessuno.
– L'importante è che questo "qualcuno" ci sia.

"Da uomo a uomo", con le sue prove e simulazioni, aveva reso Roger ancora più immediato e diretto.

– In effetti qualcuno c'era. C'è stato fino a pochi mesi fa. Poi se n'è andato...
– Mi spiace.
– Non è importante l'appuntamento di questa sera, vero?

Roger sorrise, sempre più incuriosito dalla finezza di osservazione della sua abile venditrice.

– No... Vorrei una roba poco impegnativa, per una cena in casa. Sono due sorelle...

La fioraia suggerì un centrotavola di fiori di campo, e Roger si accodò nel consueto, frettoloso assenso. Fino allora, non era mai entrato da un fioraio più di una volta all'anno, quando comprava a Fletcher la rosa per la festa della mamma, una promessa che aveva fatto a suo padre.

– Sono bellissimi. Anche stavolta faccio la mia porca figura...
– Comunque io sono Elisabetta.
– Come la regina?
– Qualcuno mi chiama Betta.
– Betta ci piace.
– E tu?
– Io sono Roger. Roger Milone.

Elisabetta, ma presto sarebbe diventata Betta, scoppiò a ridere senza alcuna inibizione.

– Dio, che nome... Sembra di un attore porno, o di quei mafiosi tipo Pizza Connection.
– L'ha scelto mio padre. Avevano pensato a un altro nome, ma quando sono nato sembravo uguale a Roger Moore. Sai, Simon Templar... E alla fine mi hanno chiamato così.

Betta non riusciva a smettere di ridere, battendo le mani a ritmo irregolare. Roger non capiva cosa ci fosse di tanto comico, ma quella ragazza gli trasmetteva energia positiva, e si aggregò all'euforia.

Perse di nuovo il senso del tempo, e Nico lo chiamò ancora sul telefonino. Questa volta era veramente seccato. Roger e Betta si salutarono in fretta e con affetto, senza frasi di circostanza né propositi. A differenza della volta precedente, tuttavia, Betta si affacciò per vedere che macchina avesse quello stravagante cliente: davanti ai suoi occhi trovò un taxi bianco con frecce lampeggianti. Scosse la testa e sorrise.

Il clima a casa di Gina e Sabrina era decisamente meno festoso. Stavano aspettando Roger da più di mezz'ora, e lui non si era nemmeno preso la briga di avvisare, ormai pensa già di essere un divo. I fiori non bastarono a sciogliere il clima, ma furono ovviamente un'attenuante, soprattutto agli occhi di Sabrina, minchia sabbry. In realtà, se c'era una persona a disagio era proprio Gina, che aveva sostituito Roger nella conduzione di "Pentola Today" senza nessuno scrupolo, *mors tua vita mea*. Si era fatta la tinta, una bella lampada e via, a vendere casseruole. Sabrina non era così d'accordo ma era troppo succube della sorella per provare a contraddirla.

Nico s'impose di essere calmo e solare. Aprì una bottiglia di vino che gli aveva mandato suo padre, Tasos, e riempì i bicchieri. Pur essendo in casa propria, le due sorelle Iannuzzo erano vestite da gran sera, tacchi alti e camicia glitter, una cosa semplice. Roger non riusciva a guardare Sabrina fisso negli occhi. L'ultima volta l'aveva scopata di brutto, e adesso si sentiva a disagio. In realtà, a Sabrina era piaciuto da morire, minchia Roger, e sperava che potesse accadere di nuovo. Lei avrebbe desiderato volentieri anche qualcosa di più, un po' come tra sua sorella e Nico, ma era troppo timida per fare avance.

La tavola era imbandita di ogni prelibatezza: cozze alla marinara, salumi affumicati, sedani ripieni di gorgonzola, mozzarelle di bufala.

– Proporrei prima un brindisi a Roger, che è riuscito a trovare un altro impiego dopo Tele Nueva, anche se in un ambiente così ostile.

– Ma... veramente...

– In bocca al lupo, Roger. Alla salute.

Gina non lo fece neppure replicare, e cominciò a far tintinnare i bicchieri con tutti. Nico aveva ancora un po' di *scüffia*, per dirla come lui. Roger alzò le spalle e si buttò sul cibo, non mangiava da un sacco di ore, mentre Sabrina cercava educatamente di attirare la sua attenzione.

– Ma ora che lavori a Real Channel, come fai a parcheggiare, che lì è tutto a pagamento?

– Andrà in pullman...

– Ma forse potresti anche andare in bici. No, Roger?

– In realtà, mi passano a prendere.

– Che fortuna... Un collega?

Roger sentiva che sarebbe finita male.

– Un autista.

– UN AUTISTA?

– Sì, a spese di Real Channel. Mi viene a prendere prima delle prove, e quando ho finito mi riporta da Nico.

La tavola si zittì, senza essere mai stata veramente rumorosa. Roger sentiva un grosso desiderio di fuggire. L'espressione di Nico non lo incoraggiava affatto – faccia amletica, perplessa – assai lontana da quella paterna e amichevole di poche settimane prima.

– Ne hanno di soldi da buttare, nelle TV nazionali. Deve esserci sotto un giro pazzesco di tangenti, se trovano pure i soldi per dare l'autista all'ultimo arrivato.

– Pensate che mi danno anche una casa.

– UNA CASA?

Aridaie. Roger pensò che parlarne in pubblico fosse il modo più semplice per affrontare la questione. Ma non fu una buona idea perché Nico la prese, come previsto, male.

– Sì, cioè... è la casa dove stava prima la donna di Bob... cioè di De Palma.

– E tu che c'entri?

– Niente, ma adesso è vuota. E dato che è in centro, è più comodo per arrivare agli studi... La prossima settimana magari facciamo una cenetta da me, eh? Che ne dite?

Un sorriso imbarazzato di Sabry. Per il resto, reazioni piuttosto tiepide all'invito. Roger decise di desistere, andate tutti affanculo, brutti invidiosi di merda. Si versò da bere un bicchiere di *retsina* – un giorno troverò il coraggio di dirti che fa schifo, coglione – e lo trangugiò d'un fiato.

Gina e Sabrina cercarono di riportare un po' di serenità in casa. A dire il vero, anche Nico cominciò a impegnarsi, ma la sua donna più di lui, visto che cominciò a massaggiarlo sotto il tavolo. Dopo il dolce, che a Roger sembrò non arrivare mai, si ripiazzarono – le sere in fotocopia – davanti al televisore per analizzare il nuovo conduttore di "Teletrasporto". Era uno che Roger non aveva mai visto, da quello che aveva capito era parente di Sevilla, e si divertì a insultarlo e a fargli il verso, brutto raccomandato che non sei altro.

La serata finì come la volta precedente. Le stesse scene hard in una nuova location. Nico e Gina in una camera, Roger e Sabrina nell'altra. Roger non si curò dei preliminari, delle carezze, dei tempi, dei modi. Pensò solo a sé. Doveva sfogarsi, scacciare la rabbia e l'ingiusto rancore che si sentiva vomitare addosso. Sabrina lo percepiva, e questa cosa, stranamente, le solleticava la libido. Più lui la usava, tanto più lei godeva. Vennero insieme tra morsi e graffi, e non ci fu un bacio, nemmeno uno, appena finito.

Roger si rivestì in fretta e non attese neppure che Nico uscisse dall'altra stanza. Andò via inventando una scusa che neppure Sabrina credette.

Il giorno dopo avrebbe cambiato di nuovo casa.

21

In ventiquattr'ore sarebbe diventato tutto vero.

Roger si presentò alla conferenza stampa con capelli arruffati, pizzo, occhiali da vista finti, lattina di Coca-Cola in mano, mezz'ora di ritardo. I giornalisti pronti a sbranarlo – 'sto venditore di pentole – ma Roger sembrava davvero nato per le interviste. Un talento naturale, che non era necessariamente segno d'intelligenza, quanto piuttosto un'abilità innata nell'adeguare tono e registro all'interlocutore. Con Stella parlava in un modo, con Nico in un altro, con sua madre in un altro ancora. Coi giornalisti non aveva ancora confidenza, per cui si affidò all'improvvisazione. La risposta che sorprese di più fu la replica a una giornalista, curiosa di sapere come si sentisse a passare dalla cucina di Tele Nueva allo spogliatoio maschile di Real Channel. "Sono molto preoccupato per la puzza di sudore" rispose, senza aggiungere altro.

La sala scoppiò a ridere e applaudì divertita. Meglio di lui, e probabilmente con più eleganza, avrebbe saputo rispondere solo Roberto Benigni. La simpatia semplice e un po' primitiva di Roger gettò un buon clima sul nuovo programma, destando l'attenzione della stampa nazionale.

Su un paio di quotidiani, l'articolo venne accompagnato anche da una foto, seppur in formato francobollo: "In alto a destra, Roger Milone, il nuovo volto televisivo di Real Channel". Fu qui che la signora Maria perse il controllo e si commosse. Lacrime silenziose, che solo lei poteva capire, di cui solo lei doveva gioire. Lo rivedeva correre felice sul girello, a cavalcioni su suo padre, disperato per la bici rotta o in festa dopo un goal in cortile. E adesso era lì, a pochi centimetri da Leonardo DiCaprio e Monica Bellucci, attori della cui carriera lei conosceva solo il lato B, quello delle riviste di *gossip* che leggeva regolarmente.

Anche Rosita aveva la pelle d'oca e un entusiasmo difficile da contenere. L'apparizione fugace sui giornali aveva provocato un piccolo terremoto sul suo cellulare: SMS da tutti, comprese Griva, Leso, Berbotto e Calì.

Quella domenica, Roger fu il grande assente del consueto pranzo in casa Milone. Oltre alle prove del programma, sempre più impegnative, aveva cominciato a spostare gli scatoloni da casa di Nico al nuovo alloggio che "gli davano quelli della televisione". La signora Maria era un po' diffidente – possibile che non devi neanche pagare l'affitto? – e cercò di farlo desistere telefonicamente, tu da solo non ci sai stare, con Nico mi sento più tranquilla, il centro è troppo lontano da qui. Ma Roger fu serafico e stringato, il tempo e la tensione gli imponevano di tagliare corto.

Rosita era invece tutta eccitata all'idea che suo fratello non abitasse più nel Girotondo, e già pianificava con la Giò grandi party in terrazza con gli ospiti del "Grande Fratello". Ne parlava euforica a tavola, davanti a don Giovanni, alla mamma e alla sua migliore amica, che per la prima volta aveva dormito da lei sotto gli occhi di Robbie Williams.

– Una festa è riuscita solo se ci sono persone non noiose, che hanno voglia di conoscerne altre. Chissenefrega poi se il posto è bello o brutto.

– Di' la verità, don... Non potrà mai venire bene una festa in questa casa.

– ROSITA! Non sai quanti sacrifici abbiamo fatto io e tuo padre, per questo alloggio.

– Lo so, Fletcher, me lo ripeti tutte le volte. Ma la mia idea tanto non la cambierò mai.

La Giò faceva cenno a Rosita di cambiare tono, cercando con i sorrisi di calmare il comprensibile risentimento della signora Milone. Per una volta, anche don Giovanni sembrò perdere la pazienza. Ma durò solo un attimo.

– Ricorda che chi ti valuta per cos'hai, e non per come sei, non merita la tua attenzione. Perché non sarà mai sincero con te. E tu vuoi che le persone siano sincere con te, no?
– Chiaro.
– E allora lascia che vedano il luogo dove vivi: con una tavola imbandita, una madre invidiabile, una bionda per amica e una futura star come fratello.

Rosita annuiva, ma non era totalmente convinta, una festa comunque scordatela. Tuttavia don Giovanni aveva il potere, quando parlava, di anestetizzarle le reazioni. Saranno stati gli occhi di Sonny Crockett – Don Johnson – o quel modo di predicare così laico, così poco da prete. Anche la Giò lo guardava estasiata, che uomo affascinante, chissà a quante donne avrà fatto perdere la testa. Per Maria Milone, invece, era solo un amico e un consigliere spirituale, oddio mi sta tornando voglia di fumare.

– E mi dica, padre, è soddisfatto del nuovo organista?
– Ragazzi, era davvero l'uovo di colombo! La messa con l'organo è un'altra cosa... Sono già due settimane che la chiesa mi sembra più piena, solo un paio di file vuote. E ci sono anche più giovani. Adesso voglio provare a formare un coro.

Rosita lanciava occhiate rapide alla Giò – poi te lo spiego in camera – mentre sua madre si faceva il segno della croce. In fondo la signora Maria quel giorno avrebbe voluto parlare soprattutto di Roger. Non ancora superato il trauma del rutto, si era subito risollevata grazie alle vicende contrattuali del nuovo programma. L'aveva ormai confidato a tutti, della trasmissione, soprattutto ai parenti, e ne discuteva sul pianerottolo anche con la signora Muti. L'incognita su contenuti e toni di "Da uomo a uomo" un po' la inquietava, ma don Giovanni fu bravissimo a placarla.

– Primo, è una rete nazionale. Secondo, Maria, tuo figlio è un Milone: ha la testa dura e sulle spalle. Perché non lo guardiamo qui tutti insieme domani sera?

– Che bella idea, padre. Con te mi sentirei sollevata. E potrei fare venire qui anche la signora Muti e la madrina di Roger.

– E la Giò?

– Giovanna è ormai una di famiglia. Chiedi però ai tuoi genitori se sono d'accordo. Anzi, se vuoi invitare pure loro... La casa è piccola, ma ci stringiamo.

– Che gentile, signora Milone. Non è emozionata?

Maria era davvero stranita. Sapere che la zia, la vicina, la compagna di sua figlia e addirittura il parroco venissero in casa per seguire in diretta Roger, la riempiva d'orgoglio. E vedere Rosita di nuovo sorridente le diede un tuffo al cuore. La felicità dei figli. Non una priorità, ma una necessità per lei.

Quella notte dormirono poco tutti. Rosita ne approfittò per ripassare Leopardi, Roger per ripassare il copione, la signora Maria per ripassare il menu.

La mamma era ancora più nervosa del conduttore. Cosa avrebbe offerto a tutta quella gente? A quell'ora poi, le undici di sera. Si pentì, nell'euforia, di aver invitato anche i genitori della Giò, gente benestante quella, avevano pure la donna di servizio due volte a settimana.

Si alzò alle cinque e mezzo e cominciò i preparativi di quella che sarebbe stata una lunga giornata. Evitò l'aspirapolvere per non svegliare Rosita, ma non riuscì a evitare le zeppole di San Giuseppe. La top model mancata venne svegliata da un profumo zuccherato di fritto. Si alzò di corsa e trovò sua madre nel cucinino, con l'espressione un po' matta di chi ha spostato il giorno di Natale sul calendario.

– Allora, sei pronta, ma'? Vedrai che stasera andrà bene. Riuscirà a farci fare brutta figura anche questa volta.

La signora Maria non replicò, anzi, si preoccupò di preparare subito la colazione alla figlia. Le raccomandò di non esagerare con la spavalderia in classe – è solo una trasmissione in seconda serata – ma era come se parlasse a Rosita per rimproverare se stessa. Forse aveva esagerato. In fondo, il conduttore televisivo è un lavoro come un altro, no? Se lo ripeteva senza crederci troppo mentre assemblava le sedie del tinello intorno al televisore.

Grazie alle pulizie, la giornata volò via veloce. I primi ad arrivare furono madrina e la signora Muti, che era stata in casa Milone per tutto il pomeriggio, povera donna, è troppo agitata. Poi fu la volta di don Giovanni e per ultima la Giò, accompagnata dai genitori e da una pianta per la signora Maria, non dovevate disturbarvi.

Sembrava l'attesa di un Capodanno inquieto. L'ultima mezz'ora venne trascorsa in un silenzio irreale, rotto solo dalla TV e dalle battute di Rosita. Le zeppole di San Giuseppe immacolate sul tavolo. D'improvviso, l'annuncio: "Tra poco, su Real Channel, 'Da uomo a uomo' con Roger Milone. Restate con noi".

La signora Maria spense la luce. Gli ospiti ruppero la tensione con un applauso. Rosita si sedette di fianco a sua madre, e le prese la mano.

22

REAL CHANNEL, ORE 23.00

Donne davanti allo schermo, toglietevi di mezzo e cambiate canale. Questo programma non fa per voi.

– Cosa sta dicendo?
– Shhh. Zitti!

Le vostre mogli se ne sono andate? Bene, possiamo cominciare. Benvenuti a "Da uomo a uomo", il programma in cui noi maschi possiamo finalmente raccontarci come stanno davvero le cose. Io sono Roger Milone e da oggi sarò il custode dei vostri segreti in fatto di sesso, tradimenti, incomprensioni, debolezze.

– Ma è un programma un po' osé?
– Dài madrina, fammi sentire...

Ogni sera uno di voi verrà qui in studio, in questa specie di spogliatoio, a confessarsi. Io non gli chiederò né da dove viene, né cosa fa nella vita perché a noi non ci interessa. Noi vogliamo solo sapere cosa ha da dire in fatto di donne, per aiutarci a vivere meglio e diventare più furbi. Ma partiamo con il primo ospite, che si chiama Roberto. Ciao, Roberto, benvenuto a "Da uomo a uomo."

– Ciao, Roger.
– Emozionato?
– Neanche un po'.
– Bene, perché l'emozione è bandita stasera visto che cominciamo parlando, guarda un po', di orgasmo femminile.
– Esatto.

– Faccio una piccola premessa, dato che questa è la prima puntata: noi non siamo né sessuologi né psicopatici. Vogliamo semplicemente fare quattro chiacchiere e sentire le vostre esperienze, che ci possano essere utili in futuro. Vuoi dirci, Roberto, la tua teoria in fatto di orgasmo? Mi pare molto interessante.

– Padre, mi sento svenire...

– Guarda che sta andando benissimo. Per ora, zero papere.

– Vedi, Roger, io non credo tanto nel sesso diretto e virile, tipo "sei mia, ti sbatto e poi vengo". È una presa di posizione antiquata, che non funziona più. La donna non gode così. La donna gode quando non glielo dai.

– Spiegati meglio...

– È semplice. Tu l'hai già penetrata, gliel'hai già fatto sentire, e poi lo tiri via. Lei te lo chiede, ti supplica quasi, e tu gliene concedi solo un pezzetto alla volta. È l'orgasmo di attesa, ed è bellissimo sia per me che per la mia donna. Ovviamente lo devi fare solo quando lei è già eccitata, non all'inizio di un rapporto.

– Svengo...

– ...

– Quando la vedi che sta per venire, allora sì che ti fermi. In questo modo l'orgasmo dura tantissimo e la fai veramente impazzire.

– Ragazzi, prendete nota. Hai altri suggerimenti da dare, vista la tua esperienza?

– Sì. Un errore madornale è, dopo essere venuto, andare in bagno e lavarsi subito. Va bene solo se non la conosci bene, ed è stata una sveltina e via. Ma se ci tieni a lei, quanto ci hai messo all'inizio, col petting e compagnia bella, tanto ci devi mettere alla fine, subito dopo l'orgasmo. È importante perché chiudi l'esperienza con un cerchio, e il piacere dura molto più a lungo.

– La storia del cerchio c'è anche in *Siddharta*.

– Brava Giò.

– E ora sentiamo le testimonianze che ha raccolto per strada il nostro Armando Benaquista.

Durante i contributi filmati, tutti si sentirono legittimati a distrarsi, a riprendere fiato con un commento, un sorso di bibita, una passeggiata in camera. Gli intervistati rispondevano ridacchiando e ognuno offriva la sua personale visione sull'argomento. Il più curioso garantiva che, per far godere veramente una donna, bastava prenderla da dietro mettendole un cuscino sotto la pancia. Dopo una serie non troppo censurata di suggerimenti, Roger riapparve in diretta da studio. Gli ospiti in casa Milone ripresero prontamente posto, anche se non riuscirono più a seguire completamente la trasmissione, troppo intenti a intervenire su tutto, dalla camicia di Roger alla scenografia. Fu sempre Rosita, col suo proverbiale tatto, a mettere i chiassosi ospiti a tacere.

– ... Roberto, mi pare di capire che c'è grande confusione tra noi maschi su questo tema...

– È perché le donne stanno diventando sempre più potenti, sempre più emancipate. E noi siamo un po' spaventati. Per questo l'uomo deve essere sempre più virile, ma non nel senso che ti dicevo prima... Alla donna in realtà piace molto che l'uomo comandi, che abbia il controllo della situazione: lei lo capisce da come la prendi, da come la baci. La donna non vuole essere accarezzata. Vuole essere toccata. Ma le regole le devi dettare subito, all'inizio di un rapporto, altrimenti non si concederà mai totalmente.

– E che regole ti sei dato, tu?

– Io per esempio la butto sempre sullo scherzo. Gioco da subito a fare il padrone, a usarle come oggetto, ma come se fosse una messa in scena. E loro ci stanno senza sentirsi in colpa. Guai a cominciare facendo i romantici. Non le avrai mai in pugno.

– Le donne, quindi, a letto si sentono in colpa?

– Da morire, Roger. Credo sia un fatto culturale che si porteranno dietro ancora per un sacco di tempo. La donna, quando fa sesso, spesso si sente peccatrice. Non è libera come noi di urlare, di godere, di esprimersi totalmente. E si ostina a non accettare il fatto che a volte non sta facendo amore, ma solo sesso. Per questo è importante che noi impariamo a farle sentire amate. Nel momento in cui le donne si sentiranno amate, si fideranno di noi. E ci divertiremo di più tutti.

– Carino questo Roberto...

– Giò, ma è un mostro!

130

– E su questo pensiero, credo che possiamo chiudere questo primo appuntamento dallo spogliatoio di "Da uomo a uomo". Grazie a Roberto, per essere stato il primo ospite del nostro programma. Spero che siate stati bene con noi, e che metterete in pratica i nostri consigli. Se volete raccontarci la vostra esperienza ed essere nostri ospiti, chiamate il numero che vedete in sovrimpressione e sfogatevi. Noi ci vediamo qui domani sera, sempre alle ventitré, sempre su Real Channel. Buonanotte.

In casa Milone partì di nuovo l'applauso. La signora Maria si sentiva sprofondare – alla fine non era svenuta – e madrina era stranamente senza parole, ma era davvero il mio figlioccio?

I genitori della Giò cercavano di placare gli animi, sforzandosi di dare enfasi all'impegno sociologico di un programma come quello, che apriva nuovi orizzonti nella diatriba uomo-donna.

Rosita e la Giò se la sghignazzavano. "Da uomo a uomo" le avrebbe aiutate ad affrontare meglio le nuove sfide della vita e del sesso, altro che la vendita di pentole. L'atmosfera era strana, difficile da definire, quasi come se addosso a tutti fosse rimasta un po' di tensione e non si riuscisse a festeggiare serenamente.

La signora Maria si ricordò delle zeppole di San Giuseppe, il suo cavallo di battaglia, e cominciò a passare con il vassoio, la faccia ancora sconvolta. Don Giovanni, che si era divertito come poche altre volte davanti alla TV, prese in mano dolcetti e situazione, per alleggerire l'atmosfera. Chissà che Dio non fosse ancora andato a dormire e potesse dare loro una parola di conforto.

– Vedo un po' d'imbarazzo sulle vostre facce, a parte quelle divertite di Rosita e Giovanna, ed è un imbarazzo che non tollero. È un errore della nostra cultura considerare il sesso come qualcosa di vergognoso, da fare "di nascosto". Il sesso è qualcosa che Dio ci ha regalato. Rinunciare al sesso, o evitare di parlarne, è rinunciare al Signore. E toglietevi dalla testa che questo sia il volere di Dio, perché non è così.

– Sante parole, don.
– ROSITA!

Don Giovanni aveva la straordinaria capacità di catalizzare l'attenzione su di sé. Tutti lo ascoltarono.

Sapeva benissimo di andare contro le direttive del papa, in fatto di astinenza prima del matrimonio, ma aveva una visione piuttosto personale della realtà. E sosteneva che era molto più vergognosa l'opulenza del Vaticano piuttosto che un programma sui segreti del piacere. Ma questo non lo diceva mai in pubblico, per paura di una scomunica.

– Però ricordatevi che alla base di tutto deve esserci sempre il rispetto. Senza quello, il piacere perde gran parte del suo significato. E adesso basta musi lunghi, e festeggiamo lo splendido debutto del nostro fratello Roger.

Rosita e la Giò batterono di nuovo le mani, nessuno le seguì, ma il clima tornò sereno. La signora Maria si sentì rincuorata, almeno a metà, ma si concentrò subito sull'obiettivo seguente: vedere se i genitori della Giò apprezzavano le zeppole, persone raffinate loro, comprano solo i dolci in pasticceria. Non ebbe tuttavia modo di spiarli perché il telefono si trasformò presto in un centralino. Zio Nino, zia Lillina, la figlia della signora Muti, i genitori di Calì, zia Angela, i cugini della Germania. Tutti. Tutti i parenti, non si sa come, quella sera erano su Real Channel a sentire i consigli di Roger.

Fu un trionfo inatteso. La signora Maria era frastornata. Continuava a ripetere speriamo bene, l'importante è la salute, gli hanno messo gli occhiali ma lui ci vede perfettamente. Sembrava un disco incantato. Ma presto cambiò tono, e voce.

Al telefono c'era Roger. Era stanco, distrutto, senza più adrenalina, ma voleva sentirla a tutti i costi. La sua Fletcher si sentiva stupida, tremendamente stupida, e non riusciva a parlare. Avrebbe voluto rimproverarlo – un ragazzo perbene come te non dice quelle cose alla televisione – ma l'affetto delle persone intorno la travolse di colpo, e riuscì a stento a dire qualcosa.

– Sono contenta per te. Eri bellissimo. Qui ti salutano tutti.

Rosita le strappò la cornetta di mano e cominciò a urlare la sua felicità. Ovviamente gli passò anche la Giò, che voleva salutarlo pure lei.

Roger salì, in un attimo, al settimo cielo. Staccò il telefono per evitare di perdere l'equilibrio.

Anche lo studio di Real Channel era in festa. De Palma aveva assistito alla diretta dal suo ufficio e si era subito precipitato giù con champagne e complimenti. Gli autori stessi erano soddisfatti, Benaquista prima di tutti. Insomma, Roger era piaciuto. Spontaneo, naturale, non impacciato, quasi come se la telecamera non ci fosse. Doveva essere il rum che aveva aggiunto alla Coca prima di cominciare, o le quaranta flessioni in camerino, ma la paura sembrava dissolta. Il neoconduttore aveva avuto da ridire solo sugli occhiali da intellettuale, ma il costumista lo prese con le buone e riuscì a convincerlo, se lo dici te mi fido.

Bisognava solo attendere il responso dell'Auditel, ma quello sarebbe arrivato il giorno dopo, alle dieci del mattino.

Per ora, i segnali sembravano incoraggianti. Il centralino era stato preso d'assalto da maschi impetuosi e donne furibonde per l'attacco iniziale di Roger. Molte chiamate, invece, elogiavano il coraggio e la naturalezza nell'affrontare temi così delicati. De Palma sorrideva beato. Forse ci aveva davvero visto giusto.

Roger venne per la prima volta riaccompagnato a dormire nella nuova casa. Aveva finito la sera precedente di portare gli scatoloni senza che Nico muovesse un dito, l'incomprensione dilagante.

Varcò l'ingresso un po' intimorito, ancora fuori quadro per la sua prima puntata.

Non ebbe il coraggio di accendere la luce. Un raggio di luna piena entrava dalla finestra, illuminando il pianoforte. Sembrava un olio antico, un'immagine fuori del tempo.

I passi risuonavano sul pavimento ancora sconosciuto. Roger si avvicinò timidamente alla nuova creatura. Ne accarezzò il coperchio, senza sollevarlo. La stanchezza stava per dargli il colpo di grazia. Gli venne una nuova nostalgia di tutti, e un desiderio di sentire com'era andata. Riaccese il telefono in cerca di messaggi. Non ebbe nemmeno il tempo di visualizzare il suo ballerino di break-dance, che il cellulare cominciò istericamente a suonare.

– Eri molto sexy, con gli occhiali.

Il cielo si riaprì, e tornò il sole.

– Stella... mi hai visto?
– Come potevo perderti? Stavo per chiamarti già prima, ma ho preferito aspettare.
– Com'ero? Racconta...
– Mi hai fatto semplicemente morire. Hai talento, Roger.
– Io non voglio il talento. Voglio te.
– Ora non è possibile. Mio marito dovrebbe rientrare a momenti.
– Dall'ospedale?
– Sì, l'ho sentito poco fa. Stava uscendo.
– Devi lasciarlo.

Stella rimase qualche istante a pensare, la sua mente era molto più irrequieta e instabile di quanto volesse dare a credere, o lei stessa credesse.

– Tu lasceresti tutto per me?
– Tutto cosa?

– La nuova trasmissione, la tua casa, gli amici. Tutto.

– Dobbiamo parlarne.

– Non c'è più tempo, Roger. Devi dirmelo adesso.

Davanti al bravo presentatore sfilarono proiezioni delle ultime due settimane: vide scontrini del Bancomat in festa, sorrisi di segretarie, una sorella in boutique, autori che pendevano dalle sue labbra, un terrazzo sui tetti, una mamma agitata, un autista sorridente, un pianoforte a coda.

– Tempo scaduto. Sento le chiavi nella toppa, ci vediamo, ciao.

– Ma Stella...

Implacabili i mariti e i loro crudeli, inconsapevoli presentimenti. Roger tirò un pugno sul pianoforte. Non abbastanza potente da ferirlo, ma più che sufficiente per fargli emettere uno strano lamento.

Nell'atmosfera irreale di quel suono, ripensò di nuovo a Rosita. Avrebbe tanto voluto sentire la sua voce.

23

Rosita si alzò come se fosse il primo giorno di vacanza.

Non aveva la consueta voglia di morire per evitare la scuola. Roger Milone, il venditore di pentole, il concessionario di macchine, il bullo del Girotondo, era diventato un volto di Real Channel. E portava il suo stesso cognome. Milone. Milone Rosita. Non ci credeva ancora, ma si sentiva felice.

Arrivata alla fermata, ricevette un SMS che la riportò alla realtà: "Ho la febbre! Oggi non vengo, e forse nemmeno domani :-(((6 grande, tvb. Giò".

Non ci voleva. La sua amica ideale e reale era assente proprio il giorno della vittoria. Un traguardo difficile da spiegare, perché Roger non aveva vinto né una gara olimpica né il festival di Sanremo, né un concorso da vigile. Aveva condotto un programma. Ma quell'apparizione pubblica conteneva tutto l'orgoglio di una ragazza che si sentiva alla periferia della vita, e sognava di essere al centro del mondo. Incontrò, come al solito, Antonio e Vincenzo e li affrontò da sola, armata della sua nuova sicurezza. La salutarono con imbarazzo, senza fare alcun riferimento alla trasmissione. Sicuramente non l'avevano vista, due babbioni così guardano ancora i cartoni e i film di kung fu, oppure rimbambiscono davanti alla Play-Station.

Mentre parlava disinvolta, le venne tuttavia in mente

che magari non sapevano dell'esistenza di Roger e – cosa più importante ancora – lei non gli aveva mai detto il suo cognome. Si pentì amaramente di non aver scritto nemmeno un "Milone" sullo zaino pullulante di "Rosita". Riuscì comunque a trattenersi – oggi non ti dirò chi sono – malgrado sorridesse molto più di quanto avrebbe voluto, o dovuto.

Entrò in classe prima della seconda campanella. Il suo ingresso interruppe di colpo il brusio. Sì, stavano parlando di lei. Daniela Berbotto, che dopo la rottura con Tommy Salsa era vistosamente cambiata nei suoi confronti, si precipitò ad abbracciarla.

– È troppo giusto, tuo frate. Mi è piaciuto un casino com'era vestito, anche se i miei non volevano che guardassi il programma. Però io gli ho detto che siamo amiche da due anni, allora mi hanno lasciato.

– Pensa che il look gliel'hanno studiato apposta...

– Chiaro. Ma quanto era bono quel tipo lì che parlava con lui? Però non ho capito bene questa cosa dell'orgasmo d'attesa. Come fai ad arrivare all'orgasmo se lui non ti penetra?

Rosita si sentì di colpo imbarazzata. Non sapeva che cosa rispondere ma per fortuna fu subito travolta da altre domande. Tutti i suoi compagni erano intorno a lei. L'aveva sbandierato il giorno prima che Roger avrebbe esordito in TV, e la Giò era stata un ottimo ufficio stampa nel ribadire l'appuntamento.

Per curiosità, affetto o invidia, molti compagni avevano alla fine assistito ai consigli notturni di Real Channel. Chi non era sintonizzato, si era sentito comunque sollecitato a farlo da un numero incalzante di SMS che dicevano: "Metti su Real Channel. C'è il fratello di Milone". La cosa interessante era che nessuno conosceva Roger, a parte la Giò. Solo Calì e Ferretti se lo ricordavano di vista, perché un paio di volte era andato a prendere la sorella in macchina. Questo, ai loro occhi, bastò per poter dire "lo conosco".

Rosita era compiaciuta per tutte quelle attenzioni – si sentì accettata – anche se notò lo sguardo velatamente ostile di Griva, l'unica a non fare commenti. Disse che sì, l'aveva visto, così come guardava tanti altri programmi inutili. La liquidò in poche battute, e tornò dalle altre a parlare delle sue interrogazioni.

La gloria finì di colpo – il terrore tra i banchi – con il compito d'inglese sui verbi irregolari. Rosita venne spostata in prima fila dalla Depravati anche se non c'era la Giò – le separavano spesso durante le esercitazioni – e per una volta evitò la solita espressione di agnello sacrificale.

Non aveva studiato, la testa altrove, ma riuscì a intuire le risposte, cercando di aiutarsi con i testi di Robbie Williams. Consegnò poco prima della terza ora e uscì a godersi l'intervallo anticipato. Le venne uno strano appetito e scese al bar. Si sentiva un po' colpevole a essere già fuori, mentre dalle classi echeggiavano spiegazioni su Montale e i principi della termodinamica.

Entrò nel piccolo bar corridoio, e rimase spiazzata: Pizzy, il mitico Matteo Pizzimento, era lì. Da solo. Mangiava tranquillo un panino "frittata e maio" e beveva aranciata. Rosita avrebbe voluto avere il vizio del fumo solo per offrirgli una sigaretta, anche se fumare in istituto era vietato. Lui le sorrise, facendole cenno di sedersi al tavolo. Rosita borbottò qualcosa, ordinò senza lucidità, e si accomodò tremante.

– Sei della G, vero?
– Sì. Seconda.
– Io faccio quinta A.
– Lo so. Cioè, lo immaginavo.
– Ciao, sono Matteo. Ma tutti mi chiamano Pizzy, perché di cognome faccio Pizzimento.
– Lo so. Cioè, lo immaginavo. Io sono Rosita.

Per la tensione, Rosita azzannò voracemente il panino. La maionese le colò sulla T-shirt. Pizzy glielo fece notare con un cenno, e lei sorrise.

– Quando mangio sono una frana.
– Io sono una frana sempre.

Cupido era già lì, la freccia calda e scalpitante, gli occhi dolci, le carte d'invito stampate.

– E così sei di seconda G...
– Chiaro.
– Conosci mica quella che suo fratello fa un programma porno?

Una sola puntata, meno di dodici ore, e già la voce si era sparsa, con tutti i pericoli che una voce di quel tipo poteva correre. Rosita cercò di prendere tempo, voleva scomparire, ma le tornarono in mente le parole di don Giovanni.

– "Quella" di cui parli sono io. Sì, mio fratello Roger conduce "Da uomo a uomo" su Real Channel. Ma non è porno...
– Troppo che non ci credo. Fatti toccare!
– Dài, Matteo.
– Pizzy.
– Pizzy. Ma non l'hai visto, ieri sera? Era in diretta.
– No, avevo la partita di basket. Però mi hanno detto i miei compagni che è bello spesso. Ci vanno giù pesante.

Rosita cercò di ripetere le parole dei genitori della Giò, quelle del contributo sociologico, ma fece pasticci coi termini e le uscì una spiegazione alquanto inverosimile.

– Comunque, stai sereno. Non è un cazzo volgare. Stasera c'è la seconda puntata.
– Lasciami il tuo cellu così ti mando un SMS.

Il terreno si aprì, ma Rosita riuscì a rimanere in piedi. Glielo diede con la stessa attenzione che avrebbe usato per Robbie, se gliel'avesse chiesto.

– Allora aspetto un tuo commento stasera...
– Okay, baby. Ma dimmi, tuo fratello ti assomiglia?
– No, cioè sì. Per alcuni tratti sì. Stasera mi dici.

La campanella dell'intervallo, quello vero, interruppe la conversazione. Il bar venne di colpo invaso da unni e ostrogoti a caccia di cibo. Rosita e Pizzy proseguirono a gesti, senza quasi più riuscire ad aggiungere altro.
Rosita si chiuse prima in bagno, a dominare l'emozione, e poi in classe, a soddisfare le curiosità dei compagni. A molte domande rispondeva improvvisando o addirittura inventava. Prometteva comunque a tutti ulteriori approfondimenti, e in cambio riceveva chewing-gum o patatine.

La fine dell'intervallo coincise con la sveglia di Roger. In realtà, non era proprio una sveglia. Era il telefono. Nel delirio del dormiveglia, Roger sperò che fosse Stella, lascia tuo marito e fuggiamo, fuggiamo insieme, dài. Ci mise un po' a trovare la cornetta, pur essendo di fianco al letto, letto non ancora suo.

– IL DODICI!
– Stella!
– Macché Stella... IL DODICI! Abbiamo fatto il dodici, capisci?
– Il dodici de che?
– Di share, Roger. La puntata è stata un successo. Hai capito chi sono, no?
– Sei Sevilla?
– Pronto, Roger? Sono il produttore del tuo programma.

Finalmente si svegliò e capì che non era poi una telefonata così brutta. Ma il goal va celebrato subito, si sa, così cercò di darsi un tono.

– Mi pare un ottimo risultato. A che ora è la convocazione?
– Alle otto e mezzo, stasera.
– Perfetto. A dopo allora.

Balzò giù dal futon senza sapere esattamente chi fosse. Si affacciò dal soppalco e vide una casa che non gli apparteneva. Sontuosa, elegante, raffinata, ma non sua. Solo il pianoforte, nell'angolo, gli sembrava familiare. Scese le scale e gli andò di nuovo vicino. Non aveva alcuna idea di cosa avrebbe fatto per sopravvivere a quel giorno.

24

Donne davanti allo schermo, cambiate canale. Questo programma non fa per voi. Cari signori, invece, benvenuti al secondo appuntamento con "Da uomo a uomo". Innanzitutto, grazie. Ieri sera siete stati tantissimi e ci ha fatto ovviamente molto piacere.

– Ma quello è il mio compagno delle medie! Minchia, com'è cambiato...
– Minchia sì.

Io mi chiamo Roger Milone, e anche stasera sono qui per raccogliere i segreti che noi maschi non abbiamo più il tempo, né lo spazio, per raccontare. Ecco perché ci ritroviamo in questo spogliatoio ogni sera: vogliamo condividere con voi avventure, disavventure e segreti per affrontare le donne ad armi pari. Ieri abbiamo parlato dell'orgasmo d'attesa. Oggi, invece, tratteremo un tema molto delicato: il tradimento. È vero che noi uomini tradiamo più delle donne? Perché lo facciamo? E quali sono i trucchi per non farsi scoprire? Ne parliamo con un tradito e un traditore, che è venuto qui a sfogarsi stasera. Si chiama, guarda un po', Salvatore, e viene da... Non ci interessa dirlo. Salvatore, salvaci tu!

– Ma che fa, bestemmia?
– Dài, Fletcher. Non vedi che scherza?

– Allora, Salvatore, raccontaci un po' il tuo punto di vista.
– Secondo me, l'uomo nasce single e la donna nasce sposata. Ma in fondo la razza è esattamente la stessa.

– Spiegati meglio...

– Ne ho conosciute tante, e sono davvero poche quelle che non tradiscono. Proprio come per i miei amici maschi. Deve essere una legge fisica, in tutti i sensi. Sembra squallido, lo so, ma credo che sia abbastanza inevitabile, soprattutto quando il rapporto comincia a logorarsi. Pensa che una è addirittura venuta da me dopo una settimana di matrimonio...

– Guarda Roger com'è diventato serio. È troppo preso bene...

– Sai, Roger, sono convinto che pure loro possono tradire solo con il corpo. Però bisogna dire che le donne, anche quando si tratta di sesso e basta, cercano sempre la storiella. Vogliono il corteggiamento, gli ammiccamenti, gli SMS con i doppi sensi. Loro si devono sempre fare il film, anche quando hanno solo bisogno di sfogarsi fisicamente. Diciamo che noi siamo un po' più animali, mentre le donne tendono a voler proseguire il rapporto, anche se hanno già il ragazzo.

– A questo proposito, sentiamo cosa hanno raccontato i ragazzi per strada al nostro Armando Benaquista.

Roger seguì il servizio filmato come uno spettatore qualunque. Era estremamente interessato, assolutamente noncurante del fatto che fosse in diretta televisiva davanti a milioni di spettatori. Cercava con bramosia una spiegazione al comportamento di Stella, senza trovare alcun testimone in grado di dargliela.

– Tu sei mai stato tradito, Salvatore?

– E chi non lo è stato...

– Come te ne accorgi, in genere?

– Lo capisci nel momento in cui lei esce con le amiche e ci mette due ore a prepararsi. Poi comincia a seguire tutti i corsi in palestra, va più spesso dall'estetista, è sempre lì che si trucca e non ha mai un capello fuori posto. E, soprattutto, è particolarmente affettuosa.

– È vero, io sono così!

– Anch'io!

– Anch'io!

– Shhh. Zitte!

– Oppure se non vuole fare l'amore con me: mi dice che è stanca, che è stressata, che suo padre sta male. Sono balle. La donna, se potesse, farebbe sesso tutti i giorni. L'uomo no.

– Ma il tuo compagno non sarà mica dell'altra parrocchia?

– Che parrocchia?

– Tu hai mai tradito?

– E chi non lo ha fatto... Però quando sono preso veramente bene cerco di non pensarci. Qualche anno fa una mi piaceva così tanto che prima di uscire, per non cadere in tentazione, mi masturbavo! Devo dire che ha funzionato.

– Questa non l'avevo ancora sentita... Che consigli daresti agli spettatori per non essere scoperti?

– Innanzitutto, occhio al telefono. Si può spegnere solo se hai un'ottima scusa. Se dite che è scarico, deve essere veramente scarico, altrimenti se vi becca siete morti. Oppure si tiene acceso e non si risponde, e trovate le solite balle: era silenzioso, non sentivo, ero in un locale, non avevo l'auricolare ed ero in macchina. Poi. Negare sempre l'evidenza e dare poche spiegazioni. Cancellare subito tutti gli SMS sospetti, e guai a cambiare voce. Il tono deve essere sempre lo stesso, né troppo dolce, né troppo duro. Naturalmente bisogna trovarsi una copertura. Un amico che va avvisato a ogni inciucio, che ti regga la parte...

– Ma non hai paura a dire queste cose in TV?

– Neanche un po'. Tanto le femmine non ci guardano, no?

La trasmissione finì su quella strana convinzione – le donne non ci guardano – ma Roger per primo non ne era così sicuro. Dire a qualcuno di non fare qualcosa è un invito alla disobbedienza. Questo gli autori lo sapevano, e in fondo ci contavano, Benaquista in testa. Roger lo intuiva soltanto, e si sarebbe di sicuro imbarazzato se avesse visto quante "femmine" stavano diventando parte del suo pubblico:

– donne in vestaglia, col marito che segue un dibattito politico davanti all'altra TV;

– signore in menopausa, che riassaporano l'eccitazione di un contatto;

– ragazze giovani e audaci, che ascoltano gli avversari prima di abbordarli in discoteca;

– giovani adolescenti, curiose della vita prima che del sesso;

– e soprattutto Stella, in camicia da notte e sorriso ammiccante, il telefono lontano per evitare la tentazione, io amo e amerò per sempre mio marito.

La più imbarazzata era la signora Maria, rimasta sola con Rosita per la seconda puntata. Lei, proprio lei che non riusciva a tradire neppure la memoria del marito, doveva sentire i consigli per rovinare una relazione. Perché solo a quello serviva il tradimento. A tranquillizzarla, al solito, le ironie di Rosita e la chiamata di don Giovanni, che la calmò a fine programma con parole piene di comprensione, sant'uomo.

Rosita era invece al settimo cielo perché Pizzy l'aveva inondata di SMS per tutta la trasmissione. Il più bello diceva: "Io una ragazza non la tradirei mai. Ne parliamo uno di questi giorni, ti va?".

Lei era ovviamente morta e risorta in pochi minuti, riuscendo nel contempo a "messaggiare" la Giò ancora febbricitante.

Solo Roger si sentiva svuotato. La casa nuova, la tensione, l'emozione, le tante chiamate ma non quelle attese l'avevano innervosito. Sperava tanto che Stella si facesse viva. Ormai erano passate ventisei ore da quando l'aveva sentita, centotrentacinque da quando l'aveva vista, le margherite gialle, la fioraia intelligente, chissà come sta Betta, devo passare a trovarla.

Ed era fortemente deluso da Nico, completamente sparito. Non aveva neppure mai messo il profumo che si era fatto regalare apposta per lui. Solo Sabry, minchia sabbry, gli aveva mandato un messaggio e un invito a cena, cui non aveva risposto, tirarsela è più facile con chi ci corteggia.

Però di Nico-il nemico nessuna notizia. Non poteva

sparire così, senza una vera ragione, senza provare a parlarne.

Gli aveva sbattuto la porta in faccia dicendogli "pezzo d'ingrato" e lasciando tutti gli scatoloni sul pianerottolo. A nulla erano valse le ragioni di Roger: una trasmissione su un network internazionale, un direttore di rete che ti offre/impone un attico in cui abitare, un contratto che ti riempie di denaro, un labirinto di passioni. Roger si sentiva colpevole, e non sapeva come venirne fuori.

Finita la trasmissione, salutò velocemente autori, produttore e Bob, e chiese di essere accompagnato alla sede di Tele Nueva. Sapeva che Nico era ancora lì. In genere si fermava sempre dopo la puntata di "Teletrasporto", per montare qualche servizio. Attese fuori quasi un'ora. Era una splendida notte di primavera, accompagnata da un cielo con piccole nubi.

Quando lo vide uscire, gli andò incontro come fosse zio Peppino in arrivo alla stazione. Nico s'irrigidì, ma non cercò di evitarlo.

– Cos'è, nostalgia del tran-tran?
– Nico... ma cosa ti ho fatto?
– COSA MI HAI FATTO? Mi hai usato. Mi hai usato finché hai avuto bisogno. Quando sei entrato in crisi per quella lì, ti ho subito liberato una stanza per farti stare da me. E alla prima possibilità te ne sei andato.
– ...
– Non hai avuto nemmeno il coraggio di dirmelo in faccia. Da buon codardo, me l'hai confessato davanti a Gina e Sabrina, che ancora adesso mi prendono in giro per questo.

Parlavano inchiodati al marciapiede. La discussione sembrava amplificare, improvvisamente, la loro differenza d'età. Tre anni che adesso diventavano trenta.

Roger era ancora vestito con gli abiti di scena, look curato dal costumista, roba inglese da "gggiovani". Nico

aveva una delle sue camicie tinte pastello e i jeans che gli
facevano scomparire il culo. Gemelli diversi, ormai.

– Nico, perché non ne parliamo davanti a una birra?
Dài, ti offro da bere.
– Lo vedi? Vuoi già comprarmi. Avrai anche pensato di
offrirmi un lavoro a Real Channel, magari come operatore
della tua trasmissione.

Ci aveva pensato. Ma non lo disse.

– Ma perché non mi credi? Sono venuto fino qui, ti ho
aspettato più di un'ora per parlarti. Non lo farei per
chiunque, credimi.
– Ma ti rendi conto di come parli? "Non lo farei per
chiunque"... Ma chi cazzo sei, tu? Uno sfigato che usa altri
sfigati per farsi raccontare le loro frustrazioni. Ti dovresti
vergognare e basta. O, almeno, pensa a tua madre.

Era troppo.

– Nico, ascoltami bene: io sono in buona fede e, se non
mi credi, è solo perché forse non siamo mai stati amici. E
allora, in questo caso: vaffanculo. Mi dispiace tanto, Nico.
Ma vaffanculo.

Nico non disse nulla.
Roger lo guardò in attesa di una reazione – anche violenta, anche fisica – che non arrivò. Si voltò sconsolato e
attraversò la strada rischiando pericolosamente di farsi
investire. Gli occhi gli si inumidirono di colpo, per una
rabbia difficile da gestire.
Stava per fermare un taxi e farsi riportare a casa, ma il
j'accuse di Nico gli risuonò come un monito. Prese l'ultimo pullman della notte.
Salito a bordo, un paio di ragazzi gli chiesero se era uno
della TV.

25

Roger era piuttosto eccitato.

Non riusciva a stare seduto sul divano per più di cinque minuti. Ogni tanto si alzava e faceva qualche esercizio fisico davanti allo specchio: stretching, flessioni, addominali.

Morgana. Si chiamava Morgana. Una voce molto particolare al telefono, ruvida quasi, profondamente sexy. Capace tuttavia di cambiare tono e registro al momento di fissare l'incontro: alle tre a casa tua, cinquanta euro l'ora. Una cifra piuttosto considerevole anche per un giovane arricchito. Ma evidentemente doveva essere brava. E la qualità, si sa, si paga.

Roger aveva chiesto alla signora delle pulizie – si fa in fretta ad abituarsi alle comodità – di procurargli dei dolcetti, l'ancoraggio alle buone maniere di sua madre. Nell'attesa ne mangiò quasi mezzo vassoio.

Morgana suonò pochi minuti prima delle tre. Una vera professionista. Quando Roger la vide, rimase imbalsamato alla porta. Qualche secondo di esitazione, cazzo cosa vedo, aiutatemi a capire. Rapido check-up di viso, mani, piedi e ossatura. Prove inconfutabili. Morgana non era una donna, ma un trans. La mando via o non la mando via, la mando via o non la mando via, e lei era già entrata, diretta e sbrigativa.

Indossava un abito a fiori che le sottolineava le curve, décolleté generoso, scarpe ovviamente lunghissime. Roger non sapeva tanto che fare, tra imbarazzo e panico. I trans li aveva visti solo nelle piazzole del Girotondo, vicino alla fabbrica che tutti chiamano "l'Inferno". Qualche notte c'era andato con Nico, quello stronzo di Nico, ma non ci aveva mai fatto niente, solo parole volgari con il finestrino giù.

Provò a rompere il ghiaccio con i dolcetti, prima che finissero, ma Morgana lo freddò all'istante.

– Ti ringrazio, ma vorrei andare subito al sodo, Roger. Posso vederlo?

– Certo. È qui.

Roger la condusse in quell'angolo che per due settimane l'aveva incantato e protetto, incuriosito e rassicurato. Il pianoforte.

Morgana si avvicinò esitante, abbandonando il suo incedere affettato e regale.

– Un Blüthner del 1930. Assolutamente meraviglioso. Perché non me l'hai detto al telefono?

– Detto cosa?

– Quando ti ho chiesto che pianoforte avevi. Mi hai detto un "pianoforte normale".

– Non sapevo che fosse speciale.

– Non è speciale. È semplicemente il migliore. Ha un suono morbido e dolce, ma anche penetrante, con una tenuta perfetta.

Morgana sollevò il coperchio, si mise a sedere sul panchetto, facendo un paio di scale per verificare che fosse accordato. Poi liberò le mani e si lasciò andare per qualche minuto a un preludio di Skrjabin, un'esecuzione difficile anche solo da vedere. Roger guardava le dita tozze e sicure, dita da uomo, e gli tornò in mente la fede di Stella, i sogni volati via.

Morgana si interruppe di colpo, e lo invitò a prendere posto accanto a lei.

– Perché hai chiamato proprio me?

– Ho letto l'annuncio, e il nome m'ispirava.

– Intendo dire: perché vuoi imparare a suonare il piano? Cosa ti spinge? M'interessa molto, saperlo.

Roger venne preso in contropiede. Una donna – o meglio, un uomo con le sembianze da donna – gli aveva fatto una domanda elementare, che spalancava molti altri dubbi. Provò a rispondere, come al solito, d'istinto.

– Vorrei suonare perché ho paura. Intorno a me sta cambiando tutto, proprio tutto, e mi gira la testa.

– Sei il Roger Milone di cui tutti parlano, vero?

– Credo di sì. Sono solo due settimane che vivo in questa casa. Quando la sera torno e chiudo la porta, mi sento terribilmente svuotato. Allora mi siedo qui a pensare e, senza sapere perché, provo a strimpellare i tasti a caso, ma non mi viene mai fuori un cazzo. Mi manca la tecnica.

Morgana, che di solito era fredda e distaccata – vita difficile, la sua – si lasciò andare a un sorriso. Aveva un'età indefinibile, quarant'anni forse, o molti meno.

– Sei abbastanza disperato da poter tirare fuori qualcosa di buono, Roger. Però devi sapere che il piano non si suona con le mani.

– Ah no?

– No. Il piano si suona prima con la testa. Perché la musicalità è un fenomeno mentale, non manuale. L'abilità di un pianista è molto importante, ma non è quella la sua qualità principale. La musica, prima si pensa.

Mentre parlava, Morgana diffondeva nell'aria temi dolcissimi di Chopin. Roger vedeva la sua casa ravvivarsi di nuovi colori.

– Quindi, cosa devo fare?

– Per ora nulla. Ascolta. Comincia ad ascoltare, ad amare la musica. Poi, piano piano, la melodia verrà da sé, e magari ti aiuterà a ritrovare un po' di equilibrio. Adesso cambiamo posto. Lasciami la sedia, e prendi tu il panchetto.

Roger era intimidito. Malgrado l'interesse per le sue parole, quella voce di timbro maschile non riusciva a farlo rilassare totalmente. Morgana c'era ormai abituata. La prima lezione era sempre un piccolo trauma per tutti i suoi allievi.

Per sciogliersi un po', Roger si rifugiò nell'adrenalina che autoproduceva prima di andare in diretta e affrontare gli ospiti. Avvicinò il panchetto alla maestra – al maestro? – senza più timore.

– Vieni qui, ecco. Sedersi bene è fondamentale per suonare bene, ma la posizione devi trovarla da te. Una volta c'era una prassi esagerata e bacchettona, sulla postura. Ma Beethoven stesso suonava tutto scomposto, e aveva addirittura la sedia con lo schienale...

Roger annuiva ed era felice che il viaggio fosse cominciato. Un viaggio che non conosceva, forse un capriccio – il primo capriccio da divo – tracce d'insicurezza di chi viene dal Girotondo e cerca di rimuoverlo con i gesti, o i gusti.

Ascoltava le parole di Morgana e ogni tanto le ripeteva, per assicurarsi di averle capite bene. Fece i primi esercizi per rilassare braccia e mani, regalando alla stanza chiassosi tonfi che facevano vibrare i vetri. Morgana lo guidava e lo incitava, invitandolo a lasciarsi andare. Lo fece esordire con i famosi martelletti – la noia di battere un dito più volte sulla stessa nota – e lo introdusse alle prime scale di do.

D'improvviso, Morgana tornò alla musica vera. Eseguì lievemente il tema di *Per Elisa*, un classico che Roger non associava a Beethoven, ma all'antica pubblicità di un panettone.

– Adesso suonalo tu.
– Scusa?
– Guardami con attenzione. E rifallo.

Roger tese gli occhi e la mano, e rigidamente provò a indovinare la sequenza. Sbagliò una decina di volte, scusandosi sempre. Alla fine ci riuscì, e il risultato fu quasi accettabile.

– Per cercare di fare bene, suoni più veloce di come suono io. Rilassati, e goditi il piacere di questo frammento, di questa frase deliziosa. Dal caos dei tasti, hai creato un piccolo ordine. Ed è questo il risultato più sorprendente della musica. Dare un nuovo ordine alle cose, e riempire di meraviglia una realtà che si può vedere solo a occhi chiusi.

Roger aveva i brividi. Suonò più volte quel motivetto, e Morgana gli aggiunse anche l'armonia del pezzo, per esaltarlo in tutta la sua magnificenza. Per quel giorno, evitò di parlare di solfeggio e metrica, perché l'obiettivo le sembrò già raggiunto.

L'ora era abbondantemente scaduta. Si alzò, lasciando alle sue spalle una lunga scia di profumo alla rosa. Non assaggiò i dolcetti e non volle bere neppure un caffè. Le venne una fretta improvvisa, forse un impegno o un appuntamento, chissà. Fissarono insieme una nuova lezione per il giovedì successivo.

Rimasto solo, Roger tornò al piano. Ripeté ossessivamente il motivo di *Per Elisa*, cercando di trovare le note mancanti.

Stella. La casa nuova. I soldi. L'Auditel. Niente esisteva più. Roger prese coscienza di quanto veloce e traumatico fosse il nuovo corso che stava vivendo. Aveva cercato di scalare più montagne troppo in fretta, aiutato ogni volta da un destino in apparenza bonario, ma subdolo. La stanchezza era arrivata di colpo, appena conquistata la prima vetta. Stella si era persa per strada.

Roger alzò gli occhi al cielo sperando di vederla arrivare in volo.

26

Caro Pizzy,
oggi sono in paranoia, mi sto scazzando, non ce la faccio più.
Vorrei vederti più spesso, ma tu sei sempre impegnato, a basket o con lo studio oppure con i tuoi amici. È giusto, ti capisco
troppo (anch'io non potrei vivere senza la Giò) però quando
non ci sei è come se mi mancassero l'aria e il respiro. È già passata una settimana da quando ci siamo messi assieme ed è stata
la settimana più bella della mia vita. Mi piaci perché non sei come gli altri... sei molto più figo! Sei il ragazzo più bello che abbia mai visto, anche se non saprai mai che lo penso, perché ho
troppa paura di perderti.
A scuola sento che qualche ragazza ce l'ha con me, ma mi fa
solo pena, perché non si deve provare invidia per l'amore. Dicono che ti ho fregato a Paruzzo, ma a me non sembra proprio
perché tu hai avuto tutto il tempo per capire che ti veniva dietro, e se non è successo niente si vede che era destino. Sento che
alcune sono gelose anche perché mio frate sta diventando famoso. Che cazzo ne posso io? Evidentemente era proprio l'anno
del Toro... Io sono troppo contenta per questo, anche se mia madre è presa male dagli argomenti hard del programma. Ma sono
sicura che le sta già passando. Domenica Roger ci ha invitato
tutti a mangiare nella sua nuova casa: perché non vieni anche
tu? Così finalmente lo puoi conoscere. Però non dare retta a tutte le cose che ti chiederà mia madre, PLEASE!!! Noi la chiamiamo
Fletcher, proprio perché indaga come la "Signora in giallo".
Se vieni, penso che anche Roger sarebbe contento. In fondo è
lui che ci ha fatto conoscere e innamorare... Abbiamo cominciato a messaggiarci alle undici e un minuto (ho ancora il tuo primo SMS in memoria) e dopo tre giorni ci siamo dati il primo ba-

cio, ai giardini. Nessuno mi aveva mai travolto così. Mi ricordo che stavo parlando quando mi hai interrotto mettendo una mano sulle mie labbra. Mi hai fatto una carezza, e alla fine mi hai baciato in un modo stupendo. Devi aver baciato tante ragazze, o forse è proprio la tua bocca che è più morbida delle altre, non so. Ogni volta che vedo la panchina davanti a Blockbuster mi vengono i brividi. Ho già inciso le nostre iniziali con la limetta per le unghie, e l'ho anche rovinata, ma non importa perché l'ho fatto per una giusta causa. E poi volevo confessarti una cosa che non ho ancora avuto il coraggio di dirti: sai quando ho capito che io e te eravamo fatti l'uno per l'altra? Quando mi hai detto che il torroncino e la nocciola ti fanno schifo. Per me è stata come un'illuminazione.

Mi spiace solo che hai già litigato con il nuovo ragazzo della Giò, anche se lei dice che ufficialmente non stanno insieme. Noi ci tenevamo così tanto che vi conosceste, ma non avevamo fatto i conti con il fatto che siete VERAMENTE STRADIVERSI.

Però non è giusto rovinare un'amicizia solo per la politica. Ognuno può essere del partito che vuole, basta che ci sia il rispetto. Però hai fatto bene a non reagire quando lui sparava a zero su quelli che si vestono come te (cioè troppo bene!). Lui si fa tanto l'alternativo di sinistra, poi però per i diciott'anni si è subito fatto regalare la moto dai suoi. Ed è anche stato bocciato due volte! Quindi alla fine non so chi è più borghese tra te e lui. Io comunque mi sento sempre di sinistra (però ti amo lo stesso, anzi forse di più) anche se non ho ancora finito di leggere la biografia del Che. Spero comunque che un giorno tu e Ivan diventiate amici, perché è sempre stato un sogno mio e della Giò andare a mangiare la pizza in quattro, e poi girare per la Rinascente abbracciati a due a due.

Non vedo l'ora che faremo l'amore. Però voglio che sia bellissimo, e allora forse è giusto aspettare, anche se non troppo. Il mio sogno è farlo sulla spiaggia, al chiaro di luna, in un'isola deserta dove potremmo fuggire insieme.

Adesso devo andare. Sto facendo il conto alla rovescia per il prossimo sabato pomeriggio, perché a scuola durante l'intervallo non riusciamo mai a stare un po' soli... e poi lo so che tu preferisci stare coi tuoi amici. Ma io sono di sinistra, e te lo lascio fare!

Vorrei tanto avere il coraggio di darti questa lettera, ma so già che finirà dritta dritta nella scatola di Linus.

Ti voglio un mondo di bene,

la tua Rosita

Come aveva appena scritto, Rosita piegò la lettera per Pizzy – l'ottava – e la nascose nella cassetta che teneva sotto il letto, guardata a vista da Snoopy. Il telefonino suonò proprio in quel momento. Uno squillo secco e poi basta. Corse al display, e vide il nome di Pizzy stampato tutto maiuscolo. Era proprio amore. La stava pensando e glielo diceva ogni volta così, con un semplice segnale telefonico, troppo caro dirselo a sedici anni.

Rosita uscì dalla stanza e trovò la mamma sul balcone, l'aria colpevole, il televisore acceso senza attenzione.

– Che stavi facendo là fuori, Fletcher?
– Niente, prendevo un po' d'aria.
– Mamma, ma tu puzzi di fumo! Hai fumato, di' la verità...
– Ma cosa dici?
– Fammi sentire, respira qui.

Rosita avvicinò le palme delle mani alla bocca di mamma, ma venne allontanata con un gesto di stizza.

– Basta, Rosita! Le domande le faccio io, va bene?
– Mamma, non puoi cominciare a fumare alla tua età.
– Io ho sempre fumato. Ogni tanto, voglio dire.
– Allora è vero! Devo dirlo subito a Roger...

Rosita aveva già afferrato il cordless parcheggiato sulla credenza.

– Lascia perdere, che tra un'ora deve andare in onda. Ti prego, non dire niente... Lo faccio solo quando sono nervosa.
– Don Johnson lo sa?
– Gliel'ho detto, ma solo in confessionale.

Rosita si sentì più tranquilla. Era assolutamente contraria al fumo, lo erano sempre state, lei e la Giò, anche se da quando stava con Pizzy era diventata più tollerante, chissà perché.

– Per questa volta sto zitta. Ma guai se ti becco ancora, okay? Era già da un po' che avevo il sospetto... anche la Giò se n'era accorta l'altra volta, e adesso ho avuto la conferma. Ma lo sai quanto fa male il fumo?
– Rosita, per favore. Non voglio prediche.

La signora Maria alzò il volume del televisore, facendo finta di essere interessata. Si sentiva in difetto e colpevole, che figura davanti a mia figlia. Ma c'era la nuova puntata di Roger da vedere, e ogni volta era vissuta come un piccolo esame. Ormai ci stava facendo l'abitudine, ma poco prima della diretta le saliva comunque la tensione.

Malgrado le voci sempre più benevole intorno al divo di periferia – la TV legittima sempre tutti – la signora Maria si sentiva ancora gli occhi puntati addosso. E questo le faceva venire ancora più voglia di fumare.

La cosa che tuttavia la imbarazzava maggiormente era sentire suo figlio parlare di argomenti tabù per la famiglia Milone: sesso, tradimenti, ansie, trucchi. Ma il cuore di mamma era sempre pronto a trovare una spiegazione, una scusa, un raffazzonato perché.

Quella sera, peraltro, si sentiva più tranquilla del solito perché la puntata – glielo anticipava ogni volta Roger al telefono – era su un argomento decisamente accettabile: "Come ci si comporta la prima volta?". Maria Milone evitò quindi le gocce di valeriana che la sua vicina, la signora Muti, le aveva prescritto dal balcone. Così alzò il volume e chiamò Rosita, che accorse veloce sulle sue ciabatte rosa.

REAL CHANNEL, ORE 23.00

– Donne davanti allo schermo, ve lo ripeto per l'ultima volta: CAMBIATE CANALE. Se ci volete bene, cambiate canale. Perché se sappiamo che ci guardate, noi maschi siamo più imbarazzati e non riusciamo a fare gli stessi discorsi.

– Ma io non sono una donna: SONO TUA MADRE!

– Dài, Fletcher. Mica diceva a noi...

– Stasera parliamo di approcci. Approcci giusti, approcci sbagliati. Come ci si comporta la prima volta? C'è una tecnica migliore delle altre? Bisogna tirarsi a lucido o si deve essere naturali? E soprattutto: è giusto provarci al primo appuntamento? Anche stavolta ne parliamo con uno di noi, che ci ha telefonato in redazione e ora è qui a portare la sua testimonianza a "Da uomo a uomo". Ciao Riccardo, benvenuto in spogliatoio.

– Ciao, Roger. Innanzitutto complimenti: questa trasmissione è geniale e trovo che sia davvero utilissima per capirci qualcosa con 'ste donne che ci fanno girare l'anima...

– Ma quello non è il tuo ex?

– Quel figlio di buona donna... Cosa ci fa su Real Channel?

– Grazie mille, Riccardo. Ma adesso dicci: tu come approcci le donne che desideri? Hai una tecnica da consigliare?

– Diciamo che se una mi piace divento timido. Quando faccio lo sbruffone è perché in fondo non mi interessa. Uno sbruffone non piace mai alla donna che può piacere a me... La mia donna ideale è semplice e crede nell'amore. Sembro anacronistico, lo so, ma io sono fatto così. Una cosa che ho capito negli anni è che le donne amano soprattutto conoscere il tuo lato debole. Se glielo mostri subito, poi ti lasciano fare quello che vuoi.

– Hai capito perché faceva il timido all'inizio?

– Brutto cafone...

– E quali mosse suggerisci?

– Io consiglio di non fare mai il primo passo. Quando una donna ti vuole, sa benissimo come cercarti. Bisogna farglielo capire, ma mai essere troppo espliciti. Molte volte le donne non sono interessate a te, ma vogliono solo sapere se tu ci staresti. E il brutto è che non te ne accorgi prima: è davvero umiliante. Ti tendono l'amo, e appena abbocchi se ne spuntano con un "ma che cosa avevi capito"? E tu sai benissimo che avevi capito giusto, ma non puoi farci più niente.

– Quindi?

– Quindi non bisogna mai farsi troppo avanti, Roger. E poi, comunque, quando ci esco non ci provo mai la prima sera...

– BUGIARDO! BUGIARDO!

– ... Se lo faccio è perché non mi piace veramente. Una cosa che suggerisco è di non programmare tutto, di essere naturali, così come io vorrei che una donna fosse con me. Una volta una mi ha conquistato perché mi ha portato a cena in un baracchino a mangiare pane e porchetta. Io sono uscito fuori di testa, perché lei mi ha subito fatto entrare nel suo mondo, senza aggiungere i soliti fronzoli. E non è cambiata neanche dopo che ci sono stato a letto.

– Spiegati meglio.

– Vedi, Roger, una cosa che mi dà veramente fastidio delle donne è che quando hanno fatto sesso con te, poi cambiano. Iniziano a osare, a mettersi le minigonne, tacchi di venti centimetri, perché si sentono sicure... Non ho ancora capito perché lo fanno, ma questa cosa mi fa veramente ammosciare.

– Ma se me lo chiedevi tu di mettermi la minigonna!

– Cafone...

– Ma come maschio, non ti senti gratificato se lei si comporta così?

– Una che ti fa vedere l'elastico delle mutande fa tirare solo gli arrapati. Perché mi piaccia, una donna non me la deve far vedere. Me la deve far sognare.

– Cos'è che deve far sognare una donna, Fletcher?

– Rosita, è tardi...

– Grazie, Riccardo. Prima di riprendere il discorso, vediamo adesso le testimonianze sul tema che il nostro Benaquista ha raccolto in strada per noi.

Per la prima volta dopo dieci giorni, la signora Maria non attese la fine della trasmissione. L'improvviso rilassamento fu letale. Una stanchezza atavica s'impadronì delle sue ossa, e la indusse ad andare a dormire. Rosita rimase sola davanti alla TV. Dopo cinque minuti, fece un blitz sul balcone per vedere se sua mamma si era di nuovo attaccata alla sigaretta.

27

"Lasceresti tutto per me?"

Roger non riusciva a togliersi dalla testa quella frase. Se la ripeteva anche in macchina, appena finita la trasmissione, mentre imboccava l'autostrada in direzione Bel Ami. Tentativo azzardato in cerca di nuove tracce, un atto di presunzione di chi sta già ottenendo molto dalla vita. Ma vuole tutto. Roger aveva provato altre volte a chiamare Stella, ma rispondeva sempre la segreteria. Oppure il marito, marito dal "pronto" sempre più minaccioso, sempre più familiare. Ormai era diventata una sfida, un gioco di morte, un inutile esercizio di autoflagellazione.

Durante la diretta di "Da uomo a uomo", a Roger era venuta un'idea bizzarra ma pur sempre perseguibile: cercare lo studio di Stella. Dall'ultima conversazione al bar, gli aveva fatto intendere che fosse vicino a dove abitava. E lui sapeva dove abitava. Avrebbe potuto farle visita all'improvviso, con la scusa di cercare una cassapanca per il suo nuovo attico. Si sarebbe presentato per quello che stava diventando – un uomo di successo – e l'avrebbe affrontata ad armi pari, offrendole garanzie che nei loro primi incontri non si sognava di poter esibire. Roger stava lentamente cambiando, cercando ostinatamente di allontanarsi dalle sue origini di "medio-man". Leggeva i giornali – comprava anche "Il Sole-24 Ore" – andava alle anteprime dei film, affittava DVD, partecipava alle discussioni politiche, cercava in ogni modo di adeguarsi agli stimoli che la società gli offriva. Il fisico scolpito, le donne e le partite a calcetto non gli bastavano più. Merito – o colpa – di questo poteva essere attribuito soltanto a Stella. Era finalmente giunto il momento di incontrarla in battaglia.

Roger arrivò davanti al suo cancello con grande facilità. Aveva memorizzato perfettamente la strada. Parcheggiò qualche metro più in là, evitò di ricordare l'eccitazione dell'inseguimento con Nico e si avvicinò al lungo elenco di citofoni. Stette almeno mezz'ora a studiare le diciture, a decifrare le iniziali di cui non aveva alcuna indicazione, cercando di ritrovare sui campanelli qualcosa che si avvicinasse alla verità. Il guardiano era appisolato nel suo gabbiotto e non sembrava vederlo. Roger stava ormai per desistere, quando una luce gialla cominciò a lampeggiare e il cancello si mise lentamente in movimento, svegliando il guardiano dal torpore. Una lunga Mercedes stava arrivando a velocità sostenuta. Era quasi l'una di notte. Roger mise una mano davanti agli occhi per proteggersi dai fari, e finse di parlare al telefonino nascondendo la faccia dietro il bavero dell'impermeabile. La macchina inchiodò bruscamente, in attesa che il cancello si aprisse del tutto.

Dopo essersi velocemente allontanato di alcuni passi, Roger si voltò di scatto. Illuminata dal lampione, vide Stella. Era seduta sul sedile anteriore, gli occhi annoiati davanti al cancello in movimento, i capelli legati come l'ultima volta al bar, davanti alle margherite. Un'espressione seria, che non le aveva mai visto, neppure nei momenti più tristi dei loro incontri fugaci. Il marito, perché doveva essere per forza lui, Roger non riuscì a individuarlo. Ma la sua capacità di osservazione era inevitabilmente viziata dall'emozione, dalla rabbia, dalla coincidenza inaspettata. Colto di sorpresa, non fu capace di nessuna reazione se non l'immobilità. Appena il cancello fu aperto a sufficienza, la macchina entrò – Stella accennò un saluto al guardiano, che le sorrise assonnato – e si perse in un labirinto di cortili e giardini sospesi. Roger non ebbe neppure la forza di pedinarli con lo sguardo. Aveva finalmente avuto la conferma che ancora gli mancava: vederli dal vivo, insieme. Risalì in macchina buttando all'aria inutili supposizioni, mentre una rabbia infantile lo assalì. Coglione, coglione, coglione. Non riusciva a dirsi altro, mentre rientrava a casa a tutta velocità. Era sposata con un altro, punto. L'aveva cercata con tenacia e desiderata con forza. Inutile insistere.

Salì le scale di corsa, facendo i gradini a due a due. Appena entrato in casa, prese la boccetta di *Amir* – la teneva sul comodino – e andò a rovesciarla nel water. Nella distruzione dell'odore risentì il fascino di quell'insana attrazione. Poi prese il foglietto con il numero di telefono, quello che Miss Andersen gli aveva scritto con la grafia d'altri tempi. Lo piegò in quattro e lo bruciò sui fornelli in cucina. Non voleva più tracce, né scheletri, né cicatrici.

Non avrebbe più scoperto se Stella preferiva finestrino o corridoio, se mangiava la frutta lontano dai pasti, se amava i cani, se conosceva le barzellette su Totti, se faceva la scarpetta, se aveva mai tirato di coca, se preferiva il bagno o la doccia, e se era brava nei parcheggi. Roger cercò di dormirci su.

Venne svegliato all'alba dalla redazione di Real Channel: De Palma lo attendeva con urgenza. Per il boss, quell'ufficio era come una seconda casa. Oltre alle piante e al divano rosso, c'era anche una specie di angolo cottura, con il bollitore sempre pronto per il tè, *English breakfast* tutto il tempo. Bob passava lì molte ore, a volte le notti, soprattutto quando sua moglie era in giro per concerti e stava via diversi giorni.

Roger arrivò con una punta di affanno. Era stato convocato e non sapeva perché. Forse un calo di ascolti, forse problemi con l'Authority per gli argomenti tabù, dovevo dar retta a Fletcher. Quando vide il sorriso di De Palma capì che c'era poco da preoccuparsi e si mise a sedere comodo, la confidenza davanti al capo.

– Dimmi, Bob.

– Innanzitutto complimenti perché la trasmissione tiene da paura. Stai diventando un piccolo caso, lo sai? E secondo me sono più le donne che gli uomini a seguirla. Anche mia moglie ne è entusiasta...

– Tra l'altro, ho iniziato a prendere lezioni di piano.

De Palma cominciò a ridere di gusto.

– Lo sapevo che eri un pazzo... La prossima volta che fa un concerto ci andiamo insieme, così te la presento.

– Che figata. Non sono mai andato a un concerto di pianoforte.

– Adesso però torniamo a noi. Sei pronto?

– Pronto.

– "Star People" ci dà la copertina.

Roger cercò di prendere tempo, mettendo la solita mano sui pettorali.

– "Ci dà" a chi?

– A te, Roger. Copertina sul settimanale più letto. Ti rendi conto? Sarà la tua prima intervista ufficiale da quando è partito il programma.

– E cosa dovrei fare?

– È un'intervista, Roger. Ti fanno le domande, e tu rispondi. Occhio perché l'intervistatore è di quelli tosti.

– E chi sarebbe?

– CarloG. Il giornalista più bastardo del *gossip* nostrano.

Nome sconosciuto, ovviamente, a chi ha cominciato da poco a sfogliare i giornali e non ha ancora memorizzato le firme.

CarloG era, in realtà, uno dei personaggi più curiosi del panorama giornalistico italiano. Un passato da intervistatore per la Proxa International – sondaggi di opinione, per lo più taroccati – e un presente prossimo pieno di coincidenze e incontri fortunati, che lo avevano aiutato ad affermarsi. In poco tempo, era diventato la penna preferita dai divi. Ma era quasi più divo lui delle persone che intervistava, per via del temperamento da star. Messo a fuoco il giornalista, Roger si sentì clamorosamente fuori quadro.

– Oh, cazzo, Bob! Mi devo preparare.
– Non c'è tempo. Hai appuntamento con lui tra un'ora da Rustico.
– Ma non potevate avvertirmi? Mi vestivo meglio.
– Potevamo, ma non abbiamo voluto. Conoscendolo, è meglio se vai come sei. Magari sei pure il suo tipo...

Roger arrossì, ma si sentiva ancora agitato. Quel giorno la sua unica preoccupazione era ricominciare. Oltre alla diretta televisiva, ci sarebbe stata la seconda lezione con Morgana.

L'intervista cambiava subito i pesi della scaletta. De Palma lo rassicurò velocemente e pretese, prima di congedarlo, la risposta di rito.

– Perché qual è il nostro obiettivo, Roger?
– Battere Simona Ventura. Costi quel che costi.

Detto questo, Roger aprì la porta e uscì.

Rustico, a dispetto del nome, rappresentava il classico locale dove è meglio avere il rimborso spese: clienti silenziosi, servizio efficiente e prezzi triplicati. Roger arrivò con dieci minuti di ritardo, glielo aveva suggerito Benaquista, ma riuscì comunque a essere lì per primo. CarloG lo raggiunse mezz'ora dopo, un sacco di collane al collo e aria un po' strafottente. Prima di cominciare, salutò un ragazzo e una ragazza incontrati lì per caso che discutevano animatamente davanti a una birra. I camerieri, intanto, avevano cominciato a riconoscere Roger e a bisbigliare tra loro.

– Scusa il ritardo, ma mi si è rotta la macchina e sono andato a polemizzare dal carrozziere.

– Tranquillo, mi sono divertito a osservare quelli degli altri tavoli. Mi piace immaginare cosa dicono, se litigano, se si annoiano.

– E tu, ti annoi?

– No, non più.

– Sei quasi più bello dal vivo che in TV...

– Anche tu non sei affatto male.

Colpito. CarloG si sciolse subito. I complimenti erano il suo punto debole astrologico, così dicevano tutti, Gemelli ascendente Leone. Ordinò subito una vodka al cameriere – lo chiamò *"garçon"* – e attaccò registratore e domande.

– Sai che piaci tanto a mia zia? Dice che il tuo programma è uno dei pochi che si possono ancora guardare. Di quelli etero, naturalmente.

Roger capì istintivamente che aveva davanti non un giornalista – ne aveva già incontrato qualcuno alla conferenza stampa – ma un personaggio fuori degli schemi. Adeguò, come suo solito, il tono delle risposte a quello delle domande, lasciandosi andare totalmente. Quando era in imbarazzo, lo ammetteva in tutta serenità, mettendo in luce il suo lato più umano. A CarloG piacque subito, anche fisicamente, malgrado non rientrasse affatto nel suo cliché classico.

Le domande sembravano non avere un filo logico, mimetizzate nella forma di una conversazione all'apparenza casuale. In realtà era una tecnica perfetta, che CarloG aveva sperimentato negli anni con ottimi risultati.

Dopo circa un'ora di confessione, Roger ebbe modo di conoscere anche i due amici dell'intervistatore passati al tavolo per salutare. Sorridevano beati senza parlare, fino a che la ragazza chiese a un cameriere di scattare una foto tutti insieme, Roger in mezzo. Uno, due, tre *cheese*.

CarloG guardò l'ora e si fece di colpo serio.

– Roger, scusa ma devo andare in farmacia.
– Tranquillo...
– Verrai contattato domani per il servizio fotografico. L'articolo uscirà la prossima settimana. Se hai qualcosa da dire al riguardo, qui c'è il mio biglietto da visita.

Se ne andò di corsa, senza curarsi più di nessuno. Rimasto solo, Roger chiamò De Palma per informarlo dell'intervista. L'impressione era buona – l'importante è che tu sia rimasto te stesso – ma nel frastuono della conversazione temette di essersi lasciato sfuggire qualche parola di troppo. Ormai però era andata, quindi meglio godersi in pace le bollicine della sua Coca. Avrebbe voluto passare a trovare sua madre e Rosita, fare un'improvvisata, ma gli tornò in mente la lezione di pianoforte, e i martelletti ancora da provare.

Morgana, in un certo senso, lo intimoriva. Così pensò bene di farle un regalo, un pensiero per creare un clima più disteso. Per un istante, pensò a Miss Andersen e ai suoi profumi. Ma non aveva voglia né di rivederla né di darle spiegazioni. Come alternativa, non riuscì a immaginare altro che fiori. Per cui prese un taxi e si fece portare nel negozio di Betta. La trovò con la solita serranda abbassata a metà, forse per la pausa pranzo.

– È permesso? Sono di nuovo qui.
– Roger! Che piacere vederti. È da un po' di giorni che penso a te.
– Davvero?
– Sì. Mi chiedevo dove ti avevo visto, perché ero sicura di averti già visto. Lavori in televisione, vero?

Fu troppo contento di dirlo.

– Ebbene sì.
– E ti chiami Roger Milone.
– Esatto.

– Complimenti.

– Grazie.

– Non dev'essere facile presentare un programma di pentole.

Roger sentì cedere le gambe, e cercò di negare l'evidenza.

– Veramente... è una cosa che appartiene al passato. Non lavoro più a Tele Nueva.

– In effetti, ultimamente mi pare di aver visto una ragazza.

– Gina Iannuzzo.

– Esatto, Gina. Ma tu eri più bravo.

Roger era un po' imbarazzato. Provò a riportare il discorso sui fiori, anche se Betta aveva un modo talmente ingenuo di dire le cose che non lo disturbava affatto.

Mentre improvvisava un mazzo di gigli per Morgana – ho un cliente trans che compra solo quelli – Roger si soffermò sul viso di Betta. Avrà avuto trentacinque anni, forse più, gli occhi appena segnati, le labbra sottili. Un'espressione malinconica, ma non triste. Una ragazza che sembrava vivere in un altro mondo, fatto di piante, fiocchi e cellofan. Gli tornò in mente un film muto che aveva visto una mattina. Uno di quei classici, struggenti drammi con Charlie Chaplin. Non ricordava né il titolo, né la fine, ma solo un'immagine: gli occhi accesi di Charlot davanti a quelli senza luce di una meravigliosa fioraia cieca. Una storia triste, tristissima, che lo aveva appassionato a tal punto da interrompere la consueta ginnastica a casa. Finito il mazzo, Roger ne ordinò subito un altro. E s'impose di scegliere lui i fiori, stavolta tocca a me. Fece mettere margherite, rose bianche, una gardenia e, per finire, due crisantemi. Un'accozzaglia stonata, che Betta riuscì ad armonizzare grazie alla creatività nella composizione.

Al momento della consegna, Roger prese con sé i gigli, e lasciò il secondo mazzo sul tavolo.

– Questo è per te.

– Per me?

– Non mi avevi detto che nessuno ti regala mai fiori?

– ...

– Questo mazzo non sarà proprio come uno dei tuoi, ma doveva essere una sorpresa, no?

Betta arrossì.

– Guarda che io scherzavo.

– Voi donne non scherzate mai. Questo ormai l'ho capito.

– Grazie, Roger. Non so davvero cosa dire.

– Dimmi che domani sera ti andrebbe una pizza.

Uno slancio improvviso e imprevisto. Un colpo d'ali per uscire dall'incertezza.

– Una pizza con te?

– Se vuoi porto anche mia sorella, ma non te la consiglio.

– Allora va bene solo con te.

Fissarono l'appuntamento senza scambiarsi neppure il telefono, impossibile evitare l'incontro.

Roger si sentì sollevato. In fondo era un bambino come tutti gli altri, con un ego direttamente proporzionale alla propria insicurezza.

Mentre aspettava in strada che il taxi arrivasse, si fermò davanti alla vetrina di un negozio di dischi. Guardò le copertine di tutti i CD. Su uno, gli sembrò di vedere la faccia di Mozart.

28

La lezione era appena terminata.

Roger aveva dimostrato, nell'esecuzione degli esercizi, un'applicazione costante. Morgana appariva soddisfatta, ma cercava di contenere l'entusiasmo. Rimase molto sorpresa quando lo sentì suonare le note mancanti di *Per Elisa*, che aveva ritrovato a orecchio, dopo giorni di tentativi.

– Non mi serve a niente che tu le sappia. Però almeno ho la prova che hai intuito musicale. E per un pianista non è poco.

Roger incassò senza ribattere, intimidito com'era da quel donnone serio e professionale. Anzi, le fu grato per la schiettezza dell'opinione, ultimamente si sentiva circondato solo da un mare di condiscendenza passiva, soprattutto al lavoro.

Si alzò e andò a prendere il mazzo di gigli bianchi. Li teneva in mano con un certo imbarazzo, sebbene negli ultimi tempi si fosse quasi abituato a regalare fiori.

– Volevo darti questi...

– E perché mai?

– Mi hai aperto un mondo che mi ha tenuto compagnia per tutta la settimana. E in questo momento, non ci crederai, ne ho molto bisogno.

Morgana era piuttosto a disagio. Aveva voluto vedere Roger in TV – la curiosità è femmina – e ne era rimasta piuttosto sorpresa: un ragazzo scaltro, questo le era sembrato, abile nel mettere a proprio agio l'interlocutore, per tirare fuori il peggio di lui. Sicuramente una trasmissione furba – "furbetta" avrebbe scritto qualche critica televisiva – che aveva tuttavia il merito di trattare argomenti concreti con toni verosimili, sebbene un po' troppo volgari per i suoi gusti.

Adesso che però Morgana era a tu per tu con il conduttore, non lo riconosceva più. Timido eppure diretto, impaurito e coraggioso, con qualche goffaggine di troppo e un mazzo di gigli in mano. Lei, corazza dura di donna in costruzione, s'intenerì. Decise di abbandonare il distacco e accettò volentieri un caffè.

– Da quanto tempo suoni, Morgana?

– Da tanto, forse troppo. Avevo sei anni quando ho visto il primo pianoforte. Ricordo solo un grande orologio, e mio padre che mi diceva: cinque minuti. Ogni giorno, dalle tre alle tre e cinque, facevo i martelletti.

– Tuo padre fa il pianista?

– Lui era un batterista jazz, ma la sua passione per la musica è stata fondamentale per me. No, io niente zucchero, grazie.

– Quindi per te non è stata una libera scelta, vero?

– Non lo è mai per un bambino. Però io sono stata fortunata, perché mi hanno imposto un amore che poi è sbocciato veramente.

Roger non riusciva a smettere di guardarle le mani ed era tentato, deformazione professionale, di farsi raccontare la sua storia: ma sei più uomo o donna, ce l'hai ancora il pisello, le tette sono vere o finte, le solite cose che non si sa mai a chi chiedere, e soprattutto come. Però riuscì a trattenersi, con una così non era davvero il caso. Morgana aveva una carica nervosa che lui non sapeva ancora bene come incanalare.

– L'hai pure studiato, il piano?

– Sì, mi sono diplomata al conservatorio. Ho vinto subito un paio di concorsi piuttosto importanti, ma andare in giro per il mondo non faceva proprio per me. Troppa tensione, troppa concorrenza. Preferisco di gran lunga insegnare. Posso avere ancora un biscotto?

Erano compostamente seduti al tavolo della cucina, irrigiditi nella postura di chi non si conosce. Dietro un muretto divisorio, spuntava a distanza quel Blüthner del 1930. Roger avrebbe voluto che lei suonasse ancora qualcosa, ma gli mancava il coraggio di chiedere. In realtà, non aveva alcuna voglia di rimanere solo. Ma Morgana aveva un buon intuito, forse per via del nome, e lo anticipò nel desiderio. Quasi che certe emozioni arrivassero alle orecchie da vibrazioni invisibili dell'animo, impossibili da non percepire. Così si sedette al piano e cominciò a suonare pezzi semplicissimi, di una bellezza struggente.

– La senti, Roger? È questa la musica. Una vita in forma di note.

– E chi l'avrebbe raccontata meglio, questa vita?

– Come compositore o come pianista?

– Non so. Dimmeli tutti e due.

– Come compositore, senza dubbio Bach. Per me è il migliore. Quelle che sto suonando sono le cose che lui ha scritto per i bambini. Non sono deliziose?

Roger annuiva estatico, la tazzina del caffè ormai freddo in mano, le preoccupazioni a sfumare nella melodia.

– E come pianista?

– Arturo Benedetti Michelangeli. Senza dubbio, il più grande del secolo.

– Ma era italiano?

– Certamente, anche se non aveva un bel rapporto con

l'Italia. Negli ultimi anni non ci suonava neppure più, per problemi discografici.

– Ne parli come se lo conoscessi...

Morgana s'irrigidì, gli occhi di colpo lucidi, una donna improvvisamente fragile e romantica. Rivisse nella memoria un episodio di quindici anni prima, forse più. Come regalo di compleanno, suo padre le aveva procurato un biglietto per un concerto di Benedetti Michelangeli a Bregenz, al confine tra Svizzera e Austria, in una delle sue ultime apparizioni. Era stato un concerto davvero toccante, perché Morgana aveva potuto ascoltare Mozart, Chopin, Scarlatti e Galuppi interpretati da un talento ineguagliabile. Addirittura aveva pianto, quando il grande solista aveva regalato al pubblico *Gaspard de la nuit* di Ravel.

Dopo il concerto, sola e frastornata, si era recata dietro le quinte. Aveva con sé una scatola di violette candite, le preferite dal maestro, e aveva chiesto di potergliele dare di persona. Aveva atteso qualche istante priva di speranza. Ma di lì a poco era stata accompagnata nel camerino dell'artista più amato e temuto, capace di abbandonare un concerto per un colpo di tosse. Le tremavano visibilmente le gambe, mentre i passi diventavano via via più pesanti. Quando se lo era ritrovato di fronte, elegante e regale, non era riuscita a dire altro che: "Queste sono per lei".

Il maestro le aveva stretto la mano, e le aveva sorriso con gentilezza. Morgana aveva ricambiato il sorriso, non lo sguardo, era rimasta un attimo sospesa davanti al monumento ed era fuggita in preda alla commozione. Aveva promesso a se stessa che non avrebbe mai raccontato a nessuno di quell'incontro. Che quella gioia poteva condividerla solo con il suo cuore. E anche di fronte a una situazione così irrealmente intima – sto raccontando i miei segreti a Roger Milone – riuscì a mantenere la parola.

– Purtroppo non ho mai avuto il piacere di ascoltarlo dal vivo. Ho solo i suoi CD e qualche videocassetta, dove però non faceva mai inquadrare le sue mani. Un vero peccato.

Morgana guardò l'orologio e si rese conto che era passata, per piacevole che fosse stata, un'altra mezz'ora. Anche Roger si rese conto del suo ritardo. Era atteso negli studi di Real Channel per le prove e doveva prepararsi. Morgana era già sulla porta, quando non resistette alla provocazione di una domanda.

– Ma sei davvero d'accordo sul fatto che si possa lasciare una donna dopo che ti ha detto che è incinta?
– Sì, cioè no. Ma allora hai visto "Da uomo a uomo"...?
– Solo due puntate, e mi è bastato. Mi sembra una trasmissione un po' maschilista.
– Forse un po' sì, ma noi maschi siamo fatti così. Non ci possiamo fare niente neanche noi. E forse è questa la forza del programma: dire tutto senza inibizioni. Per una volta, non si parla per compiacere le donne. Lo si fa per capirle.
– Allora cercate di capirle in un altro modo...

Roger divenne di colpo serio, ma Morgana lo tolse d'imbarazzo con una risata.

– Dài, Roger, scherzo. Ne parliamo un'altra volta. Però mi raccomando, continua a fare gli esercizi al piano, che vai bene così. E in bocca al lupo per la puntata di stasera.

Roger chiuse la porta e si sentì improvvisamente rincuorato. Aveva una nuova passione e una persona con cui parlarne. Si tolse la maglietta e andò davanti allo specchio a fare Braccio di Ferro prima di salvare Olivia. Non soddisfatto, fece venticinque flessioni consecutive facendo battere le mani.

Mentre grondava di sudore, ripensò a Nico. Non l'aveva più cercato, e questo lo feriva non poco. Avrebbe voluto raccontargli tutto, condividere con lui l'ultima disavventura con Stella e i fantastici premi di consolazione, cui improvvisamente non riusciva a rinunciare: un autista che lo portasse al lavoro, una signora che ogni giorno gli facesse il letto e gli preparasse qualcosa da mangiare, un conto in banca che cresceva in modo esponenziale, tanti vestiti "aggratis" e collaboratori incredibilmente disponibili. E, soprattutto, la pizza imminente con Betta.

Ma Nico non ne aveva più voluto sapere. Si era chiuso nel suo orgoglio e aveva abbaiato. Anche se forse gli stava solo chiedendo aiuto.

29

Finalmente sabato pomeriggio.

Rosita e la Giò si erano date appuntamento alla fermata dell'autobus alle tre, dopo i Simpson. Il tempo di arrivare a casa, mangiare, cambiarsi davanti a Bart e via, di nuovo fuori, inseguite dalle madri. Inseparabili e insostituibili. La brutta esperienza con Antonio aveva cementato la loro amicizia, sebbene l'invidia delle altre ragazze, in classe, facesse circolare voci di lesbismo. Ma le due se ne fregavano altamente – lesbiche sarete voi – forti dei loro amori.

La Giò stava insieme a Ivan da quasi un mese, mentre Rosita si era messa con Pizzy da appena dieci giorni. Peccato solo che i due ragazzi non si sopportassero, per cui le due amiche avevano rinunciato al sogno di uscire in doppia coppia, mano nella mano.

Il pomeriggio più amato della settimana veniva quindi diviso in due parti. La prima, tutta al femminile, in cui Rosita e la Giò facevano le "vasche" in centro per raccontarsi i segreti, le esperienze, le speranze. E la seconda, molto più attesa, dedicata ai rispettivi "fida".

– Come va con Ivan?

– Abbastanza bene, Rosi. Anche se non riesco a capire bene cosa provo per lui. Se amore o desiderio.

– Cioè, l'avete fatto?

– No, non proprio. Però ci siamo andati vicini, e mi è piaciuto tantissimo.

Rosita ebbe un momento di gelosia – gelosia sana, per una volta – ma riuscì a controllarsi.

– E quando è successo?
– L'altro pomeriggio, a casa da lui. I suoi non c'erano e dopo che abbiamo parlato tutto il pomeriggio di Fidel Castro, abbiamo iniziato a baciarci, ed è successo.
– E ora?
– Ora non so se è solo attrazione fisica o è anche coinvolgimento mentale. Cioè, io non penso più a lui come prima. Sono cambiata. Ora penso solo a fare l'amore con lui.

Quasi tutto l'autobus stava ascoltando le loro confessioni, il volume troppo alto delle emozioni, e moriva dalla voglia di intervenire. Ma desistette.

– Giò, scoprirlo è molto semplice. Rispondi sinceramente a questa domanda: da quando lo conosci, il mondo ti sembra più bello?

Ci pensò un attimo, poi replicò filosofica.

– Mi sembra bello come prima. Né più né meno.
– Allora è solo attrazione fisica. Però ho letto che a volte il desiderio può trasformarsi in vero amore, quindi non è ancora detto. Ma nel frattempo devi dire a Ivan che non sei così coinvolta. Non farlo soffrire inutilmente.
– Hai ragione, gli devo parlare. Ma è meglio una lettera o un SMS?

In poche fermate, i ruoli si erano ribaltati. Adesso era Rosita il punto forte, l'esperta, la ragazza fortunata. Lei, con i capelli da non-modella e le movenze grezze, il corpo esuberante e i colori vivaci, stava vivendo un momento indimenticabile.

Su Pizzy non aveva dubbi. Era vero amore. Perché non le interessava nessun altro e rideva anche alle sue battute più stupide. Perché lo avrebbe ascoltato per ore. Perché quando leggeva una poesia pensava a lui, prima di dormire pensava a lui, appena si svegliava pensava a lui. Lui, lui, lui.

Ne aveva parlato anche con sua mamma – è un ragazzo perbene? – ma solo per chiederle di invitarlo a pranzo a casa di Roger, mio fratello è un idolo per Pizzy.

Tra una chiacchiera e l'altra, giunsero al capolinea. Rosita e la Giò avevano un'ora di tempo per comprare un regalo ai rispettivi boy-friend. Spesa massima: tre euro. La Giò era ormai arroccata sui suoi dubbi – lo amo o no? – e dopo poco cominciò a pensare di essere schizofrenica. Ma Rosita fu brava a sdrammatizzare, e cominciò a citare un sacco di articoli sull'argomento. Ma non c'era tempo da perdere. Volevano che Ivan e Pizzy ricevessero lo stesso oggetto – magari così diventano amici – anche se l'impresa si profilava piuttosto ardua. Difficile trovare un regalo da tre euro compatibile con un ragazzo di destra e uno di sinistra.

Cinquanta minuti passeggiati a vuoto, tra negozi di caramelle e librerie, bancarelle e bar tabacchi. Alla fine trovarono una cartoleria che vendeva solo prodotti ecologici. L'amore per la natura non ha colore, dicevano, anche se Rosita pensava che fosse un regalo un po' più di sinistra, perché si ricordava un intervento di Bono Vox in difesa dell'Amazzonia.

Dopo qualche minuto di disperazione per il caro prezzi – un'impresa essere adolescenti oggi – riuscirono a permettersi un block-notes mignon a testa: due euro e ottanta. Un piccolo quaderno per scrivere appunti, poesie e pensieri, siamo o non siamo due fighe?

Rosita lasciò la Giò alla fermata del pullman – il centro sociale dove s'incontrava con Ivan era in pieno Girotondo – e corse al suo appuntamento con Pizzy, davanti alla Rinascente.

Era emozionata come la prima volta – dieci giorni prima – e felice come non mai. Per quanto fossero amiche, c'era sempre un po' di competizione tra lei e la Giò. E sapere che la più ambita delle due avesse qualche insicurezza la riempiva di autostima.

Rosita e Pizzy si salutarono con un bacio spettacolare in pieno traffico cittadino. Sembrava non si vedessero da giorni. Invece si erano salutati di fronte al liceo poche ore prima. Ma l'amore dà dipendenza, una droga da cui non ci si può più liberare. Così si presero per mano senza staccarsi fino al coprifuoco di Rosita, alle otto a casa. Si parlarono poco, perché non riuscivano a finire una frase senza interromperla coi baci. Baci a stampo, alla francese, alla sovietica. Alla guatemalteca. Ogni variante era stata sperimentata, ogni angolo del grande magazzino visitato dai cuori turbolenti dei due:

– piano terra, settore profumi;

– primo piano, area intimo femminile;

– secondo piano, camerino abbigliamento sportivo;

– terzo piano, sala giochi;

– quarto piano, toilette.

Fu in bagno che, oltre ai baci, si lasciarono andare a qualcosa di più. Per la prima volta, Pizzy allungò le mani sulle tette di Rosita.

A dir la verità, fu lei a sollecitare il gesto, guidandogli la mano. Doveva stare al passo con la Giò, e la prima mossa era approfondire il petting. Fu molto romantico. Peccato solo per il continuo rumore di sciacquone del bagno di fianco, che interrompeva periodicamente l'idillio.

Dopo un'ora di palpeggiamenti, l'avviso al megafono di affrettarsi alle casse li costrinse a fermarsi e uscire, implacabile destino.

Ma mentre per Rosita la giornata finiva – senza Pizzy la sera non ha più senso – per Roger stava per cominciare.

Aveva poltrito tutto il giorno. Si era dedicato solo al pianoforte, il piacere quotidiano, a un paio di addominali – quelli alti – e poi aveva dormito nel suo letto giapponese mentre la domestica riordinava senza far rumore.

Lo stress della trasmissione, e della vita, si faceva sentire soprattutto nel weekend. Per quanto gli ascolti stessero andando sempre bene, si sentiva ancora sotto esame. E poi doveva cominciare ad assumere un ruolo cui non era abituato: l'opinion maker. Essere un personaggio pubblico, per lo più discusso e discutibile, gli attribuiva nuove responsabilità. Prima di tutto, stare attento a cosa dichiarava, perché – gli ricordava Benaquista – tutto ciò che dici può essere usato contro di te, quindi non lasciare mai adito all'interpretazione, se non vuoi grane.

Ma quel pomeriggio Roger non voleva pensare al suo ruolo pubblico. L'unica cosa che gli serviva era il nome di un buon ristorante. Aveva invitato a cena Betta e voleva fare bella figura. Le aveva detto una pizza, però magari poteva anche offrirle qualcosa di più, ora se lo poteva permettere. Chiamò De Palma per un consiglio. Gli fece prenotare un tavolo al Conte Matto, luogo amato dalle celebrità, completamente arredato da foto autografate di ospiti a tavola.

Trovato dove andare a mangiare, pensò a come vestirsi. Optò per abito nero e camicia nera – così non sbagli, gli ripeteva il costumista – si bagnò di *Iss*, il profumo di Miss Andersen che non aveva ancora usato, e uscì. Raggiunse Betta a bordo della sua Audi TT presa a noleggio, improponibile la sua vecchia Golf, ormai.

Non era teso come quando incontrava Stella, però un pochino sì. Stella. Il suo ricordo era ormai sommerso da un improvviso livore, di cui non sarebbe mai stata a conoscenza. Roger sapeva tuttavia che se lei l'avesse chiamato in quel momento, Betta sarebbe rimasta tutta la sera ad aspettare davanti al negozio. Per non pensarci più, spense il telefonino.

Il negozio di fiori per una volta aveva la saracinesca

completamente abbassata. Betta era lì davanti, immobile e impeccabile. Roger accostò frenando bruscamente, retaggio tarro del passato, e abbassò il finestrino.

– Sta aspettando un bell'uomo, signorina?
– Ma che macchina hai?
– Sali, prima che me la portino via.

Betta entrò piuttosto intimidita. Aveva un leggero abito turchese, che ben si addiceva a quella sera primaverile. Roger notò subito il volto truccato – ho fatto bene a comprare quel regalo – ma non fece commenti. L'aiutò ad allacciare la cintura, mise in funzione il sistema satellitare e sgommò verso il ristorante.

– In che pizzeria andiamo?
– Non è una pizzeria. Ho preferito un ristorante, così stiamo più tranquilli. Ti va?
– Mi pare che la serata prometta bene.

Non c'era un doppio senso nelle sue intenzioni, ma Roger lo colse. Gli faceva uno strano effetto vedere Betta lontano dal negozio, separata dai suoi fiori. Solo le mani, per quanto curate, mostravano i segni delle levatacce, del suo contatto quotidiano con verde e terra. Non erano le mani di Stella, certo. Ma non avevano la fede al dito, e questo le rendeva di gran lunga più rassicuranti.

Roger non era mai stato al Conte Matto, ma sapeva che era un posto dove è difficile entrare. Tuttavia, quando al telefono aveva fatto il suo nome e quello di De Palma, il tavolo saltò subito fuori.

Betta non lo dava a vedere, ma era piuttosto agitata. L'Audi TT l'aveva messa a disagio, non se l'aspettava. Si era fatta un'idea completamente diversa del suo venditore di pentole.

Arrivati al ristorante, il maître era davanti alla porta.

– Il signor Roger Milone, vero?

– Sì.

– L'avevo riconosciuta... Seguitemi. Vi abbiamo messo in saletta, così state più tranquilli.

Roger guardò Betta, e gli scappò una risatina. Ma tornò subito serio, quasi intimidito. Intorno a sé vide lampadari luccicanti, tovaglie lunghe e signore ingioiellate.

Mentre attraversava il salone, avrebbe tanto voluto che suo padre lo spiasse dall'alto.

30

Roger e Betta sembravano al luna park.

Due bambini in mezzo alle giostre, tra carte di vini, piatti francesi, fiori – per l'appunto – e clienti boriosi.

Roger sfogliò rapidamente il menu, scorrendo con voracità i prezzi, abitudine difficile da abbandonare. Caro, era caro. E questo gli piaceva. Doveva essere anche buono, però, se lo frequentava uno dai gusti difficili come De Palma, che andava avanti a porcini fritti, foie gras e vino Nobile di Montepulciano.

Roger stava per consultare Betta, quando un signore distinto si avvicinò al tavolo, macchina fotografica al collo e mano proiettata in avanti.

– Signor Milone?
– Sì?
– Buonasera. Vengo da parte del titolare. Vorremmo avere l'onore di avere una sua foto qui nel ristorante, da esporre insieme alle altre. Posso fargliela adesso?
– Ma veramente...
– Perfetto, sorrida. Sorrida. *Cheeese*...
– *Cheeese*...
– Fatto. Grazie mille. Dalla prossima settimana, sarà esposta in una di queste sale.

Roger era allibito, e Betta ancora più di lui. Le sembrava davvero inverosimile che un televenditore potesse suscitare un'attenzione simile.

– Roger, mi vuoi spiegare chi sei?
– Io?

Non fece in tempo a dirlo che una ragazza si alzò coraggiosamente da un altro tavolo – alla faccia della saletta tranquilla – e si avvicinò a Roger con un foglietto bianco in mano.

– Roger... sei tu, vero? Lo so che le donne non dovrebbero guardarlo, il programma... Ma è più forte di me. Me lo fai un autografo, per favore?

Non ne aveva mai fatti.

Solo visto in TV o agli allenamenti calcistici. Cercò di ricordare il gesto e stette un attimo a pensare. La ragazza lo guardava sognante, mentre Betta era sempre più felicemente sorpresa.

Alla fine firmò. Milone Roger. Scrisse proprio così, cognome e nome. Ricordo della naia, riflesso condizionato dei documenti da compilare. Si rese conto che qualcosa stonava, ma ormai era fatta e Benaquista gli ripeteva sempre che, se sei un divo, nulla può essere casuale. Le basette sono una più lunga dell'altra? Adori *Cime tempestose*? Voteresti come sindaco Carla Fracci? Bevi solo succo di pompelmo? Firmi cognome e nome? È sempre, e comunque, una *tua* scelta. Il ruolo pubblico giustifica tutto, anche l'errore. Ed è questa la figata, gli ripeteva Benaquista.

La ragazza tornò al tavolo dalle amiche con il suo "Milone Roger" scritto in corsivo, e Betta intuì finalmente con chi aveva a che fare.

– Fino a poche settimane fa vendevi pentole su Tele Nueva. Ora ti ritrovo qui, con ragazze che chiedono autografi. Temo di essermi persa qualche passaggio.

– Prima ordiniamo, che dici? E poi ti racconto.

– Ma io non ci sto capendo niente... Quando le portate cominciano con l'articolo mi mandano in confusione: *i* gamberoni in crosta di sesamo, *i* maccheroncini di farro con fogliette di polpo... Non c'è un menu fisso?

C'era, e lo ordinarono a scatola chiusa. Roger era felice di avere al suo fianco una ragazza frastornata come lui.

Le raccontò brevemente le sue avventure dell'ultimo mese – glissò soltanto su Stella – e impiegò almeno un quarto d'ora per convincerla che non la stava prendendo in giro. Il tanto chiacchierato programma "Da uomo a uomo" era condotto da lui. E Betta non poteva saperlo per il semplice fatto che a casa sua Real Channel non si prendeva, così come molti altri canali. Vedeva bene solo Rai 1, Rai 3 e Canale 5 – quelli dispari – oltre naturalmente a Tele Nueva.

– Ma quindi sono a cena con uno famoso? Che emozione...

– Smettila, che mi prende male. Ma invece raccontami un po' di te. Cosa fai, oltre ad annaffiare i fiori?

Betta ebbe un'improvvisa illuminazione. Si fermò un attimo, aprì la borsa e tirò fuori un pacchetto incartato.

– Questo è per te. Non chiedermi la ragione, perché non c'è. Mi andava di fartelo, e l'ho comprato.

Roger rimase sorpreso. Era un libro, lo sentiva al tatto, un libro. Copertina molle, però, edizione economica, chissà qual è, spero di non averlo letto, leggo così poco io anche se ultimamente di più. I suoi pensieri cessarono presto di viaggiare, davanti al titolo. Lo scoprì lentamente, quasi accompagnandolo dal labiale. *Domani nella battaglia pensa a me.*

In testa, gli riecheggiò immediatamente la voce di Stella, ferma sulla porta del motel: "Quando nella mia vita stava arrivando la tranquillità, dentro di me è cominciata la guerra". Rimase in silenzio qualche secondo, turbato. Betta intuì il suo stato d'animo, senza riuscire a decifrarlo.

– L'hai già letto?
– Non sapevo che fosse anche un libro. È una frase di Shakespeare che mi piace un casino.
– Conosci la citazione?
– La letteratura si studia anche a ragioneria, cara Betta, che ti credi? Chi è invece questo Javier Marías?

Betta riprese in mano il libro.

– È il mio scrittore preferito, anche se a volte è un po' contorto. Ma questa è una storia straordinaria, Roger. Non vedo l'ora che tu la legga. C'è solo un momento, più o meno a metà, che è noioso da morire. Ma tu tira dritto perché poi ne vale veramente la pena. Se ci penso, mi viene ancora da piangere.

Roger ebbe la tentazione di farle una carezza, ma si fermò. Dalla tasca del suo vestito nero, tirò fuori un piccolo pacchetto.

– Anch'io ti avevo fatto un regalo. E neanch'io so perché.
– Forse ti sono simpatica.
– Quello è sicuro. Dài, aprilo.

Betta scartò il regalo senza badare a non rovinare la carta, lo sguardo dolce, sguardo di chi è già felice per il gesto e non gli interessa altro. Tanto meno un'ennesima trousse da borsetta. Si diedero un bacio sulla guancia, un gesto un po' imbarazzato, mentre il tavolo di ragazze a fianco commentava starnazzante. Roger sentì il bisogno di riprendere fiato e andò in bagno.
Si guardò allo specchio scuotendo la testa. Non poteva

essere una coincidenza, o forse sì, una delle tante cui attribuiamo i significati più profondi, anche se è solo un caso. Uno stupidissimo caso. *Domani nella battaglia pensa a me.* Le parole dette una sera da Stella ritornavano in un gesto di Betta.

Quando si risedette al tavolo, erano arrivati i primi quaranta euro di portata: *il* salmone presale all'aneto con citronette alle ostriche e focaccina bianca ligure. Roger cercò di non guardare la copertina del libro, e cominciò a decantare gli agi – i premi di consolazione – della sua nuova vita. Betta ascoltava con attenzione, pur essendo agli antipodi delle ragazze che sognano di sposare un calciatore.

– Da quello che racconti sembra tutto molto bello, Roger. Non ho però capito qual è il prezzo.

– Non l'ho capito neanch'io. Per ora non sto pagando niente...

Manco a dirlo, arrivò il conto. Duecentocinquanta euro, supersconto del titolare, che bello essere VIP. Roger lo commentò con un semplice "minchia", ma tirò fuori i contanti senza battere ciglio. La pioggia di denaro da cui era stato investito non gli aveva tolto il senso della realtà. Così uscì facendo battute sul costo di quella foto al tavolo, alla faccia dell'ospitalità.

Roger e Betta finirono la serata a girare in macchina. C'era un vento tiepido ad alleggerire l'aria, e poca gente in giro. Ne approfittarono per scavalcare il cancello ed entrare nel parco vicino a Tele Nueva. Roger portò Betta fino al piccolo stagno artificiale, dove andava a tirare i sassi. Si trovava proprio lì quando l'aveva chiamato Real Channel, e il viaggio era iniziato. Ma sembrava ormai appartenere al passato.

– Tu sei felice, Betta?
– Stasera, credo di sì. E tu?

– È una di quelle domande che ti mandano in crisi. Come quando mi chiedono qual è il presentatore a cui m'ispiro. Mi viene sempre da rispondere "non so". E "non so" è una risposta che non mi posso permettere.

– E chi lo dice?

– Benaquista, l'autore del mio programma. Dice che un personaggio una risposta la deve trovare sempre, anche quando non ce l'ha. Piuttosto gli fai un rutto, mi ha detto.

– Un rutto?

– Vabbè... lasciamo perdere.

Roger e Betta continuarono la serata cullati dal vento e dai rumori delle macchine, i pensieri lontani. Il quadro era davvero dei più romantici, e meritava un bacio. Roger cercò di consultare la memoria, ripassando la puntata su come comportarsi al primo appuntamento. Ci si prova o no? Bisogna darle sempre ragione? E le mani si allungano? Quanto? Non ricordava nulla, come uno studente disattento. La faccia inebetita, la bocca aperta a mezz'asta.

– Ti senti bene, Roger?

– Sì, è che stavo pensando a una cosa.

– Cosa?

– ...

– Allora?

– Tu, quanti anni hai?

– Trentotto.

– E non hai paura di diventare vecchia? Con la pelle piena di rughe?

Betta cominciò a scuotere la testa, incredula.

– Ma ti sembrano cose da dire a una donna? È di questo che parla la tua trasmissione?

– In realtà, non ascolto quasi niente di quello che raccontano gli ospiti... Sono sfigato, eh?

Betta si avvicinò a Roger, le mani aggrappate alle gambe. Il vento le scompigliava i capelli, un caschetto gentile senza ambizioni.

– Sfigato è chi non si pone domande, non chi le fa troppo dirette. Però hai ragione, Roger: la mia è un'età strana, in cui cominciano le paranoie. Rimanere sola, non avere più il tempo di fare un bambino, vedere i primi capelli bianchi e sentire le tette cadere giù... Io vivo con l'incubo di appassire, proprio come i miei fiori. Non so perché ti sto raccontando tutto questo.

– Forse perché sei disperata, come me.

– Okay, per stasera possiamo chiudere qui. Mi porti a casa?

Roger provò a divincolarsi – maledetto me – cercando di recuperare. Ma Betta fu decisa e impassibile. Non era arrabbiata, anzi, ma non voleva darlo a vedere. Stava bene. Era già un bel traguardo per la serata.

In macchina non disse più una parola, si limitò a canticchiare il motivetto che trasmetteva la radio. Prima di scendere, scrisse su un foglio il suo numero di telefono.

– La prossima volta, per favore, niente gaffe.

– Quindi ci rivediamo...

– Dipende da te. Adesso devo andare, che domattina ho una sposa e devo sbrigare un po' di cose. Grazie per la trousse, e la serata.

Scese senza dargli neanche un bacio, solo una carezza lieve. Roger rimase imbambolato sulla sua Audi TT, i bicipiti tesi sul volante, il pizzetto impeccabile, il motivetto ancora nell'aria, un'allegria giuliva spalmata sul volto. Sul cruscotto, il libro appena ricevuto.

Lo aprì, sfogliò la prima pagina, e lesse: "Al mio venditore di pentole preferito. Betta".

31

La domestica aveva preparato lasagne al forno e pollo con patate.

Agli antipasti, ci aveva pensato la gastronomia di De Palma, prelibatezze per palati fini.

Finalmente – nuovamente – il pranzo della domenica. Dopo essere stato travolto dagli eventi per settimane, Roger era contento, quasi fiero, di ricevere a casa la sacra famiglia, capitanata da don Giovanni. Nessuno aveva ancora visto la sua nuova sistemazione, solo descrizioni approssimative al telefono, parole povere di immaginazione. Soprattutto per una come la signora Maria, che chiede ogni cosa tre volte, e non sembra mai paga della spiegazione.

Roger si era alzato alle undici e mezzo per apparecchiare la tavola come si deve. Senza rendersene conto, era da giorni che aspettava questo momento. Mostrare finalmente a qualcuno che un Milone poteva stare al piano attico con portineria, donna di servizio e terrazzo sui tetti.

Erano passate poche settimane, ma gli sembrava di non rivedere mamma e sorella da mesi, sensazioni che si hanno dopo un viaggio, o una brutta esperienza. E in un certo senso, "Da uomo a uomo" era entrambi. Forse più un viaggio.

Tirò su il letto alla meglio, fece sparire camicie e calzini spaiati. Riuscì anche a fare qualche esercizio al piano

– gli sarebbe piaciuto esibirsi davanti a Rosita – quando vide il libro che aveva appoggiato sul Blüthner la notte prima.

Che serata memorabile. Il primo autografo, il conto salato, le figuracce, la dedica al venditore di pentole, domani nella battaglia pensa a me. Betta era davvero un personaggio. Non lo aveva travolto come Stella, però gli era piaciuto stare con lei. Una che parlava la sua stessa lingua, anzi, ancora meglio perché leggeva tanti libri e faceva discorsi profondi, sulla vita e l'energia che lega le persone. Quelli in cui lui perdeva il filo e diceva cose a sproposito. E poi ne ammirava la forza d'animo, la dedizione a un lavoro che aveva ereditato – il negozio l'aveva aperto sua madre – ma a cui si donava totalmente.

L'avrebbe senz'altro chiamata per invitarla nuovamente a uscire. Era ancora lì che rideva per la dedica, quando suonarono al citofono. "Siamo noi" rispose all'unisono la banda Milone.

Roger regolò la temperatura del forno e sistemò la foto del padre bene in vista sul mobile. Quando aprì la porta, trovò davanti a sé tanti Babbo Natale. La signora Maria, Rosita e don Giovanni erano pieni di borse, borsette, pacchi. Oggetti dimenticati, camicie stirate, un ficus benjamin soffocato nel cellofan – magari l'hanno preso da Betta – e un set di contenitori pieni di cibo. Roger stava già per sbottare furioso, quando dietro Rosita apparve un ragazzo alto, il fiatone evidente per aver fatto le scale a piedi.

– Roger, ti presento il mio ragazzo, Pizzy.
– Pizzy?
– Sta per "Pizzimento". Comunque complimenti per la trasmissione. Ci stai veramente dentro.

Per togliersi dall'imbarazzo della situazione, Roger li fece entrare. In un attimo, ognuno andò a esplorare un angolo diverso della casa: la signora Maria la cucina, don Giovanni il terrazzo, Rosita e Pizzy il letto a soppalco.

Sembravano veramente la famiglia di *We Are the World*.
Roger si avvicinò a sua madre, ma non ebbe il coraggio di
abbracciarla.

– Parlapà che casa, figlio mio. Ma è sicuro che non devi
pagare niente?

– No, Fletcher, te l'ho detto. Paga tutto il mio titolare.

– Ti vuole bene lui, eh?

– Senti, mi spieghi perché avete portato tutta questa roba? Era il caso?

– Senti un po' me, Roger. Non ti sei fatto vedere per settimane, e avevo un sacco di cose da darti. Non sei venuto
a prendertele? Adesso te le ritrovi tutte insieme.

– ...

– Ah, la pianta te la manda la signora Muti, che le piaci
tanto e anche la nuora ti ha visto e le piaci.

Forse un po' troppe, ma in fondo erano le frasi che voleva sentirsi dire. Quell'invasione amabile del territorio gli
dava serenità – per lui era una sorta di ricarica biologica –
anche se non l'avrebbe retta più di una volta a settimana.

Roger stava controllando la cottura della pasta al forno,
quando sua madre cominciò ad aprire le ciotole e a tirare
fuori il cibo già cotto, l'enciclopedia dei suoi cavalli di battaglia.

– Mamma... ci avevo pensato già io. Cos'è, vi invito a
pranzo e non vi preparo da mangiare? E poi lo sai che le
verdure bollite mi fanno schifo.

– Sì, ma ti fanno bene... Hai visto che tua sorella ha il fi-
danzatino?

– Mi pare un bel tipo, no?

– E come le vuole bene! Però sempre con 'sto telefonino... Lui fa uno squillo a lei. Lei fa uno squillo a lui. Non si
parlano perché costa troppo. Dicono che per fare la tariffa
You & Me devono passare almeno tre settimane di fidanzamento.

– Mi pare giusto.

– E ora vanno pure in gita assieme a Roma... Ma dove sono finiti tutti?

La signora Maria chiamò la truppa all'ordine. Mise i figli e Pizzy a sedere, don Giovanni a capotavola. Decise lei l'ordine e la cottura delle portate, non lesinando aspre critiche all'operato della signora delle pulizie, e queste le chiama lasagne?

Rosita era sorridente come non mai. Tirò fuori la sua "usa e getta" e cominciò a scattare. In particolare fece foto a Pizzy e Roger, Pizzy ci terrebbe così tanto. Anche don Giovanni aveva una faccia serena, sebbene fosse più quieto del solito.

– Allora, padre, che c'è? Ancora problemi con la messa?

– Non lo dico a volume troppo alto perché non vorrei portarmi iella da solo, ma la chiesa si sta riempiendo ancora di più.

– Hai visto che funziona il coro? Te lo dicevo io.

– Sì, ma il merito è anche tuo, Roger. Si è sparsa la voce che un nostro parrocchiano è diventato conduttore televisivo, e molti vengono a messa solo per vederti. E poi mi chiedono, capisci? Mi chiedono di te.

– E tu?

– Io gli dico che ti vedo tutte le domeniche, senza ovviamente specificare dove. Ho già un po' di autografi da farti firmare.

– Però così sei disonesto, don!

– ROSITA!

Pizzy diede un colpo a Rosita sotto il tavolo. Un gesto semplice e complice, che conteneva tutto: sono d'accordo con te, sarò sempre d'accordo con te. Ti amo, ti amo alla follia. Forse quest'ultima frase non c'era, ma a Rosita piaceva credere di sì. Era così fiera di lui. Gli piaceva com'era fuori – bello e adorato da tutte – ma soprattutto dentro:

profondo, sensibile, testardo, di animo buono ma non debole, come tutti i ragazzi di grande personalità.

Unico neo, l'inclinazione politica. Ma lì Rosita sentiva che poteva ancora cambiare le cose. Il primo passo era stato un'ora di discussione sulla tutela della foresta amazzonica. Pizzy aveva dimostrato di essere sensibile all'argomento, perché subito dopo l'aveva baciata con passione.

Dio, come baciava bene. Morbido, gommoso, appetitoso. Così l'aveva raccontato su un foglietto alla Giò, durante una lezione. E adesso era lì, con tutta la famiglia, seduto di fianco a suo fratello.

Non vedeva l'ora di sviluppare le foto, chissà se anche Roger era venuto bene, quando lavori in TV diventi fotogenico per forza. E poi non vedeva l'ora di partire per Roma.

Roger si sentiva di nuovo a casa. Gli bastò vedere sua madre muoversi fra i suoi spazi, che anche il pianoforte acquistò nuova familiarità.

Gli sarebbe piaciuto farle un regalo, magari un viaggio con madrina, ma in quel momento non avrebbe apprezzato. L'unica cosa che alla signora Maria interessava, in quell'istante, era sapere che la sua pasta coi broccoli fosse meglio delle lasagne unte della domestica. Conoscendola, lo dissero tutti, Pizzy per primo: "Complimenti signora, troppo giusta 'sta pasta".

Finito il pranzo con il consueto caffè – si era portata dietro la macchinetta da sei – alla signora Maria venne di nuovo voglia di fumare. Stava diventando un vizio, ma voleva resistere, e poi nel bagno non c'era la finestra. Rosita le lesse nel pensiero, e l'aggredì davanti a tutti.

– Roger, sai che Fletcher ha ricominciato a fumare? L'altro giorno l'ho beccata sul balcone.

– Non ci credo. Vieni qua, fammi sentire le mani.

La signora Maria si ritrasse, offesa. Don Giovanni la guardò come chi sa la verità, ma non può rivelarla. Pizzy faceva cenno a Rosita di lasciar perdere, ma per una volta non venne ascoltato. Milone junior andò sul divano a prendere la borsa di mamma, l'aprì, cominciò a rovistare. Insieme a santi e santini, tirò fuori una confezione ancora intonsa di sigarette extralight. Roger prese in mano pacchetto e situazione, e intervenne con tono sereno. Sgridò la sorella per l'invasione di campo – non si fa – e tirò le orecchie alla mamma, ma senza mortificarla. Alla sua età poteva davvero fare quello che le pareva: aveva lavorato duramente, si era privata di viaggi e lussi, e al supermercato si rovinava la vista per leggere il prezzo dei prodotti al chilo. Per cui un vizio glielo si poteva anche concedere.

Roger trovava solo paradossale che si potesse cominciare a fumare a quell'età. Ma valle a capire le donne, si ripeteva, mentre sua madre prendeva le sigarette e le buttava nell'immondizia. Una risata liberatoria mise a tacere la questione.

Pizzy guardava quella famiglia unita e gli veniva in mente la sua, più affettata ma meno sincera. Anche se, doveva ammetterlo, il motivo che più gli faceva apprezzare quel pranzo rumoroso era la presenza di Roger Milone, il nuovo volto di Real Channel. Per fortuna Rosita non poteva sospettarlo, altrimenti si sarebbe buttata giù dal terrazzo senza neanche telefonare alla Giò.

Per il resto del pomeriggio, lei e Pizzy fecero il terzo grado a Roger sull'avventura in TV. Cosa si prova davanti alle telecamere, quanto è grande lo studio, ma i vestiti si pagano, ti truccano anche se sei maschio, è vero che ci sono le ragazze facili che entrano in camerino. Insomma, sembravano i rappresentanti di classe in delegazione. Don Giovanni li ascoltava e rideva. Era curioso anche lui – guardava la trasmissione ogni sera – ma non osava fare domande moralmente poco corrette.

Trovò giusto intervenire solo quando Rosita e Pizzy cominciarono a delirare sull'origine del successo, se sia volere divino o un segno del destino. O, peggio ancora, una combinazione astrale. Quest'ultima venne esclusa a priori, perché Roger era Toro ascendente Toro, che non aveva assolutamente niente di artistico, George Clooney a parte.

Don Giovanni allungò le gambe sul divano e chiamò i due giovani fidanzatini accanto a sé.

– Vedete, ragazzi. Voi credete che avere successo significhi essere popolari. E allora cercate disperatamente l'approvazione degli altri, e fate di tutto per piacere a ogni costo. Pur di avere successo, siete disposti ad andare anche contro le vostre idee e il vostro modo di sentire.

– Vero.

– Verissimo.

– E allora cos'è il successo?

– Il successo è fare qualcosa che ti piace veramente, che ti fa sentire libero: cantare, ballare, disegnare... lo puoi sapere solo tu. Ma fallo per te stesso, non per gli altri.

Pizzy era estasiato, mentre Rosita, rispetto alle ultime volte, aveva un'espressione piuttosto perplessa.

– Don Johnson, questa me la devi spiegare. Dopo quello che hai detto, come fai a lamentarti che c'è poca gente a messa e fai di tutto per attirarli? Ci stai provando col coro, con l'organo, adesso addirittura con Roger! Allora, anche per te il successo dipende dagli altri, o no?

Centrato in pieno. Per la prima volta don Giovanni non sapeva cosa rispondere. Sembrava don Abbondio davanti ai bravi, in cerca di un appiglio sul muro. Ma aveva troppo humour per cedere alla tentazione di trovare scuse.

– Rosita, che ti devo dire? Sono un uomo anch'io. E, come si dice in questi casi, chi predica bene razzola male. Per fortuna che il Signore perdona tutto.

– Tutto tutto?

– Tutto.

Rosita prese Pizzy e lo baciò sulla bocca. Con la lingua. Don Giovanni sorrise. Per sua fortuna, la signora Maria era ancora impegnata nelle discussioni domestiche.

Il pomeriggio si protrasse rilassato, tra chiacchiere, prediche e baci.

Quando gli ospiti si trascinarono via – un quarto d'ora di saluti davanti all'ascensore – Roger si rese conto che si era dimenticato di esibirsi al piano.

Alzò il telefono e chiamò Betta. Voleva sentire come stava.

32

ROGER MILONE, STELLA DI PERIFERIA

DALLA VENDITA DI PENTOLE A CONDUTTORE DI CULTO,
GRAZIE A UN RUTTO. ECCO COME NASCE IL PERSONAG-
GIO PIÙ DISCUSSO (E DISCUTIBILE) DEL MOMENTO.
CHE HA ANCORA MOLTO DA DIRE.

di CarloG (foto di Mark Santisi)

Arrivo da Rustico con mez-z'ora accademica di ritardo. Entro di corsa, lo cerco. Lo immagino alto e piuttosto convinto, maschile e maschilista. Un cameriere mi indica gentilmente il tavolo come se sapesse già tutto. Roger Milone sta seduto scomposto, sguardo perso nel vuoto, una Coca-Cola agli sgoccioli. Si porta dietro un alone di solitudine che mi sorprende, e lo rende estremamente sexy. Appena mi mette a fuoco, Roger capisce che sono io e mi viene incontro come uno scolaretto la prima volta alla lavagna. Mentre si avvicina, la sua espressione cambia. S'illumina. In un attimo capisco un sacco di cose, perché in quel sorriso c'è tutto: la fretta di arrivare, la paura del viaggio, la tensione, la determinazione, l'adrenalina che distingue tutti i cavalli di razza. Ex ragioniere, ex venditore di pentole, ex presentatore di macchine, ex abitante di periferia. Roger è attaccabile sotto troppi aspetti ed è questo, secondo me, il suo punto di forza. Non nascondere mai le proprie debolezze e opinioni, andando contro il politically correct di molta televisione.

Mettendo a nudo i suoi ospiti nel nuovo programma di Real Channel, Roger Milone ha svelato inconfessate verità non solo nel rapporto tra uomo e donna, ma più generalmente tra esseri umani. "Non abbiamo più il coraggio di dirci le cose" sembra volermi confessare fin dalla energica stretta di mano. "Ci mandiamo messaggi, ci scriviamo e-mail, ci parliamo di corsa al telefono, ma non riusciamo più ad affrontarci a faccia a faccia." Dietro il fenomeno TV del momento, che ha raggiunto in seconda serata ascolti da prime-time, c'è davvero molto da scoprire. Noi di "Star People" abbiamo cercato di capirci qualcosa.

Innanzitutto, spero che perdonerai il mio ritardo...

Già fatto. Ne ho approfittato per osservare le persone agli altri tavoli. È una cosa che mi porto dietro da quando ero piccolo. Mi piace chiedermi cosa dicono, se stanno litigando o per fare l'amore. E li becco sempre quando si annoiano.

E tu, ti annoi?

Mi annoiavo prima, quando il mio tempo era scandito da coperchi e padelle. Ma adesso è finalmente cominciata un'altra vita.

Questo si vede. E devo ammettere che sei quasi più bello dal vivo che in TV...

Anche tu non sei affatto male...

Grazie, ma siamo qui per parlare di te. Cominciamo dall'inizio: il rutto che hai emesso in diretta su un'emittente locale, Tele Nueva. Forse pochi lo sanno, ma è stato proprio quello a determinare il tuo passaggio a Real Channel. Anche se nell'ambiente qualcuno insinua che sia stata una banale trovata pubblicitaria.

Macché. È tutto vero. C'è stato un malinteso tra me e Nico (Nico Sotiri, regista per la TV locale Tele Nueva, N.d.R.). Io non pensavo di essere in onda, stavo provando il microfono. Quando ho bevuto un sorso di Coca-Cola, è accaduto il patatrac. Sono andato talmente nel pallone che non mi ricordo più niente.

Però sei stato bravo a mantenere la calma e per un attimo tutti hanno creduto che fosse uno scherzo (ride). Pare che il vostro centralino sia stato assalito da telefonate di protesta, e la sera hai avuto la consacrazione su "Blob".

Quella è la cosa che mi è dispiaciuta di più. Perdere il lavoro per una disattenzione simile ed essere preso in giro da tutti non è mai bello.

Però è stata anche la tua fortuna, no?

Per ora direi di sì. Mi è capitata un'occasione che non cercavo, e non ho mai cercato. È questa la verità.

Non pensi, dicendo questo, di irritare tutti quelli che stanno facendo la gavetta per sfondare?

Anch'io l'ho fatta, la gavetta. Semplicemente non sapevo che era la gavetta. Pensavo che quella fosse la mia vita.

Però, parli come un intellettuale...

Dài, non esagerare. Diciamo che cerco di adeguarmi. Rispetto a prima ho molto più tempo libero, per cui posso leggere, andare al cinema e ho anche visto un musical.

Libro sul comodino?

Il postino di Neruda. L'ho letto almeno due volte.

Hai altre passioni?

La ginnastica, il calcio, le zeppole di mia madre e il pianoforte.

Il pianoforte?

L'ho trovato nella casa dove vivo adesso (di proprietà di De Palma, N.d.R.) e sono cominciate a prudermi le mani. Così prendo lezioni due volte a settimana.

Ti stai imborghesendo, insomma...

È grave?

Adesso parliamo di De Palma, il capo di Real Channel. Si dice che abbia un debole per te.

Bob è una persona a cui devo tutto. Mi ha dato una chance quando tutti stavano ridendo di me. Come non volergli bene?

C'è un presentatore a cui t'ispiri?

Sì, è David Letterman. Il più grande di tutti.

Che ne pensi, della nostra televisione?

Ultimamente la sto guardando più spesso, per aggiornarmi. È molto deludente. A parte la nuova moda dei reality (show, N.d.R.) c'è pochissimo spazio per le idee, i programmi di rottura, i giovani. Sembra che la TV non abbia fiducia nell'intelligenza dello spettatore, né alcuna voglia di educarlo a vedere qualcosa di diverso. E questo è davvero un peccato.

Passiamo al tuo show, "Da uomo a uomo". Condividi totalmente i contenuti del programma?

Condivido lo spirito con cui lo facciamo. Dire le cose senza troppi giri, per arrivare più vicino alla verità. E la verità, a volte, è un po' scomoda.

Le donne, davanti al tuo programma, si sono schierate in due: le innocentiste, che ti adorano, e le colpevoliste, che sono insorte accusandoti di maschilismo.

Trovo che sia molto più maschilista relegare le donne a ruoli di contorno, in cui fanno vedere tette e culi, piuttosto che escluderle dalla conversazione per cercare di capirle. Se vogliamo scoprire come farle impazzire a letto, il vantaggio non è solo nostro. È anche loro.

Pensi che le donne potrebbero pensare a un programma simile al tuo?

Sarebbe divertente.

E perché potrebbe funzionare?

Perché come noi cerchiamo di spiare nel bagno delle donne, penso che anche loro abbiano lo stesso desiderio. Solo che non possono dirlo.

Hai mai pensato di invitare un gay in trasmissione?

Sinceramente no. Però potrebbe essere una buona idea. Loro sembrano capirle sempre così bene...

E tu le capisci, le donne?

Per ora, poco. Ma quel poco mi è piaciuto.

Sei fidanzato?

Purtroppo no. Non con chi vorrei.

Qual è la cosa più triste che ti è capitata da quando è cominciato tutto?

Perdere il mio migliore amico.

E la più bella?

Portare mia sorella a fare shopping.

Ti senti invidiato?

A volte. E sai come me ne accorgo? Col silenzio. L'invidia si manifesta col silenzio. Quando incontri gli amici per strada e non ti chiedono com'è andata, dandolo per scontato, vuol dire che sono invidiosi.

E adesso è il momento della mia domanda "Marzullo": che cosa si deve fare per realizzare un sogno?

Basta inseguirne un altro.

Roger era ancora fermo davanti all'edicola. Faccia incredula, bocca aperta, l'impressione che tutti lo stessero guardando. Non era riuscito neppure a salire in casa. Aveva divorato l'articolo davanti ai passanti, la copertina ingrandita a due passi da lui. *Stella di periferia*, il titolo. E a lui era subito venuta in mente la donna a lungo inseguita e non ancora rimossa del tutto. Macchissenefrega oggi, si ripeteva Roger mentre guardava ammirato l'intervista di CarloG. Cominciava davvero a credere di valere qualcosa. Fu la prima volta che ne prese coscienza. Vedersi lì, esposto tra Nicole Kidman, Bobo Vieri e Antonella Clerici gli fece un certo effetto.

Il telefono cominciò di nuovo a suonare.

Dalla memoria confusa riemersero tutti: i compagni delle medie, i professori di ragioneria, la squadra di calcetto dell'88, l'istruttore della palestra. Chiamavano a casa della signora Maria e lei, senza porsi alcun interrogativo, comunicava il cellulare del figlio, quante soddisfazioni le mie creature.

Roger era contento da un lato e frastornato dall'altro. Non voleva essere scortese, ma davvero non sapeva che dire a gente con cui aveva giocato a calcetto vent'anni prima. Stava per spegnere il telefono – lasciatemi stare – quando una nuova chiamata interruppe le sue riflessioni. Magari De Palma. O Betta, da una cabina.

Era Nico.

"Nico Sotiri" disse, quasi per darsi legittimità. Roger rimase impalato, il ricordo dell'adolescenza, le ferite riaperte dalle domande di CarloG. Ma nell'imbarazzo delle voci c'era il desiderio disperato di un chiarimento.

S'incontrarono subito, il tempo allenta le tensioni, trasformando il dolore in esperienza. Scelsero il vecchio bar vicino a Tele Nueva, quello dove la Coca-Cola costava meno che altrove. Si chiusero nella saletta non fumatori, tra i tavolini vuoti e un videogame dimenticato. Ordinarono il solito. Roger sapeva di non dover essere il primo a parlare, straconvinto delle sue ragioni. Attese. Nico non riusciva a guardarlo, la testa bassa sulla piadina, le mani a giocherellare con i tovaglioli.

– Non pensavo di stare così male, sai?
– Parli della copertina?
– Parlo di quella frase: "La cosa più brutta è stata perdere il mio migliore amico".
– Sì, ma non mi riferivo a te...

Cominciarono a ridere, anche se Nico non aveva ancora voglia di scherzare. Un uomo tutto d'un pezzo come lui non poteva cedere alla prima occasione d'ilarità senza una spiegazione.

– Quando ho letto il giornale, ci ho pensato su mezz'ora e ti ho chiamato. E tu sei venuto subito.

– Non potevo fare aspettare Nico, perché so che s'incazza.

– Sono uno stronzo, eh?

– Diciamo che sei stato "abbastanza stronzo".

Roger era imbarazzato, ma un imbarazzo felice, quando vedi che si sta risolvendo tutto ma non gliela vuoi dare vinta subito. Quasi come se quegli istanti d'attesa stillassero le ultime gocce del tuo dolore, la delusione non ancora completamente svanita.

– Però mi devi spiegare che cavolo ti ha preso.

– Ce l'hai fatta, Roger. Tutto qui. Ce l'hai fatta. E non te ne fotteva un cazzo...

Roger stette qualche istante in silenzio, imbarazzato e perplesso. Era davanti a una confessione che aveva intuito, ma non avrebbe mai voluto sentire. No, Nico non poteva pensarla così. Gli amici di quel calibro non sbagliano, non deludono, non tradiscono, non feriscono. Non ti abbandonano dopo il goal.

Invece era capitato. Dall'Insospettabile per eccellenza. E adesso era lì, le parole faticose, la rivelazione affidata ai gesti, in attesa di un segnale.

– Nico, non sai quanto mi faccia piacere vederti qui, nel nostro bar... Non puoi saperlo, brutto...

Non riuscì a finire la frase, perché esplose in una risata per togliersi dall'imbarazzo. Non ce la fece però a guardare ancora Nico negli occhi. Ripensava alle notti passate a casa da solo, cullato dai complimenti del suo staff e dai risultati dell'Auditel. Notti di note strimpellate al piano, o perse a inseguire una donna che non l'aveva più cercato.

Ora sembrava tutto recuperabile, almeno all'apparenza, litigare in età adulta lascia sempre strascichi, la memoria non muore. Non si abbracciarono – orgoglio e pregiudizio – ma fecero un brindisi carico di significati.

– Mi sei mancato, sai?
– E... dimmi... come va con Gina?

La routine, cercavano già la routine, tutto deve essere come prima. Nico s'illuminò. Stava tornando il solito vecchio.

– Ormai siamo una coppia a tutti gli effetti. Avevo bisogno di una compagna, di cominciare a costruire qualcosa. Mi trovo bene con lei, è diventata molto più dolce. Non so, ultimamente mi sembra cambiata. Si veste anche più normale, perché io gliel'ho detto: se vuoi stare con me non ti devi vestire da troia, anche se so che troia non sei. E lei s'è adeguata.
– Sembri troppo uno degli ospiti del mio programma. Ti offendi se ti invito?

Nico rise. Amava le provocazioni.

– Non mi offendo, ma non vengo. Noi siamo amici. È questo il nostro unico lavoro. Non cerchiamone altri, o faremo nuovi danni.
– ...
– E quella lì, Stella, ti ha richiamato?
– Sì, e l'ho pure beccata in macchina col marito... Lasciamo perdere. Invece sto dietro a una, che magari la conosci: si chiama Betta.
– La fioraia del Girotondo? Minchia, è troppo carina quella. L'altro giorno ci sono andato perché era il compleanno di Gina, e mi ha trattato troppo bene.
– È lei.
– Ma dài, stai insieme a una fioraia?

Roger s'irrigidì, il rutto di nuovo in agguato.

– No, non proprio. Però siamo andati a cena fuori, e ci rivediamo domani...

Stavano tornando amici. La pace sembrava fatta, ma il cervello, dopo i trent'anni, pone sempre resistenze ad accettare le decisioni brusche, e le tiene sospese.

Si salutarono a modo loro – stritolata di mano – e ci aggiunsero anche due baci. Il tempo dell'incontro stava per scadere, ognuno era atteso dai propri impegni televisivi. Roger salì di corsa in macchina.

Quando sfrecciò davanti a Nico, vide che teneva "Star People" sottobraccio.

33

De Palma lo stava aspettando in ufficio.

Ci siamo, pensava Roger, flessione degli ascolti. Era da un po' che gli autori non riuscivano a beccare i "neri", cioè i break pubblicitari delle trasmissioni concorrenti. E poi ultimamente il clima si era fatto più teso in studio, con discussioni continue sui dati d'ascolto. Benaquista si vantava di essere l'unico a saper veramente leggere la curva dell'Auditel. "Una curva è una curva" borbottavano gli altri. Ma lui sosteneva la necessità del talento, per poterla interpretare.

Roger non entrava nelle discussioni per evitare inutili allarmismi, ma sapeva che se lo share fosse calato, ci sarebbe andato di mezzo lui per primo. Il successo è di tutti, ma la colpa è solo tua.

Salì pieno di apprensione. De Palma lo accolse seduto alla sua scrivania, una vetrata alle spalle affacciata sul cielo grigio.

– Giovedì c'è un cambiamento di programma. Non andiamo in diretta, ma registriamo la puntata nel pomeriggio.

– È perché ieri mi sono impacciato con le domande?

De Palma sorrise, beffardo. Conosceva Roger quasi come sua madre.

– Ma no... Cristina terrà un concerto al conservatorio, e vorrei che venissi anche tu. Che ne pensi?

– Minchia, sarebbe figo.

– Bene. Anche mia moglie vuole conoscerti, le ho tanto parlato di te. Ha appena finito dei recital a Parigi, e ora si fermerà un po' qui.

– Ma allora è una VIP...

– Mai quanto te, Roger. Lei non ha ancora avuto la copertina di "Star People". Sei un grande, mettitelo in testa.

Roger era imbarazzato, ma più passava il tempo più si abituava ai complimenti. Li dava per scontati. Sentiva che c'era qualcosa di malato, in quello – mi starò montando la testa? – ma non sapeva che farci, bussola mobile. Avrebbe dovuto parlarne con Nico, e presto, perché sentiva che la realtà era sempre più fuori controllo: le ragazze lo cercavano, gli autori lo ascoltavano, i baristi gli offrivano il caffè e le commesse gli facevano lo sconto. Non ultimo, la programmazione veniva stravolta per farlo assistere a un concerto di pianoforte. Un magma su tutti i fronti, ed era già tanto che Roger fosse riuscito a restare lucido. I giorni forzati di solitudine lo avevano aiutato. Oltre all'assidua ginnastica in casa, ogni tanto andava alla piscina dell'Hilton, dove lo facevano entrare senza tessera, né cuffia. Ad attenderlo in casa c'era sempre il pianoforte, che gli aveva dato una carica difficile da spiegare. E ora, per la prima volta, poteva entrare al conservatorio.

Gli sarebbe piaciuto portarci Stella – strano – o Betta, che avrebbe sicuramente apprezzato il gesto. Telefonò all'unica che poteva chiamare liberamente senza imbarazzo. La voce felice e sorpresa, ma giovedì ho il corso di meditazione, gli disse, magari un'altra volta.

Sentire Betta pimpante ma al tempo stesso capace di dirgli no fece uno strano effetto a Roger. La desiderò. Si sentiva come uno dei suoi tanti ospiti in balia dei sensi, incapace di attendere e corteggiare, la voglio ora. Così le propose di vedersi subito, quella sera stessa, dopo la trasmissione.

Doveva però prima trovare una buona sostituta con cui andare al concerto. Ci pensò poco, in realtà, perché davanti a Morgana tutte le alternative persero d'importanza. Unico handicap, l'ambiguità sessuale. Si capirà che non è una donna donna? Cosa penseranno gli altri? Cosa penserà De Palma? Cosa diranno di me? Gli tornò in mente la copertina di "Star People", e trovò una sola, coraggiosa risposta: cazzi miei.

Morgana accettò l'invito senza aggiungere orpelli al suo sì. La voce calda, per una volta non intimidatoria. Si raccomandò tuttavia di continuare a fare esercizio, perché anche le mani vanno allenate, non solo la mente. Roger le ripeteva sì, non preoccuparti, tutto sotto controllo, come se parlasse con sua madre. E già si vedeva in sala, seduto di fianco a lei, immortalato da un fotografo senza cuore. Riusciva perfino a immaginare la didascalia su "Novella 2000": "Guardatelo qui, Roger Milone (*trentadue anni, sopra*). Alla prima di Cristina Riviere non si è fatto accompagnare da una delle tante ragazze che seguono il suo programma, ma da un misterioso trans. È evidente: la trasmissione comincia a fare buchi, e il suo conduttore è la prima vittima! Più che 'Da uomo a uomo', gli consigliamo di chiamarla 'Da uomo a omo'!".

Troppa notorietà, tutta insieme. Roger avrebbe avuto bisogno di una vacanza, anche breve. Anche dai parenti.

Invece lo attendevano le prove, le interviste, gli inviti, le prime. Non era questione di tempo, ma di energia. Mezz'ora di diretta gli toglieva le stesse forze di una giornata trascorsa a Tele Nueva. Ma Roger, in quel momento, non poteva davvero lamentarsi. Se lo vietava. Cominciò pertanto le prove del programma senza fiatare, lesse il copione insieme agli autori, e fece una chiacchierata con l'ospite di turno, un uomo che riusciva a eccitarsi solo in compagnia di due donne. Cercò di avvisare Rosita della delicatezza dell'argomento – è meglio se Fletcher non la vede – ma sua sorella rispose sorniona e lapidaria: "Troppo tardi, fratello. Stasera viene anche madrina".

Roger smise di pensarci – dominare gli eventi è una battaglia persa in partenza – e si concentrò soprattutto sull'incontro che lo attendeva dopo la trasmissione. Dove avrebbe portato Betta? A casa? Al parco? A mangiare lumache?

Finita la trasmissione, salutò i collaboratori a uno a uno, e chiese all'autista di accompagnarlo sotto casa di Betta. Rimasto solo, si specchiò nei vetri di un'auto parcheggiata, gonfiò i pettorali – petto-compatto – e citofonò con due colpi, per sembrare simpatico.

Betta scese subito, non un minuto di attesa, una salopette di jeans a nascondere le forme, un filo di trucco a valorizzare i lineamenti. Rispetto alla prima volta – la cena pacchiana – appariva molto più rilassata, quasi non avesse dato importanza all'appuntamento, forse non le interesso abbastanza. Fu questo che fece scattare nuovamente la molla, un desiderio incontrollato, infantile quasi, di conquistarla. Ripensò alle puntate di "Da uomo a uomo" in cerca di suggerimenti, le rivide facendo scorrere mentalmente la videocassetta: ritrovò le domande, non le risposte, perché non le ascoltava mai, cazzarola. Alzò le spalle e rimase imbambolato sul marciapiede.

– E il tuo autista, dove l'hai lasciato?

– L'ho mandato via. All'inizio è una figata, ti porta dove vuoi, poi diventa un'ombra inquietante. Perché, volevi essere scarrozzata?

– Volevo vedere quanto eri megalomane.

Roger la fissò preoccupato, l'insicurezza dilagante, mentre un lampione gli illuminava il viso intimidito, il pizzetto all'ingiù.

– Me la tiro? Di' la verità: mi stai dicendo che me la tiro?

Betta si mise a ridere – quant'è carino stasera – e nascose le mani in tasca. Rimase qualche secondo in attesa, cullata dai rumori inquinati del traffico. Aveva la pelle più liscia del solito.

– Fossi in te me la tirerei di più. Quindi direi che va bene.
– Se lo dici tu...
– Senti, che facciamo? È già mezzanotte.

Roger entrò nella zona d'ombra – basta riflettori per oggi – indietreggiando di qualche passo.

– Prendiamo un taxi e andiamo a casa mia. Ho anche il terrazzo, sai? E poi c'è il pianoforte, che sto imparando a suonare con l'insegnante. Magari ti faccio *Per Elisa*.
– La canzone di Alice?
– No, Betta. È Beethoven.
– Roger, non ci siamo capiti. A me sei simpatico tu, non il tuo attico col pianoforte.

Roger intuì che stava sbagliando tutto, sono e rimarrò sempre uno sfigato.
Cercò subito di rimediare. Rivide la faccia sorridente di Nico, sentì la voce di sua sorella che lo incitava. Avrebbe voluto fare un rutto e ricominciare da capo, ma Betta stava aspettando una risposta, un velo d'impazienza sul volto.

– Okay, ci riprovo: che ne dici se ce ne andiamo a piedi in una birreria qua vicino? C'è un pub inglese dove fanno anche i primi abbondanti.
– Ecco, così mi piace. Ho voglia di penne "panna e salsiccia".

Betta si avvicinò a Roger, e lo prese a braccetto. Nel contatto, sentirono che si erano finalmente trovati, quasi come se l'unica difficoltà fosse stata il linguaggio, o il modo di esprimersi.

I marciapiedi del Girotondo erano piuttosto scassati, ma molto ampi. Non offrivano un gran panorama – macchine in corsa e negozi al neon – ma erano assai amati dagli abitanti del quartiere. Luogo d'incontro, di corteggiamento, di litigate rumorose, di pettegolezzi e cazzotti. Di notte perdevano un po' del loro fascino, ma l'aria primaverile rendeva piacevole anche l'asfalto.

Entrati in birreria – un pub dedicato a Lady Diana – Roger si sentì tutti gli occhi addosso. Erano sguardi amichevoli, per lo più, gente che lo aveva visto in TV e ne approvava il programma, ignaro che lui fosse stato, fino a pochi mesi prima, un abitante del quartiere. Roger e Betta si sedettero a un tavolino appartato, uno di fianco all'altra. Posizione insolita, ma che ben rappresentava il loro desiderio di mettere in gioco nuovi schemi. Non erano amici e non cercavano di sembrarlo. Esprimevano la giusta confidenza di chi si sarebbe baciato di lì a poco, ma ancora non lo sapeva, o faceva finta di ignorarlo, forse per timidezza, chissà. Roger ordinò dimenticando gli occhi degli altri clienti, che cercava in ogni luogo pubblico. Sebbene non volesse ammetterlo, stava diventando terribilmente vanitoso. Ma con Betta era diverso. Non era un fuoco, come Stella, e nemmeno una scopata, come minchia sabbry. Piuttosto una scoperta, un desiderio crescente di conoscersi, capirsi, cercare un terreno comune. Con Betta, Roger si sentiva a proprio agio. Forse perché proveniva dal suo stesso quartiere. Forse perché ne aveva intuito il carattere, e i segreti, quando era andato da lei per comprare i fiori. Forse perché gli aveva regalato un libro con la dedica: "Al mio venditore di pentole preferito". Un libro che non aveva ancora avuto il coraggio di aprire, e lei non gli aveva chiesto più niente. Adesso se la ritrovava di fianco, fame da adolescente, che mangiava penne "panna e salsiccia" mentre lui aveva solo urgenza di bere. Coca-Cola.

– Non hai paura di ingrassare, a mangiare la pasta a quest'ora?

– Ho trentotto anni. Ne ho passati molti cercando di stare attenta alla linea perché agli uomini piaci così, senza imperfezioni. E cosa ho ottenuto? Un ragazzo paranoico, che pochi mesi prima di sposarmi mi ha mollato per un'altra...

– Mi spiace.

– È storia passata, ormai. Però sai quante torte al cioccolato ho saltato? Sai quante verdure ho dovuto bollire?

– Non mi parlare di verdure bollite...

– Voi maschi non riuscite a capire che tutto questo lo facciamo per voi. E sai di chi è la colpa? Delle modelle. Delle veline. Delle letterine. Delle schedine. Delle mandarine. Di quelle là, insomma...

– Ci sono anche le mandarine?

– No, ma arriveranno presto, fidati. Comunque, ho deciso di fregarmene. Ovvio, cerco di non mischiare la carne coi formaggi e di usare sempre l'olio crudo, ma se una notte ho voglia di un bel piatto di pasta, me lo mangio e vaffanculo.

Roger avrebbe tanto voluto darle un bacio di assenso, ma si intimidì. Betta gli piaceva, gli piaceva davvero.

Finalmente una donna diretta, che non gioca a scacchi ma si mostra nella sua fragilità, dichiarandola. Una donna che più andava avanti a parlare e più sembrava bella, e magra e slanciata e senza cellulite e con le tette sode. Le sarebbe volentieri saltato addosso, se avesse avuto più coraggio, ma aveva il terrore che il sapore di salsiccia rovinasse l'idillio, quindi meglio aspettare la scena sotto il portone.

E il portone arrivò. Alle due e mezzo. Il marciapiede deserto, i semafori lampeggianti, pochissime luci accese alle finestre. Non erano stati zitti un attimo, parole voraci che ne divorano altre, desiderose di dare spazio alle storie, ai racconti, agli aneddoti sempre interessanti dei primi appuntamenti. Sembravano entrambi molto più rilassati, quasi avessero eliminato le barriere e le pose, liberi di seguire il proprio cuore azzerando la paura di sbagliare. Un incontro senza strategie, sentimenti allo sbaraglio. Betta sputò la gomma alla menta che aveva messo in bocca appena uscita dal locale e si preparò al saluto d'addio. Imbarazzo improvviso e inatteso – lo invito a salire o no? – ma Roger si era già precipitato sulla sua bocca a impedirle di parlare.

Fu un bacio schietto, dato senz'arte, se non quella di dire esattamente come stavano le cose: mi piaci. Betta si lasciò andare, le mani ruvide a chiudersi in un abbraccio, la conversazione interrotta dai soli respiri. Le poche macchine sfrecciavano a tutta velocità, riempiendo di smog un quadretto squisitamente rosa. Roger provò ad allungare le mani, ma fu abile a controllarsi.

Non avrebbe mai smesso di baciarla.

34

Per Rosita, un giorno da dimenticare.

Era già cominciato male – la classica sfiga da gita – con un brufolo beffardo che un chilo e mezzo di cipria non aveva annientato totalmente. Inutili le parole consolatorie della Giò e della signora Maria, che aveva accompagnato le ragazze in stazione. I capelli da non-modella, per una volta, erano passati in secondo piano. Raccolti velocemente con una fascia fucsia, mettevano ancora più in risalto lo sgradito ospite del viso. Ma si tranquillizzò un po' pensando che Pizzy l'avrebbe amata anche così.

Arrivate al binario, l'emergenza-Topexan era già rientrata, spazzata via dall'entusiasmo in partenza. Rosita baciò tutti i compagni sulle guance, era un'occasione speciale, e corse con gli occhi a cercare i ragazzi di quinta, raggruppati qualche metro più in là. La Giò le tenne la mano durante l'operazione, per poi lasciarla andare verso il dolce saluto. In realtà, non fu affatto dolce. Pizzy evitò vistosamente il bacio a stampo porgendo, in una mesta alternativa, l'una e l'altra guancia. Rosita si sentì ferita e mortificata, delusa per quell'affronto pubblico. Le compagne, da lontano, commentavano la scena con insinuazioni, che la Giò fece fatica a placare. Salite sul treno, Rosita restò qualche secondo a pensare, indomita combattente, per capire cosa stesse succedendo. Raggiunse nuovamente Pizzy, facendosi largo tra borsoni, lattine e risate chiassose.

– Allora, ti siedi nel vagone con noi? Ho chiesto alla Depravati e mi ha detto che non ci sono problemi. Basta che avvisi la tua prof.

– Ti ringrazio, Rosita, ma preferisco stare coi miei compagni... Sai com'è, vogliamo divertirci. È la nostra ultima gita.

– Perché, con me non ti diverti?

Pizzy sbuffò polemicamente. Rosita mantenne la calma e tornò dai suoi compagni, ammassati due vagoni più in là. Gli occhi lucidi, il brufolo in crescita, i capelli a pezzi. Per un attimo, le venne la tentazione di saltare giù dal treno e tornare a casa. Cercò tuttavia di far finta di nulla, e prese posto nello scompartimento con la Giò e Daniela Berbotto, che moriva dalla voglia di parlarle. Le rivelò confidenze feroci, parole rubate sulla sua tanto chiacchierata – e invidiata – relazione con Matteo Pizzimento. Da fonti certe di quinta A pareva che Pizzy, mostrando a tutti la foto con Roger Milone, avesse dichiarato: "Questa è l'unica ragione per cui vale la pena di stare con Rosita". Minchia che giornata, pensò subito lei, gli occhi di fuori, il sangue tarro che le ribolliva dentro. La Giò guardò male Berbotto – era il caso di dirglielo così? – e provò a moderare i termini, ad annacquare il sospetto. Rosita si calmò in fretta, le amiche a quell'età fanno miracoli, e s'impose di non pensarci, cantando a squarciagola *Non me lo so spiegare* di Tiziano Ferro. Ne avrebbe discusso a quattr'occhi con Pizzy, da sola. A Roma. La città della pace e della guerra, dei burini e dei santi, delle antenne sui tetti.

Prima di scendere dal treno, la Depravati tenne un rapido discorso in cui dava norme basilari di civiltà e si raccomandava di stare attenti al portafoglio, sapete com'è. Rosita ascoltò senza sentire. Aveva il presentimento che quanto raccontato da Berbotto potesse essere vero, anche se non totalmente. Un primo avviso era giunto già la sera prima, quando Pizzy l'aveva fatta aspettare un'ora e mezzo per la risposta al suo SMS di buonanotte. E ora le era passato davanti senza fermarsi, quasi si vergognasse di lei. Ma non le avrebbe rovinato la sua prima volta nella capitale.

All'impatto con piazza dei Cinquecento, Rosita rimase profondamente delusa: vide solo autobus e piccioni. Ma sono poche le città che sanno accoglierti alla stazione, ribatteva la Giò, molti più viaggi alle spalle.

L'albergo era in San Lorenzo, quartiere ex popolare a due passi da Termini, ora zona moda tutta cultura, localini e case di attori. Gli studenti varcarono le mura in file disordinate, affascinati, più che dai palazzi romani, dalle dichiarazioni spray. Rosita e la Giò inaugurarono le loro macchine fotografiche davanti a "Patata abita qui".

Arrivati in hotel, un due stelle a scale e stanzette, cominciò subito il parapiglia per accaparrarsi le camere da quattro, quelle più ambite. Le professoresse misero a dura prova la loro pazienza per poter distribuire le chiavi. Vista la difficoltà di mettere a tacere le più bizzarre richieste, fu la Depravati stessa a decidere arbitrariamente la disposizione. Rosita finì con la Giò – guai, altrimenti – Daniela Berbotto e Griva, la secchiona, che proprio non ci voleva. Già la immaginava fare la spia se lei faceva entrare Pizzy in camera. Ma dov'era Pizzy? Doveva parlargli, e subito. Appena posato il borsone, si avviò al piano di sopra, dove si erano sistemati i ragazzi di quarta e quinta.

Trovò Pizzy nel corridoio che fumava con Alex e Rudy. Cercò disperatamente una via di fuga, ma ormai era tardi. L'avevano vista. Alex e Rudy andarono via ridacchiando, lasciando Romeo e Giulietta alla loro prima, inspiegabile lite.

– Pizzy...
– Pizzy che?
– ... Cosa... cosa c'è che non va tra di noi? Mi sono arrivate delle voci strane, che non capisco.
– Che voci?
– Voci... che stai con me solo per mio fratello, ecco.

215

– Sono venuto qui per divertirmi, non per stare dietro a una sedicenne paranoica con le manie di protagonismo.

– Ah, io sarei paranoica? È per questo che ti vergogni di me?

La voce ebbe un attimo d'incrinazione, ricacciata subito via deglutendo, il dolore soffocato. Pizzy sbuffò di nuovo – che cazzo mi è venuto in mente quel giorno – e cercò di liquidarla nel modo più educato possibile.

– Rosita, è un po' che volevo dirtelo. Noi siamo troppo diversi, non siamo fatti l'uno per l'altra. Io ho altre esigenze: il sesso, il fumo... Mi piace la birra, a me. Non il Bacardi versione aranciata.

– Ma io... io pensavo...

– Non devi più pensare per un po', Rosita. Siamo in gita. Cerca di divertirti e vedrai che un giorno mi dirai grazie.

Non ce la fece a non piangere, i sogni caduti giù dalle scale, il matrimonio svanito. Rientrò di corsa in camera. Grazie a Dio, Griva era fuori stanza, così lei poté subito aprire i rubinetti davanti alla Giò e Berbotto, il melodramma a sedici anni.

– Niente da fare. Gli uomini sono nati per farci soffrire. Anch'io, quando Tommy Salsa mi ha lasciata, credevo di impazzire. Però ho avuto il coraggio di farmene subito un altro, che poi l'ho lasciato io perché mi ci ero messa assieme solo per ripicca.

– Tu hai fatto bene, Berbotto. Ma per Rosita e Pizzy è diverso. Magari si rimettono di nuovo assieme.

Rosita non ne poteva più. Di fronte al suo dolore, qualunque parola aveva un suono sordo e vuoto. Pregò le compagne di lasciarla sola – voglio morire – e di coprirla davanti agli insegnanti per l'assenza ingiustificata a cena.

Non riuscirono a farle cambiare idea, Ariete inflessibile, ma la riempirono di coccole e strategie.

In pochi gesti ritrovò il sorriso, un sorriso tenue, riuscendo perfino a consigliare le amiche su trucco e vestiti per la serata. Quando le vide azzizzate, ebbe un attacco d'invidia. Le balenò il pensiero di lasciar perdere e uscire, ma era troppo orgogliosa per cambiare idea. E poi, magari, questo gesto poteva ancora salvare la sua relazione: se Pizzy non l'avesse vista a cena, si sarebbe reso conto di quanto la stesse facendo soffrire. E avrebbe trovato il coraggio di tornare da lei.

Rosita trascorse le ore successive in attesa che Pizzy bussasse alla porta, magari con un mazzo di fiori in mano e gli occhi lucidi di pianto. Ma a parte sua madre al telefonino – sto bene, Fletcher, ci stiamo divertendo un casino – nessuno la cercò.

Nel dolore della solitudine, pensò a Roger. Accese il piccolo televisore della stanza e trovò il grande fratello alle prese con i deliri sessuali di quella sera.

REAL CHANNEL, ORE 23.25

– ... quindi per te, Piergianni, il sesso telefonico è più divertente del sesso reale?

– Per certi aspetti mi prende meglio, mi eccito molto di più. Ho incominciato anni fa, quando stavo con una che abitava lontano e non ci potevamo vedere spesso. Così lo facevamo al telefono: tre, quattro volte al giorno. Mai avuto così tanti orgasmi in vita mia. Provavamo ogni volta qualcosa di nuovo, e ogni volta il gioco diventava più pesante. Il casino è cominciato quando ci siamo accorti che preferivamo farlo al telefono che di persona.

– Allora, cos'avete fatto?

– Niente. Ne abbiamo preso atto, e ci siamo lasciati. Però ogni tanto ci chiamiamo ancora e ci facciamo delle grandi scopate telefoniche. Guarda, se ci penso mi eccito di nuovo.

– Per carità, Piergianni, controllati! Abbiamo già abbastanza problemi con il comitato "Donna anch'io". Invece, cosa consigli ai ragazzi che ci stanno seguendo?

– Di andarci cauti. Così come con le chat sui siti porno: è la stessa cosa. Se è un gioco una volta ogni tanto, va bene, stimola la fantasia: sei la mia prigioniera, sono il tuo carceriere... Ma se ti piglia e diventa un rituale, esci pazzo. E poi spendi un sacco in bollette.

– Tu alla fine ne sei venuto fuori?

– Sì, ma non esageriamo, Roger. Non è proprio come una droga. Però ancora adesso ogni tanto mi diverto a chiamare le sconosciute...

– Ma non ti mandano a quel paese?

– A volte. Ma mettono giù meno spesso di quanto si possa credere. Ogni tanto passiamo dalle parole ai fatti. Perché alla fine solo a quello deve servire il telefono: a prendere un appuntamento.

– Avresti voglia di fare una chiamata a una delle tue amiche, in diretta? Ti prego...

Rosita spense il televisore un po' irritata. Vedere suo fratello che supplicava un orgasmo telefonico la mise in imbarazzo. E poi ogni parola detta riapriva le sue ferite. Il telefono, il telefono, il telefono. Lo guardò per l'ennesima volta. Lo fece squillare chiamando dal numero della camera per vedere se funzionava. Funzionava. Ma non aveva messaggi per lei.

35

Arrivò il giorno del concerto.

Roger aveva registrato la puntata senza sbavature. Si era addirittura messo a massaggiare l'ospite durante l'intervista, un fuori programma per aiutare chi soffre di ansia da prestazione. Poi era stato mezz'ora a farsi consigliare da Benaquista su come ci si veste a una serata di quel genere, per di più quando si è ospiti del capo. Dopo una piccola riunione della redazione, il decreto: abito nero di Costume National, e vai sicuro.

– Ma io voglio un vestito firmato! Guardate che posso spendere pure qualcosa in più...

– Roger, non ci siamo capiti. Costume National è una firma. E stai sicuro che spendi, fidati.

Il bravo presentatore si fece scrivere su un foglietto nome, pronuncia e indirizzo. Poi, come un neofita pretty man, pregò l'autista di accompagnarlo in boutique. Varcato l'ingresso, venne subito riconosciuto e trattato come un cliente ancora più speciale. Esordì chiedendo qualcosa di Armani, la sua unica certezza, ma venne intesa come una battuta poco riuscita.

Roger sorrideva compiaciuto ed era ammaliato dalle capacità della ragazza che lo serviva, discreta eppure straordinariamente convincente. Gli slanciava le gambe, gli allargava le spalle, gli sottolineava l'addome. L'eleganza diventava semplice, racchiusa in pochi, sapienti consigli che prendevano la forma di una giacca, un pantalone e una camicia leggera. Leggero non fu il prezzo – gli scappò l'ennesimo "minchia" alla cassa – ma era il suo primo concerto di musica classica e doveva pretendere il meglio. Con la scusa, chiamò Betta. L'avrebbe desiderata al suo fianco, ma lei ormai aveva detto no e ritenne opportuno di mantenersi sulla sua posizione. A lei, Roger piaceva davvero. Le dava quel piccolo mal di pancia che non sai se è appetito o sazietà, o solo una delle tante manifestazioni del desiderio, desiderio non ancora realizzato. Roger, dal canto suo, si sentiva finalmente guarito da Stella – 'fanculo Stella – e cominciava a godere l'inizio di una nuova vita.

Salutò Betta con la banalità più dolce – ti chiamo dopo il concerto – e tornò nel suo attico con piano a coda per mettersi tutti quegli euro di roba addosso.

Per la prima volta, da quando abitava lì, la portinaia del palazzo si fermò a parlare con lui, mentre usciva, confondendolo con qualche ricco vicino. Roger tirò fuori l'Audi TT dal garage – la bella vita – inserì il pilota satellitare e si lasciò guidare a casa di Morgana, palazzo liberty in declino, citofono in ottone diciotto carati. L'attese impaziente per venti minuti, ma ne valse la pena. Una gran dama di rosso vestita, con borsa, scarpe e labbra in tinta, madame pendant. Nella vistosità delle forme, Roger riconobbe un po' della sua Fletcher, mammina cara, e si sentì al sicuro.

Per tutto il viaggio, parlarono solo di musica. Morgana interrogò laicamente il suo allievo sul solfeggio ed espresse tutta la curiosità di vedere dal vivo Cristina Riviere, di cui aveva letto molto bene. Arrivati al conservatorio, si resero entrambi conto di avere un po' esagerato con l'eleganza.

Si erano confusi con una prima alla Scala, mentre l'atmosfera sembrava decisamente più sobria. Era soprattutto il rosso Morgana a dare nell'occhio, ma Morgana avrebbe dato nell'occhio anche con un tubino nero e un filo di perle. Una questione di presenza scenica che lei, istintivamente, aveva.

De Palma li accolse nel foyer con un paio di ospiti attempati e un po' di tensione sul volto, l'agitazione di un uomo affermato che si rivela vulnerabile solo nella sfera degli affetti. Ci mise qualche secondo prima di mettere a fuoco – o in dubbio – l'identità sessuale di Morgana e guardò Roger interdetto, anche se cercò di non mostrarsi sorpreso. Roger si guardava intorno in cerca di occhi amichevoli, desideroso come un ragazzino di farsi riconoscere davanti a boss e insegnante. Ma, pur riconoscendolo, nessuno se lo filava, nemmeno in sala. In certe serate se la tirano talmente tutti che certi ruoli perdono importanza.

I posti riservati a Roger e Morgana erano ovviamente i più centrali. E mentre i vicini di poltrona bisbigliavano "chi è 'sta travestita?", De Palma si accomodò qualche fila dietro, accanto alle due mummie che aveva recuperato in chissà quale parte del mondo. D'improvviso si abbassarono le luci, e i ritardatari presero velocemente posto. Si aprirono le tende, e apparve uno splendido Steinway da gran concerto illuminato dall'alto. Di fianco, un panchetto.

Mancava solo lei, Cristina.

In sala scese il silenzio, gli attimi eccitati di un pubblico composto ma trepidante. Roger ebbe una piccola scossa lungo la schiena, che Morgana fu felice di avvertire. Chissà com'era fatta una pianista, si chiedeva divertito. Magari è una cicciona come quelle dell'opera, che trasudano talento e abbondanza, o una bacchettona dall'abito austero.

I suoi pensieri vennero presto interrotti da una visione, e un applauso. Un applauso che perdeva via via il suo originario significato di benvenuto per trasformarsi in una sirena, un allarme, un inseguimento della polizia. Un abito lungo color crema, i capelli raccolti, il volto intimidito, le spalle nude, fino ad arrivare a vederle, le mani. A riconoscerle con terrore. Sul palco, a poche file da lui, era riapparsa Stella.

– Come vorresti che mi chiamassi?

– Non lo so.

– Se vuoi che resti, devi dirmelo.

– Stella. Ti chiamerai Stella.

Roger risentiva la musica di quella notte, mentre le mani di Stella – Cristina – liberavano la tensione sull'*Énigme* di Skrjabin. Stella, la tanto amata e attesa e desiderata Stella, era la moglie di De Palma. La restauratrice, gli aveva detto. Mio marito è un medico, gli aveva detto. Balle che adesso lo schiacciavano su quella poltrona rossa, in una sala già in estasi per un avvio così magistrale. Il volto immobile, quasi inespressivo davanti al pianoforte, tra la concentrazione e la catarsi. Le mani invece si agitavano veloci e perfette, per dare corpo a una musica ritmicamente instabile, ma densa. Una melodia che Roger riusciva a vedere, prima che a sentire. Nelle sue orecchie, in quel momento riecheggiava solo la frase – ormai datata, ormai vuota – domani nella battaglia pensa a me, pronunciata una notte, chissà quale, in una stanza di motel con una ventola al soffitto.

Roger cercò di restare calmo, e di rimanere seduto. Morgana gli mostrò un sorriso dolce, velato di una certa apprensione, ma era troppo ammaliata dalla fluidità dell'esecuzione – o meglio, dell'interpretazione – per aver tempo di interrogarsi su quell'animo visibilmente turbato.

In tutta la sala sembravano riecheggiare le sensazioni della loro relazione altalenante e imperfetta, ma dal tasso emotivo altissimo, tutta corpo e passione, ghiaccio e fuoco.

E adesso quelle sensazioni erano di nuovo lì, accompagnate da mani vibranti, mani non di restauratrice, che si dimenavano senza fatica, guidate da un telecomando invisibile. Morgana assisteva stupita all'esibizione così personale – così "musicale", avrebbe commentato più tardi – e ogni tanto dava un'occhiata a Roger, che sembrava spaesato, in preda a un evidente turbamento.

Un applauso caloroso commentò la prima, splendida

performance. Roger batté le mani, cercava di recitare, mentre un dolore terribile gli si era conficcato dietro le ginocchia. Stella ricevette gli assensi senza guardare, almeno così parve, nessuno.

Riprese posto per la Sonata D. 557 di Schubert, una delle meno note e delle più discusse, considerata ora capolavoro originale, ora plagio immaturo, quasi come se la pianista stessa volesse provocare il pubblico, scegliendo un repertorio meno battuto.

Il secondo applauso coincise con l'inizio dell'intervallo, e sembrò arrivare come una benedizione. Stella fuggì dietro le quinte con passi svelti, una scia ad accompagnare la sua figura. Per un attimo, in sala arrivarono le note speziate di *Amir*. Morgana guardò Roger interrogativa, l'intuito femminile, cercando di capire cosa nascondesse quell'espressione indecifrabile, tra stupore e terrore. Non ebbe tempo di proferir domanda perché De Palma li raggiunse di corsa, il volto più sorridente del solito, la tensione scomparsa.

– Venite, vi voglio presentare Cristina.

Bob afferrò Roger e Morgana a braccetto e li trascinò dietro le quinte. Roger lo seguì compiendo uno sforzo disumano, imponendosi stoicamente di non fuggire da lì.

Il camerino di Cristina – ma per qualcuno sarebbe rimasta Stella – aveva la porta socchiusa, che De Palma aprì senza nemmeno bussare.

Stella trasalì in pochi secondi, la vista della ghigliottina, ma riuscì a rifugiarsi nello stupore. Erano tutti insieme, finalmente. Gli amanti in fuga, mai fuggiti, e il marito ignaro, fiero di aver sposato lei e di aver scoperto lui. Come testimone del quadretto, un trans di rosso vestito, che in pochi battiti di ciglia aveva intuito la verità.

– Hai visto chi ti ho portato, tesoro? Il tuo presentatore preferito: non ho mai osato dirtelo, Roger, ma è stata mia moglie che mi ha segnalato il tuo famoso rutto, quando eri a Tele Nueva. E da quando conduci "Da uomo a uomo", appena può ti guarda, vero amore?

– Ti seguo ogni notte, Roger.

– ...

Morgana vide il suo allievo nel pallone – è emozionato come me davanti a Benedetti Michelangeli – e decise di presentarsi per rompere l'imbarazzo assordante.

– Cristina... ciao sono Morgana, l'insegnante di Roger. Le mie congratulazioni per come hai saputo interpretare Skrjabin. Le tue mani sono un dono del cielo.

Le mani, le mani tanto ammirate, le mani attese, le mani colpevoli di portare l'anello.

Roger, in quel momento, avrebbe accettato qualsiasi droga, se solo gliel'avessero offerta: cocaina, efedrina, LSD, ecstasy, oppio, crack, perfino la lacca. Invece ricevette solo sguardi. Quello fiero di De Palma e quello commosso di Morgana. Stella lo guardava senza vedere, il buio davanti a sé, la ghigliottina a due passi.

La campanella li richiamò tutti in sala. Roger avrebbe tanto voluto urlare.

36

Il concerto finì, e Roger venne assalito dal desiderio di fuggire.

Morgana l'aveva intuito, era molto più donna di quanto la genetica si ostinasse a mostrare, e non osò ribattere a quella scusa di emicrania, così poco credibile per uno scugnizzo del Girotondo. De Palma cercò di trattenere il suo pupillo, ma nulla poté di fronte a quel sorriso, per una volta, tiepido. Lo salutò con un abbraccio, cercò di essere cordiale con Morgana e tornò dai suoi ospiti mummie.

Per tutto il viaggio, Roger non disse più una parola. Morgana sembrava ascoltare i suoi pensieri, troppo educata per cercare di interpretarli. Venne anche assalita dal dubbio che potesse dipendere da lei, forse aveva esagerato con la scollatura, lo aveva messo in imbarazzo di fronte al capo e a sua moglie.

Roger notò quel disagio ma continuava il suo percorso di autocommiserazione, gli occhi fuori dal mondo, il piede sull'acceleratore dell'Audi TT. Giunto a casa di Morgana, inchiodò bruscamente, quasi a porre fine a quella sera funesta. D'improvviso si rese conto del suo comportamento inspiegabile, drammatico quasi, e sentì la necessità di una spiegazione.

– Non importa, Roger. Non credo sia questo il momento più adatto per parlare, e poi non sentirti in dovere di spiegarmi. L'importante è che non sia dipeso da me, altrimenti sarei stata davvero mortificata.

Morgana scese radiosa e impeccabile, un bacio lanciato con la mano, il sorriso spento sulle labbra carnose.

Rimasto solo in macchina, finalmente, Roger poté liberare l'urlo che aveva in gola da un po'. Un urlo rabbioso e disperato, fatto di imprecazioni – le peggiori – e lamenti, ma non lacrime. Puttana, questo ripeteva di continuo, puttana che non mi hai detto niente, che stavi con Bob e io nemmeno lo immaginavo. Era lui che importunavo al telefono. Era lui la voce familiare. Era lui alla guida della Mercedes. Stella l'avrebbe pagata, prima o poi, le puttane vengono pagate ma prima o poi la pagano, borbottava.

Fu solo sulla porta di casa che si placò, e il magone lo assalì, un nodo simile a un cappio in gola, la verità che brucia spalancando le porte dei ricordi. Il famoso attico, la magione straniera diventata via via familiare, era l'ex casa di Stella. Entrando, risentì di nuovo il suo odore – l'odore gettato nel cesso – rivide le sue mani. Il Blüthner del 1930, il terrazzo sui tetti, perfino lo specchio del bagno, tutto improvvisamente le riapparteneva di nuovo.

Era quella la casa in cui doveva essere tornata, la mattina delle sue nozze. Lì erano arrivati il parrucchiere e le prime amiche, i fiori, i genitori commossi e stanchi, magari dopo un lungo viaggio. Lì le avevano messo il vestito, riempiendola di lacrime e complimenti. E magari, per riprendersi da quella notte infinita con lui, si era buttata sul futon, l'ultima volta, prima di andare in chiesa.

A Roger sembrava di essere in un incubo, una di quelle storie inventate da Real Channel durante il programma prima del suo. Invece era vero, vero e irreale. Il telefono vibrò violentemente, dandogli uno scossone.

– Mi puoi richiamare? Sono senza credito.

Piccola Milone. Era partita per la gita e il fratello si era dimenticato di lei. Non un messaggio, non uno squillo per sapere se era arrivata, com'era l'albergo e come andava con il bello della scuola. Rosita era a terra. Essere mollata il primo giorno in visita a Roma è un'esperienza sconsigliabile a chiunque, figuriamoci a una sedicenne alle prime armi con un brufolo appena spuntato. Per di più con le voci insistenti che attribuivano alla popolarità di Roger il corteggiamento da parte di Pizzimento. Provò ad accennarglielo al telefono – secondo te è vero? – ma Roger non aveva la testa né di ascoltare, né di rispondere. Ci provò, tuttavia, ti vorrò sempre bene, lo sai.

– Te ne devi fottere, Rosi, dai retta a me. Esci con le tue amiche, cerca di conoscere nuovi ragazzi...
– Ma lui era il ragazzo della mia vita!
– Non lo era, se si è comportato così. E tu sei una Milone, ricordatelo. Tira fuori l'orgoglio e combatti. Me lo prometti?
– ...
– Me lo prometti, Rosì?
– Te lo prometto, scassaballe. Adesso mi preparo e raggiungo la Giò e Berbotto, che sono scese in un localino qua sotto, va bene?
– Così ti voglio, porca puttana.
– Cosa vuoi di regalo da Roma? Fletcher mi ha dato dieci euro per te...

Roger si commosse e per un attimo tornò a respirare, quasi che gli affetti familiari avessero la capacità lenitiva nei momenti di rabbia e abbandono. Si sentì rinfrancato, e tornò per un istante padrone dei suoi nervi. Avrebbe voluto, ma soprattutto dovuto, chiamare Betta dopo il concerto. Ma non se la sentiva – con che voce mi presento? – e preferì far trascorrere la notte per ammortizzare il colpo. Evitò di chiamare Nico per una forma di pudore che non riusciva a spiegare, o magari era solo il terrore di un nuovo fraintendimento.

Fu invece il pianoforte, a chiamarlo. Senza rancore, senza pretese, invitava Roger a prendere posto e fargli compagnia, a dargli vita. Lui accettò senza esitazioni, lasciando le sue mani agli scarni esercizi che cominciavano a riprodurre rudimentali melodie. Nella semplicità delle note, ritrovò un attimo di pace.

Con la quiete di Roger, cessò a distanza anche il lutto di Rosita. Il tono rassicurante del fratello l'aveva convinta a lasciare la stanza. Si azzizzò in ritardo di un paio d'ore rispetto alle compagne che non l'avevano convinta a uscire – non c'ho testa di vederlo stasera – e, forte del suo orgoglio di ragazza determinata, si era truccata vistosa ed era andata a godersi la sua prima notte di San Lorenzo.

Non riuscì a trovare la birreria che le aveva indicato la Giò via telefonino, un SMS confuso di punti esclamativi. Rosita cercò di indovinare, ma sbagliò clamorosamente locale: entrò in un disco pub affittato per una festa di compleanno. Se ne rese subito conto perché la festeggiata, in preda all'emozione per i suoi diciott'anni, la salutò come se la conoscesse, aggiungendo un "che bello che sei venuta". Rosita vinse la sua ben dissimulata timidezza e provò a vivere quell'esperienza da sé, baby turista cotonata in missione a Roma. Si divertì molto a osservare com'erano eleganti le ragazze della capitale, anche se fu un bellimbusto animale con due spalle da incorniciare a colpirla con una saetta.

Lei cercò di darsi un tono – se scoprono che sono un'intrusa mi cacciano – e si diresse al tavolo delle bevande. Per sembrare più adulta, abbandonò il consueto Bacardi Breezer e prese una birra. Il toro-boro-de-Roma le si avvicinò come un falco, e lei si rifugiò provvidenzialmente in una sorsata amara.

– Sei amica della festeggiata?
– No, veramente no... Non conosco nessuno.
– Pur'io sono imbucato.

Quell'accento inconfondibile, un tocco esotico per lei, la turbò non poco.

– Mi chiamo Rosita. Rosita Milone.
– Ma dài! Come Roger Milone... È tuo cugggino?

L'incubo e il terrore, la voglia di dirlo e di negarlo, sempre più in contraddizione tra loro.

– No, abbiamo solo lo stesso cognome.
– Peccato, perché sennò ti chiedevo un autografo. A me lui me fa morì... Comunque io sono Duccio. Ma che ci fai qui a Roma da sola?
– Sono in gita con la scuola, solo che stasera non avevo voglia di uscire, ero un po' giù, così non sono andata con i miei compagni.

Duccio chiese a Rosita di assaggiare la birra, lei rispose abbassando gli occhi.

– Problemi d'amore, Rosita?
– Sì. Io e il mio tipo ci siamo lasciati proprio ieri.
– Una storia lunga?
– Abbastanza. Quasi due settimane. E tu, che ci fai da solo a questa festa?

Non si conoscevano, ma non c'era tempo per fare i timidi. Così, stranieri e complici, si confessarono le loro ultime vicende umane e sentimentali, costellate di chiarimenti sulle diverse sfumature espressive. Duccio, diciott'anni a Ferragosto, Leone quindi, amava il calcio e la birra, odiava il fumo e aveva una storia con un'universitaria, che lo usava come un mero oggetto, ma a lui stava bene così. Agli occhi di Rosita, il suo tasso di desiderabilità era altissimo. In poco meno di mezz'ora, le era già passata di mente la delusione per Pizzy, l'affronto sulle scale, le voci cattive e invidiose di Griva.

Le parole scorrevano veloci e s'inzuppavano di risate e drink velati di trasgressione. Duccio fece provare a Rosita anche una "bomba blu", intruglio dolciastro di sapori forti e colori turchesi. Mentre bevevano, parlavano di tutto e di niente. Parole che cambiano significato e intenzioni solo perché interpretate dai battiti irregolari del cuore.

Era quasi l'una di notte. Il dee-jay ormai metteva i Blue, e alcuni genitori facevano capolino nel locale, per portare a casa figli e amichetti.

Duccio e Rosita uscirono quasi di corsa. Temevano che la festeggiata, ubriaca di Martini bianco e succo d'albicocca, li scoprisse proprio sul finale, se ci becca che figura di merda.

– Ti va di fare un giro in motorino? O è tardi e devi rientrare?

– No, posso stare fuori... basta che mando un messaggio sul cellu della Giò, e mi faccio lasciare le porte della stanza aperte. E tu, non devi rientrare?

– I miei pensano che sto dormendo. Lo faccio sempre, quando so di far tardi: rientro verso le undici, saluto, dico che vado a dormire e appena loro si chiudono in camera, esco di nuovo.

– E non se ne accorgono...

– Chiaro. Quando mia madre sa che sono a letto dorme come un sasso. Russa pure... Adesso che divento maggiorenne voglio andare a vivere per conto mio.

Stava per ribattere, Rosita, ma Duccio le aveva già messo in testa il casco, faticando non poco con il volume dei suoi ricci. Mise in moto lo scooter, salì e la pregò di reggersi forte.

Lei vide sfrecciare le mura di San Lorenzo – Patata abita qui – l'aria triste della stazione, un viale alberato e piazza Esedra, prima di perdere l'orientamento. La città era un delirio di monumenti e sorprese, chiese e scritte sui muri, ruderi a ogni angolo conservati come le reliquie di un santo. Ma più che i monumenti, era l'aria d'aprile che rendeva così indimenticabile quella notte folle e trasgressiva. Vagava per Roma con uno sconosciuto che la stava portando chissà dove, senza neppure sapere che era lei, la sorella di Roger Milone.

I sensi unici e le zone vietate al traffico erano, per Duccio, indicazioni puramente facoltative. Arrivati a Castel Sant'Angelo – una delle soste più noiose della visita guidata del pomeriggio – Duccio frenò bruscamente e parcheggiò. Rosita scese dalla giostra, il senso dell'equilibrio perduto, il fiatone come dopo una corsa. Duccio le accarezzò i capelli, dicendole la frase più dolce di tutta la serata.

– Sai che mi piacciono un sacco? Sono davvero originali...

Non poteva essere vero, eppure quella era la realtà, la realtà immaginata che si realizza in un attimo, senza nemmeno aver spento le candeline. Rosita non rispose, non ci sono parole davanti a certe frasi, lui le prese la mano e la portò vicino al Tevere, che scorreva buio, lento e regale dieci metri più sotto. Intorno, solo cupole, ponti, silenzio e luci arancioni.

Si sedettero a cavalcioni del muretto a strapiombo – Duccio dovette aiutarla – e si guardarono intensamente negli occhi. Duccio glieli chiuse con le dita, dita grandi e sicure di sé. Poi avvicinò la sua bocca al ralenti.

La baciò con la sicurezza di un uomo e la morbidezza di uno zucchero filato. Un bacio respirato a lungo, il bacio di una gara di baci, nato per essere raccontato su un diario e magari un giorno, molti anni dopo, ritrovato durante un trasloco e riletto in tutta la sua innocenza.

L'orologio batteva le due, le due e mezzo. Le tre. Alle tre e mezzo a Rosita arrivò un messaggio. Era della Giò, preoccupata che l'amica avesse deciso di farla finita.

37

Fu il telefono a tirarlo giù dal letto.

Una notte di tuoni e fantasmi, illazioni visionarie, lacrime rabbiose. Betta, questa volta era Betta. Tono sereno, una conversazione senza perché – non mi hai chiamato ieri sera, ma non te lo ricordo – il desiderio di dare il buongiorno cercando solo un po' di attenzione. Roger aveva difficoltà a rientrare in sé, ma fu abile a farfugliare parole inutili per prendere tempo, l'esperienza televisiva gli era utile anche a questo. Si rese conto della sua mancanza, ma non poteva – e come avrebbe potuto? – svelare la violenza della verità e raccontare di Stella.

Esitò qualche istante prima di invitare Betta a pranzo fuori. Stava per dire "a colazione", come facevano De Palma e tutti i collaboratori chic, ma si fermò in tempo, la chiarezza è il modo più elegante di dire le cose.

S'incontrarono, come al solito, davanti al negozio di fiori. Si salutarono con affetto e senza imbarazzo, la notte insonne – insonne per entrambi, in realtà – spazzata via da improvvisi raggi di sole.

Roger aiutò Betta ad abbassare la saracinesca e si avviarono a piedi in cerca di un posto dove mangiare. Indossavano tutti e due jeans a vita bassa che toglievano a ciascuno cinque, sei anni di vita. Due giovincelli, insomma. Con un cielo così, sembrava tuttavia un crimine rinchiudersi in un ristorante, o un bar. In zona, però, non c'erano locali all'aperto, solo le bancarelle delle angurie agli angoli delle vie, ancora chiuse. Betta lanciò l'idea di un picnic al parco dei matti – anche lei lo chiamava così – appena bonificato dopo mesi di raccolta firme. Roger era ancora sconvolto dalla notte precedente, ma cercava di dissimulare il suo disagio con sforzi di attenzione e lampi di entusiasmo.

Entrarono al supermercato come adolescenti rinati, la corsa per prendere il carrello, la gara a chi trovava il cibo più adatto per il pranzo – o "la colazione" – al sacco. Scelsero prosciutto crudo, mi dia il più caro, burrata, olive verdi, tranci di pizza, Coca-Cola e Coppa bianca, l'unico dessert sopravvissuto alla loro infanzia. Roger stava per pagare quando la cassiera interruppe la sua espressione anonima e scazzata, per illuminarsi di stupore davanti al nome in rilievo sulla carta di credito.

– Ma... ma è lei?

– Se intende il presentatore, dovrei essere io, sì.

– Ma lo sa che da quando la guardiamo io e mio marito abbiamo riscoperto i piaceri del sesso?

– Ehm... mi fa piacere...

– Però io ultimamente ho una fantasia strana, e non so come fare. Sa, mi piacerebbe che lui...

– Signora, non credo sia il caso di parlarne qui.

La cassiera si irritò lievemente, velocizzando le operazioni burocratiche di scontrino, firma e ricevuta.

– E quando la rivedo, io, mi scusi?

– Ma io non sono un sessuologo.

– Su, non faccia il difficile. Una volta per strada ho visto Mike Bongiorno ed è stato subito disponibile. Gli ho anche chiesto se mangiava il Gran Biscotto.

– E lui?

– Era di fretta, però secondo me non gli piace.

Roger guardò Betta alla ricerca disperata di aiuto. Ebbe in cambio uno sguardo, gli occhi divertiti per la candida invasione di territorio. Per fortuna si stava formando la coda alle loro spalle, le massaie irritabili, così la cassiera fu costretta a salutare il signor Milone rimandando la risposta alla volta successiva.

Il picnic fu uno di quei momenti in cui ti illudi di poter essere felice tutte le volte che vuoi. Credi che basti un prato col sole, una ragazza al tuo fianco, cibo buono e – fondamentale – un po' di tempo. Mangiarono senza fare commenti, esprimendosi attraverso l'appetito e i sorrisi, sorrisi che spesso precedono i baci.

Ma i baci dovettero aspettare le quindici e trenta, l'apertura del negozio, per manifestarsi in tutto il loro furore. La saracinesca rimasta a metà, le luci non ancora accese, solo l'odore indistinto di acqua e fiori, e le bocche erano già unite nel fuoco. Betta chiuse la porta dall'interno, prese Roger per mano e lo portò nel piccolo retrobottega.

Fu proprio lì, tra gambi di rose e brandelli di fiocchi, che i due si svestirono con poco imbarazzo e molto desiderio. Roger fu impetuoso e vorace, la situazione in mano come nel '98 – il suo anno d'oro, dodici conquiste – la rabbia trasformata in eccitazione. In quel verde domestico, Betta era spigliata e a proprio agio, e la sua ansia sembrava dissolta nell'ambiente. Nessuna strategia nella biancheria intima, nessun artificio nei particolari, piacere puro e diretto. Due calamite finalmente puntate, capaci di venire quasi nello stesso momento, Roger un istante dopo, galante.

Restarono abbracciati su quel tavolo vissuto, i corpi appiccicati di foglie sudate, le parole assenti. Qualcuno bussava preoccupato alla porta del negozio, la serranda ancora a metà dopo mezz'ora dall'apertura. Betta tornò coi piedi per terra e si ricompose più veloce che poté. Baciò ancora Roger – lo rifaremo – lo tenne per un po' nascosto nel retrobottega e tornò alla conduzione della sua attività con gli occhi illuminati dal sole.

Stato d'animo simile, anche se con quasi vent'anni in meno, era dipinto sul volto di Rosita. Duccio, Duccio, Duccio. Aveva passato tutta la visita ai Musei Vaticani a parlarne con la Giò e Berbotto che, da buona pettegola – in classe la chiamavano BDC, ovvero "bocca di cesso" – era corsa dritta a riferirlo a Pizzy, che era andato su tutte le furie.

E fu proprio nella Cappella Sistina, sotto gli occhi di Michelangelo, che i due si affrontarono in una discussione stonata e chiassosa. Pizzy si sentiva tradito, io ti avevo chiesto solo qualche giorno per pensare, Rosita si sentiva presa per il culo, mi vuoi solo perché sono la sorella di Roger. Le parole divennero via via più pesanti, ascoltate da tutti, l'amore dissolto senza essersi nemmeno composto. Sei solo una borgatara sfigata, sbottò alla fine Pizzimento, e Rosita non trovò risposta migliore di una sberla, un colpo netto, l'oltraggio che risponde all'affronto. Furono le insegnanti a intervenire, parole severe e punizione in arrivo: stasera niente uscita serale, Duccio addio. Rosita si sentì subito Candy Candy – vogliono separarmi da Terence – e pianse tutte le sue lacrime sulle spalle della Giò, disperata pure lei. Era stata appena scaricata da Ivan via SMS. Dopo giorni di liti a distanza, lui era definitivamente sbottato quando la Giò gli aveva detto che il suo sogno era sposarsi in chiesa. E Ivan non l'aveva perdonata.

Ma Rosita in quel momento era preoccupata soprattutto per sé. La situazione contingente appariva molto più critica per lei. Non si sarebbe data per vinta con tanta facilità e avrebbe sicuramente trovato il modo di scappare dall'albergo.

In realtà, le professoresse furono più furbe di quanto gli studenti potessero immaginare perché, tornate in pensione, presero Pizzy e Rosita e li mostrarono al portiere come condannati, in modo che la punizione venisse rispettata fino in fondo. I due rissosi liceali si guardarono negli occhi per l'ultima volta, come ho fatto a perdere tutto questo tempo con lui, prima di rientrare in stanza e studiare un piano di fuga.

La Giò, Griva e Berbotto dissuasero Rosita da qualsiasi piano rocambolesco – se ti beccano ti cacciano dalla scuola – e la convinsero che quella difficoltà sarebbe stata un'ottima prova d'amore per lei e Duccio. "Se lui riesce ad aspettarti fino a domani sera, vuol dire che è veramente innamorato, altrimenti ti stava usando come Pizzy" disse Berbotto.

Rosita accettò la punizione con l'abnegazione di una monaca e usò la linfa amorosa per consigliare i vestiti alle amiche. Al momento dell'addio, la Giò si sentì un'emerita stronza, è una sorella per me, e decise di restare in camera a farle compagnia. A Rosita vennero di nuovo gli occhi lucidi – ogni occasione era buona – ma non volle sentire ragioni.

– Giò, non ti preoccupare. Io ho Duccio, e oggi mi ha già fatto tre squilli e due SMS. Tu stai ancora soffrendo per Ivan. Stasera sei bellissima e vedrai che qualcosa succede.

La Giò non osò più fiatare, la coscienza leggera, e strinse la sorella in un abbraccio drammatico.

Rimasta sola, a Rosita non rimaneva che attaccarsi al telefonino. Spiegò a Duccio la situazione – le storie d'amore violentate dagli short message – e ricevette in cambio frasi piene di poesia: tvb, tvtb, tat, ti amo tanto, mmuc, mi manchi un casino eccetera.

Tra una sdolcineria e un'altra, Rosita fece pure una telefonata a Roger. Lo ringraziò per i consigli della sera prima raccontandogli euforica l'incontro con Duccio. Omise solo la lite con Pizzy e la punizione, ma i fratelli non sono tenuti a sapere tutto, guai. Roger aveva fretta, era al trucco prima di andare in onda, e mise giù un po' sbrigativo.

Il telefono suonò di nuovo.

– Cosa ti sei dimenticata di dirmi, sorellina?
– Sono Stella.
– Tu non sei più Stella. Tu sei una stronza.

– Roger, ti devo spiegare.

– Adesso non posso proprio stare a sentire le tue storie. Sto andando in onda, e devo vedere tuo marito dopo, che mi ha invitato a bere qualcosa. Spero che tu non gli abbia raccontato niente...

– Vorrei tanto abbracciarti, sai?

– Mi stanno chiamando per le prove microfono. Devo andare. Ciao, Cristina.

– Stella. Io per te sarò sempre Stella.

Roger chiuse con un silenzio. Non c'era tempo per perdere la concentrazione, la sigla stava per partire. Il sempre più esperto presentatore diede ancora un'occhiata al copione, scambiò due parole con il macho della serata – uno che riusciva a eccitarsi solo vestendosi sadomaso – indossò una mascherina nera e si preparò a declamare: "Donne davanti allo schermo, ci avete rotto. Questo programma non fa per voi".

Furono giorni difficili, per Roger.

Questa volta il pianoforte non era bastato a calmarlo, c'era voluto il Lexotan, gocce pesanti, prescritte abusivamente da un medico amico di Benaquista. Il drink con De Palma dopo la trasmissione nascose un nuovo, pericoloso scherzo del destino: invito a cena con il patron di Real Channel e signora. Data da definire. Roger invecchiò di cent'anni, ma Bob lo colse come segno d'imbarazzo, il vassallo timido davanti al magnate. Aggiunse che sarebbe potuto andare con chi voleva, in studio corre voce di una certa Betta, ma vedi tu se ti fa piacere.

Roger fece aggiungere un po' di whisky alla sua Coca e annuì per prendere tempo. Probabilmente Stella aveva in mente qualcosa, un piano distruttivo, la vendetta da servire a cena, senza ragione. Forse aveva agito così perché era stata liquidata al telefono, le donne sanno essere crudeli, gli ripeteva Fletcher, una voce tornata intermittente a disturbargli il sonno.

Quella mattina il risveglio era stato allietato da un messaggio di Betta – amami ancora – e da uno di Morgana, che lo invitava a non abbattersi, quasi avesse letto la verità tra i virtuosismi musicali di Cristina.

Roger provò a far colazione, appetito zero, e si buttò dritto sul piano. Voleva fare bella figura per la lezione imminente: l'attacco della Sonatina di Mozart, da cui era rimasto folgorato. Morgana arrivò dieci minuti in anticipo con un piccolo vassoio di pasticcini.

– Li ho visti nel negozio qui sotto e non ho saputo resistere. Poi oggi debutti con Mozart e dobbiamo festeggiare.
– Dobbiamo, certo.

Morgana sembrava a proprio agio, molto più femminile del solito.

– Lo so che non sono fatti miei, ma vorrei tanto sapere cosa è successo al concerto.
– Già, il concerto.
– Tu conoscevi Cristina, vero?

Roger agguantò uno chantilly e respirò forte, la rincorsa emotiva prima della confessione, necessità inevitabile, fisiologica quasi, dopo giorni dubbiosi posti a chiedersi perché. Morgana ascoltò poco stupita, come se provenisse da un mondo decisamente più fiabesco. In realtà Roger non sentiva solo il bisogno di confidare il suo segreto ma anche quello di chiedere un consiglio.

– Secondo te, lo devo dire a Betta?

Morgana scoppiò a ridere, anche se cercò di trattenersi.

– Sarebbe questo il consiglio che vuoi da me?
– Lo so, non glielo devo dire. Ma perché sto così male?
– Perché ti senti tradito. Perché ti ha mentito. Perché lei è la donna di un uomo cui tu devi molto e perché, forse, ti piace ancora. E ora c'è pure 'sta cena dal nemico. Ci vorrai mica portare me?

Fu Roger a sorridere, stavolta. La dolcezza dei bignè cominciava a fare effetto.

– Morgana, ti ho chiesto un consiglio, non di pormi altri dubbi.

– Allora sai cosa ti dico? Io ci andrei con questa Betta.

– BETTA?

– La fioraia. Così la battezzi subito.

– Ma se salta fuori tutto?

– Non succederà. Cristina è una molto sveglia, ed è anche nei suoi interessi che nessuno se ne accorga. Probabilmente ha voglia di giocare ancora un po'...

Roger si perse a guardare i pasticcini, gli occhi a immaginare ancora Stella – non riusciva a chiamarla Cristina – la stanza del motel, la fede al dito. Morgana gli passò la mano davanti al viso, la prova del cieco, per farlo sorridere un po'.

Nelle parole di Morgana, ritrovò lo sprazzo di una soluzione, anche se temporanea, anche se pericolosa. Avrebbe affrontato il fuoco, incontrando Stella davanti a suo marito e a Betta.

Il solo pensiero gli fece agguantare senza esitazione un altro bignè al cioccolato. Morgana lo osservava commossa, un velo di malinconia sugli occhi. Chissà cosa nascondeva, dietro quel nome ereditato – o rubato – dai cavalieri della Tavola Rotonda.

– Ma chi è veramente Morgana?

– Vuoi sapere cosa c'è scritto sulla mia carta d'identità? Quello è un segreto. Comunque, non Morgano. Per il resto, puoi farmi tutte le domande che vuoi. Tanto oggi nessuno di noi due ha voglia di sedersi al pianoforte, anche se ci aspetta la tua Sonatina preferita.

Roger si schiarì la voce prima di parlare.

– Vorrei conoscere la tua storia, quella vera. Come hai cominciato a travestirti, cosa hanno detto i tuoi genitori, cosa dice la gente per strada, cosa dicono i tuoi amici. E poi, soprattutto, mi spieghi cosa sei? Un travestito, un trans, una checca o cosa?

Il gioco degli sconosciuti rendeva le parole particolarmente dirette, efficaci ma dolorose. Morgana ci aveva messo anni a costruire un equilibrio fatto di discrezione, eleganza e piccole omertà. Adesso un presentatore provetto le chiedeva verità, come se la fata Morgana venisse a punirla per averle sottratto, senza nemmeno chiederglielo, il copyright sul nome.

La donna con i documenti da uomo cominciò così ad aprire disordinatamente le ante della memoria. Tirò fuori la prima, forte esperienza: il militare. Scoprirono entrambi – ironia della sorte – di averlo assolto nella stessa arma, gli alpini. Era stato lì che Morgana si era innamorata del suo primo principe, un fan di Renato Zero, capace di conquistarla per essersi presentato in caserma con i capelli lunghi cantando: "Lui chi è?".

Nei due anni di relazione con quell'uomo, a Morgana non era mai balenata l'idea di trasformarsi in un essere, se così si poteva dire, più femminile.

Era cominciato tutto per caso. Un banale travestimento a Carnevale, una festa in maschera in cui era stata corteggiata e baciata da un uomo vero, un maschio "Roger Milone Show" al cento per cento. In quell'occasione, era emersa una parte nuova e inaspettata della sua natura, legata a un dato di fatto squisitamente pragmatico: vestita da donna poteva avere molto più successo coi ragazzi che piacevano a lei. Così aveva cominciato a non aspettare più Carnevale per travestirsi, un esercizio terribilmente difficile per chi proviene da una famiglia piccolo borghese tutta proiettata sul successo dell'unico figlio.

Del suo racconto, furono proprio queste le ante che Morgana non volle aprire, la famiglia ferita, parole e ricordi troppo delicati per poterli condividere con un allievo che conosceva appena.

Roger sembrava caduto, come avrebbe detto lui, in

"trans". Non aveva mai riflettuto sull'umanità di persone per lui così distanti, simbolo di depravazione e caduta dei costumi, volgarità e disordine cittadino. Vedere gli occhi lucidi di Morgana, la sofferenza dissimulata dall'ironia del racconto, lo faceva sentire piuttosto sprovveduto. Si pentì di aver fatto domande così provocatorie e dirette, ma ormai era tardi e la sua insegnante non avrebbe voluto perdere un'altra lezione di piano per dispensare nuove spiegazioni.

– Dunque, mi chiedi la differenza tra travestito e trans. È semplice: il trans vive il femminile ventiquattr'ore al giorno, mentre il travestito è un gay che si diverte a conciarsi da donna quando gli pare. E io, l'avrai capito, appartengo alla prima categoria.

Roger la squadrò attentamente dalla testa ai piedi, lasciando cadere l'occhio sulla foglia di fico, chissà cosa nasconde lì sotto.

– Ma come fai a essere così... femminile?
– Gli ormoni, caro mio, gli ormoni. Me ne faccio una punturina al mese. Però devo stare attenta, perché se non li dosi bene ti fanno diventare una balena. All'inizio gli effetti sono davvero miracolosi, soprattutto sulla pelle. Però va detto che girano un sacco di leggende metropolitane sugli ormoni femminili.
– Tipo?
– Non è vero che ti fanno crescere i capelli. Quindi, dico io, un trans senza capello è meglio che non cominci neanche. E un'altra balla clamorosa è che ti eliminano la barba.
– E tu come fai? Ti radi ancora?

Morgana si alzò dalla sedia e andò a un palmo di naso dalla faccia stralunata di Roger, una ventata di vaniglia con sé.

– Ma come ti permetti? Tocca qui e senti com'è liscia. E-le-ttro-coa-gu-la-zio-ne, cento euro a seduta. Spendere e soffrire è il nostro karma, mettitelo in testa. Adesso capisci perché sono un'insegnante così cara?

Roger era ammirato e divertito. Avrebbe avuto mille altre curiosità, ma cominciava davvero a essere tardi, e doveva prepararsi per andare alle prove. Stava aspettando il momento migliore per congedarsi senza sembrare scortese quando il citofono suonò. I due si guardarono con un velo di terrore, presagendo una brutta sorpresa. Era Nico. Aveva finalmente vinto le proprie resistenze e si era deciso a far visita all'amico. A quell'ora. Roger si sentiva piuttosto in imbarazzo, ma non poteva negare a Nico-l'amico un po' di dovuta attenzione. Morgana s'infilò rapidamente l'impermeabile e si avviò verso la porta, decisa.

S'incontrarono tutti e tre sul pianerottolo. Roger fece le presentazioni un po' impacciato, e i due si strinsero le mani – le manone – senza guardarsi negli occhi. Morgana entrò in ascensore lanciando a Roger un bacio con la mano. Rimasti soli, Nico diede una bella pacca sulle spalle di Roger.

– E così anche tu vai a trans. Chissà perché, me lo aspettavo. Io e te siamo troppo simili.

– Veramente... quella è la mia insegnante di pianoforte.

Nico sarebbe voluto morire e non risorgere più. Vide per la prima volta il Blüthner e quella casa fantastica ancora sotto shock per quanto incautamente confessato. Si sentiva sporco e colpevole. Era lui uno dei tanti insospettabili dalla virilità certa, eppure con un fianco scoperto. Una fantasia sessuale parallela, vissuta occasionalmente e clandestinamente, che ora a Nico appariva come un capo d'imputazione.

– Ne ho sentite talmente tante, Nico, che non è sicuramente questo che mi scandalizzerà. Anzi, sapere che anche tu hai qualche scheletro mi fa molto piacere.

Nico sorrise, ma aveva ancora il volto teso.

– Sì, però promettimi che non lo dirai a nessuno.
– Minchia, Nico, ma ti pare... Senti, bello, io però tra poco ho le prove quindi devo fare al volo una doccia. Tu fatti un giro, apri il frigo, tocca tutto quello che vuoi. *Mi casa es tu casa, amigo.*
– *Muchas gracias.*

Chissà come avrebbe reagito la signora Maria, se avesse saputo che un trans era entrato nella vita di suo figlio, e di Nico-l'amico. Avrebbe sicuramente suggerito loro di confessarsi da don Giovanni, che fa sempre bene. Peraltro, lo aveva appena sentito al telefono per sapere se poteva passarla a prendere. Benaquista l'aveva contattata da parte di Real Channel perché, in occasione della trentesima puntata del programma, volevano fare una sorpresa a Roger e portargli la mamma in studio.

Per il timore di sfigurare o di non essere all'altezza – gente della televisione, quella – chiese a don Giovanni di accompagnarla.

Lui accettò senza esitazioni. Rubare il posto a don Mazzi era il sogno della sua vita.

39

Lo prendevano in giro, ma in fondo gli volevano bene.

Dopo la diffidenza iniziale, dovuta alla sua mancanza di esperienza e a qualche approssimazione di troppo, Roger aveva velocemente conquistato il team di "Da uomo a uomo" sorprendendoli ogni giorno di più. Semplice, diretto, educato e solo qualche capriccio sporadico, mosse infantili di chi vuol giocare a fare la star. Una pacchia, commentavano gli autori abituati a ben altre richieste: il cappuccino durante una candid camera in metropolitana, frutta rigorosamente fuori stagione e un autista in grado, se necessario, di acquistargli un paio di scarpe. Per questo, tutti gli si erano affezionati e vivevano il successo della trasmissione – uno share che aveva toccato punte del diciotto per cento – come una vittoria di squadra.

Era venuta a Benaquista l'idea di invitare Maria Milone in studio, ma non voleva dire nulla a Roger fino all'ultimo, le sorprese amiche del silenzio e dell'attesa. Lei era arrivata con don Giovanni e il suo vestito più bello, un tailleur blu che le aveva cucito la signora Muti. Appuntata sul colletto, una spilla d'oro a forma di "M" che le aveva regalato suo marito per il primo anniversario di matrimonio. Benaquista li accolse con calore, volete un caffè, e li condusse subito a visitare lo studio e la sala regia. Don Giovanni ne approfittò per sbirciare nei camerini, la signora Maria si guardava intorno un po' intimidita. Per la prima volta in vita sua, si sentiva una persona importante.

– Ma com'è piccolo lo studio... Sembra più grande da casa.
– È il segreto della TV. La scatola è sempre quella, sta a noi farla sembrare ogni volta più speciale.
– E mio figlio dov'è?
– In questo momento è al trucco.

La signora Maria corrucciò la fronte, turbata. Immaginava già Roger con ombretto e paillette, oddio mi diventa deviato. Benaquista le lesse nello sguardo.

– Non si preoccupi, signora Maria. Tutti i conduttori si truccano, perché le luci dei riflettori sono molto forti, ed è quasi necessario.
– Ma lo fa anche Maurizio Costanzo?
– Credo lo facciano tutti.

Don Giovanni annuiva sorridente come se conoscesse già la questione. Si chiese se anche il papa venisse incipriato per le sue omelie dalla finestra, ma desistette dal porre la domanda. Con grande abilità, Benaquista fece accomodare gli illustri ospiti in un angolo che Roger non poteva vedere. Voleva evitare che, per l'emozione, il conduttore prendesse qualche papera di troppo. Non a caso, per la serata era stato scelto anche un tema decisamente poco scabroso: "Che regalo comprare per farla felice?".

Come ospite, un certo Marcello, che aveva cominciato a capire le donne – queste le sue parole alla redazione del programma – da quando aveva regalato alla sua ragazza un cappotto di cavallino che lei desiderava da tempo.

Roger era partito scorrevole come al solito, davanti allo sguardo commosso di sua madre, finalmente consapevole di quante persone gravitassero intorno a lui.

– ... Quindi noi maschi, a detta tua, non saremmo programmati ad azzeccare i gusti femminili.

– Direi proprio di no. Vedi, Roger, il casino è che noi sottovalutiamo la questione. Ci ricordiamo delle occasioni all'ultimo, e a volte, ed è la cosa peggiore, sono loro stesse a comprarsi i regali perché noi ci siamo dimenticati del compleanno.

– Cosa consigli di fare?

– Dobbiamo imparare a osservare con attenzione la nostra donna, non a guardarla solo perché non lo facciano gli altri. Basta poco: conoscere qual è il suo colore preferito, vedere che libri legge, se ha un debole per le scarpe o i reggicalze... Poi è importantissimo comprare l'oggetto personalmente. Evitate di mandare la segretaria, se l'avete, perché vi sgama di sicuro. Ed è sbagliata anche l'idea che il regalo costoso accontenti tutte.

– Un consiglio per non sbagliare mai?

– Dedicare la stessa importanza a regalo e biglietto. È il biglietto che fa la differenza. È quello che alla fine resterà. Non bisogna essere dei poeti per scrivere una bella frase. Basta essere sinceri e dire le cose come stanno.

– Bene, Marcello. Ma sentiamo adesso cosa ne pensano gli italiani nelle interviste per strada che ha realizzato il nostro Benaquista.

Fu durante il servizio che, non stando più nella pelle, la signora Maria si alzò in piedi e fece ciao con la mano in direzione di Roger. Un gesto semplice e scarno, infantile quasi, che catapultava la signora Milone in una realtà per lei difficile da immaginare. Non avrebbe mai pensato, nell'innocenza del suo tinello, che entrare nella "scatola" fosse possibile. Che i conduttori, le soubrette, i comici, i giornalisti e i presentatori di Sanremo esistessero veramente. Adesso li vedeva, gli UFO virtuali appartenenti all'etere. E, tra loro, suo figlio brillava su tutti.

Roger balzò in piedi e corse a darle un bacio volante, fuori quadro per la sorpresa. Abbracciò commosso anche don Giovanni, Dio ti benedica figliolo, e tornò a riprendere la sua conduzione.

Il tempo volò più veloce del solito e la trasmissione venne, per la prima volta, chiusa con due ospiti. Roger non resistette ad avere lì don Giovanni e gli strappò un commento in diretta, sotto gli occhi sbalorditi della signora Maria e di tutti gli autori in studio. Benaquista preferì glissare sul fuori programma, e scattò addirittura qualche foto con la macchina digitale, mettendo la signora Maria a sedere sulla panchina da spogliatoio al posto del figlio.

Dai piani alti, De Palma fece sapere che aspettava tutti nel suo ufficio per festeggiare. La signora Maria aveva il batticuore, mentre don Giovanni era trafitto dagli sguardi languidi delle costumiste, non fosse un prete ci farei un pensierino, commentavano.

Il patron di Real Channel ricevette tutti da gran signore che era. Evitò domande che potessero imbarazzare la madre del suo pupillo, trattandola come una vecchia zia cui non si può non volere bene. Nel piccolo trambusto dei tramezzini Roger sentì la mano di don Giovanni sulla sua spalla.

– Allora, padre, ti è piaciuta la sorpresa?

– Molto. Sai quanto sono vanitoso... Però ho apprezzato anche la prima parte, quella dei biglietti. Non è necessario un oggetto costoso per dire a una persona quello che proviamo. Se ci pensi bene, i regali più belli sono le battute, le risate, i complimenti sinceri. E ce li possiamo permettere tutti, perché sono gratis.

– Mi stai dicendo che non dobbiamo più farti il regalo a Natale?

– Eh, no, Roger! A quello non potrei mai rinunciare... Ma tu hai capito cosa voglio dire, credo.

– Perfettamente, don Johnson. Sono contento che siate venuti. E guarda mamma come chiacchiera disinvolta...

– È il suo momento. Dobbiamo starle dietro, o quella è capace che si monta la testa.

Roger scosse il capo e sentì la necessità di riavvicinarsi al cordone ombelicale. Le chiese notizie di Rosita, che non vedeva da un po' e di cui sentiva già la mancanza.

– Sono preoccupata, Roger. È tornata dalla gita che non stava più con Pizzy e si era già messa assieme a uno di giù. Come se non bastasse, sta tutte le sere alzata fino a tardi per scrivere il diario. Non è che mi diventa la nuova Melissa P.?

– Smettila. A sedici anni le ragazze *devono* essere facili. È il momento migliore per sperimentare e sbattere la testa senza farsi male. E poi questo tipo di Roma m'ispira...

Rosita non riusciva neppure a immaginarle, quelle voci. Stava sdraiata sul letto, cullata da *She's the One*. Il cuscino stretto tra le braccia, gli occhi chiusi a ricordare – per l'ennesima sera – l'ultima notte romana. Le sue orecchie erano di nuovo invase dai bisbigli di Duccio, parole di zucchero e cannella. Non c'era paragone rispetto all'irruenza di Pizzy, fascista arrivista, che le aveva inutilmente chiesto di mettersi di nuovo con lui.

Duccio era diverso. Sapeva ottenere le cose senza chiedere, senza metterle mai fretta, per lo meno in quei tre giorni che avevano trascorso insieme. Risentiva ancora la sua voce, mentre la imitava con l'accento del Nord e le rideva forte nelle orecchie. Davanti a sé, rivedeva il film dell'ultima volta con lui. Erano tornati davanti al Tevere, il solito muretto, le solite parole imbarazzate, quando Duccio le aveva abbassato la cerniera della felpa per infilarle una mano tra le tette. Lo aveva lasciato fare senza remore né imbarazzo – è il ragazzo della mia vita – anzi, aveva cominciato a toccarlo anche lei, i gesti ciechi e inesperti, l'istinto indomabile della crescita.

Era stata una notte di petting pesante e paure improvvise, in cui Duccio, tuttavia, aveva saputo essere sempre padrone della situazione. Si erano masturbati a vicenda con naturalezza e pudore, nascosti in un angolo povero di luce, senza staccare mai la bocca dai baci. Per Rosita, era stato il primo, vero approccio con il sesso. Le era piaciuto un casino, anche se era stata molto concentrata a non fare errori e a muoversi assecondando i desideri di Duccio, se sbaglio mi lascia, Giò aiutami. Ne era uscita indenne, e questa fu la grande vittoria di quella notte. Finalmente, sarebbe stata pronta per fare l'amore. I due cuori di chewing-gum erano rimasti a lungo abbracciati, a farsi carezze e promesse.

Rosita ripeteva ora il dialogo a distanza, dialogo non più vero né verosimile perché alterato dal ricordo, dalla selezione viziata della sua interpretazione dei fatti.

– Quando torni a Roma, Rosita?
– Appena ho raccolto i soldi per il treno. Faccio solo l'andata, però. E tu, verrai a trovarmi?
– Chiaro. Mi fai uno squillo, io ti raggiungo. E se i miei s'incazzano, li mando a stendere.
– Stringimi forte, Duccio. Dimmi che non ci lasceremo mai.

Quest'ultima frase, in cuor suo, Rosita sapeva di non averla detta. Ma ormai lo aveva raccontato alla Giò – e a Berbotto, e al diario – pertanto era vera a tutti gli effetti. Il CD era finito, ma Rosita voleva restare ancora un po' a Roma. Così si alzò dal letto, prese *Sing When You Are Winning* e mise *Better Man*.

In un attimo era di nuovo sullo scooter, avvinghiata a Duccio, con l'aria fresca che l'avrebbe riportata, per l'ultima volta, in albergo. Anche la città più bella del mondo sembrava ascoltare il loro dolore, la magia spenta in quel ritorno che aveva il sapore acre di un'ingiustizia. Il viaggio era sembrato durare un attimo, San Lorenzo più vicino che mai. Rosita era scesa di corsa, incapace di affrontare la situazione senza drammi. Gli aveva accarezzato il viso sussurrando: "Sei meglio di Valentino Rossi" e si era avviata verso il portiere che ormai la lasciava passare senza fare la spia, le lacrime copiose e silenti.

Si era voltata ancora un attimo, per mandargli un bacio con la mano. Duccio aveva risposto con un cenno telefonico, ti chiamo presto, e un occhiolino malandrino.

"Ti chiamo presto" si ripeteva tra le lacrime stringendo

il cuscino, e il telefono suonò, riportandola alla realtà della stanza.

Era la signora Maria, che voleva farle un saluto dagli studi di Real Channel.

40

Riuscì a rimandare di un mese.

Ma accettare l'invito di Stella e De Palma divenne alla fine inevitabile. Non l'aveva più sentita, né pensata troppo, una ferita del passato chiusa da un presente inatteso e intenso. Quello con Betta. Ormai stavano insieme a tutti gli effetti, un rapporto semplice, fatto di innocenze e ironia, in cui la notorietà crescente di Roger veniva vissuta come un gioco difficile da capire. Dormivano insieme almeno due volte a settimana, quasi sempre da Betta, Roger era imbarazzato a ospitarla – e spogliarla, stringerla, amarla – su quel futon dall'inquietante passato.

Una cosa di cui invece Roger non riusciva a liberarsi era la passione per il piano. Morgana ormai gli faceva visita anche quando non c'era lezione, portando ogni volta una ventata di novità e trasgressione. Roger non aveva mai avuto il coraggio di dirle di Nico, l'aveva promesso all'amico, e lei evitò accuratamente di affrontare l'argomento. Un pomeriggio Morgana si era presentata addirittura con la sua amica Karuna – una lesbo-trans dichiarata – che si era data questo nome in omaggio alla donna dei suoi sogni: Uma Karuna Thurman. Mentre Karuna raccontava la sua appassionante trafila psicologica e fisica di trasformazioni, Morgana osservava le espressioni allibite ed esterrefatte di Roger. Ogni tanto gli ripeteva che il più grande bluff della vita, ormai, era dire la verità. Gli voleva bene davvero, sebbene fosse guardata con sospetto quando appariva in pubblico di fianco a lui. Ma il successo dava a Roger una corazza di sicurezza, per cui se ne fregò di tutte le voci e i *gossip* da tabloid.

Morgana passò a trovare Roger anche il pomeriggio prima della battaglia in casa De Palma. Questa volta da sola.

– Roger, prima ti devo dire una cosa...
– Riguarda il mio amico, vero?
– Sì, e non solo.

Roger si mise a sedere su uno dei divani bianchi. Indossava una vecchia tuta da ginnastica del "Girotondo Football Club" e teneva i piedi chiusi tra le mani, con i bicipiti ben tesi. Morgana aprì una delle ante che più aveva cercato di rimuovere ma il cui peso, alla lunga, l'avrebbe schiacciata. Per qualche tempo, molti anni prima, si era prostituita. Era accaduto proprio all'inizio della trasformazione, quando era ancora alla ricerca di se stessa e in conflitto con la famiglia. Aveva deciso di farcela da sola, e la strada era stata l'unico mezzo in grado di aiutarla in quel processo di chiarimento e costruzione. Per quasi un anno, si era appostata di notte vicino a un benzinaio lontano dal chiasso e dalla confusione delle altre concorrenti. All'epoca portava una parrucca bionda, reggiseno imbottito e reggicalze a vista. Una zoccola, insomma.

Era stato subito un successo smisurato. Lei stessa non credeva che la pagassero ragazzi che avrebbe pagato lei. Tra loro, più di una volta, era arrivato Nico. Morgana non volle entrare in particolari tecnici della descrizione, ma ne serbava un buon ricordo.

– Mi chiedeva sempre se mi ero divertita anch'io. Era l'unico a farlo anche dopo il rapporto.
– Tipico suo... Secondo te ti ha riconosciuta, quando ti ha incontrata?

– Non credo. All'epoca mi conciavo proprio come un troione! Poi un giorno mi sono guardata allo specchio, non mi sono più accettata, e ho deciso di riprendere a fare l'insegnante. Un lavoro faticoso, ma che almeno ti permette di sognare una relazione stabile. Anche se è dura, durissima.

Roger annuiva e si grattava la pancia, per avere conferma sui suoi addominali. In fondo, non era rimasto così stupito da quel racconto. Era solo un po' sconvolto da Nico, da quella sua pulsione segreta che in un certo senso glielo rendeva ancora più estraneo. Non solo si era rivelato invidioso, ma non gli aveva nemmeno confessato tutto.

Sembrava che Nico avesse nascosto per anni un'amante. L'amante, come sospettato, c'era, ma non gliela poteva presentare. Morgana guardava gli occhi spaesati di Roger, e le venne da ridere.

– E tu, sei pronto all'incontro di stasera?
– "Pronto" è una parola grossa.
– Mi raccomando, Roger. Nessun muso o rischi di perdere anche Betta. Mentre per Stella, puoi stare tranquillo: lei sarà ancora più imbarazzata di te.
– E se mi provoca?
– Non succederà. Tu parla con De Palma e non perdere mai di vista Betta. Ricordati che lei non li conosce, e non è abituata al top della società. E poi, pensa alla sorpresa che l'aspetta domani.

Roger sbuffò preoccupato, ma perché proprio a me, mentre Morgana riprese in mano il suo ruolo istituzionale facendogli ripassare qualche arpeggio della Sonatina di Mozart.

Dopo anni di monotoni acquerelli, l'esistenza di Roger si arricchiva di toni forti sotto tutti i punti di vista. Una maturazione tarda ma esplosiva, che non gli dispiaceva affatto. Neanche in quel giorno così difficile da affrontare.

Roger si vestì per la cena senza molta cura, troppo teso, ed evitò perfino di farsi la barba, 'fanculo Stella. Stava per uscire quando lo chiamò Nico. La voce squillante e di nuovo provocatoria, il desiderio rinato di condividere esperienze con lo storico compagno di avventure. Roger si sentì in colpa – ho appena parlato di te – e cercò di rimediare all'imbarazzo con un invito per una pizza notturna in settimana. Nico accettò felice – finalmente sai tutto di me – e tornò a montare il "Gina e Sabrina Show", lo spettacolo di Tele Nueva interamente condotto dalle due celebri sorelle.

Roger non ebbe neppure il tempo di sorridere. L'incontro con Stella – un tempo bramato e oggi temuto – si stava avvicinando. Salì in macchina, corse a tutta velocità fino a casa di Betta, inchiodò, suonò, e attese. La sua ragazza scese tenendo tra le mani una composizione di fiori che aveva inventato all'ultimo, il volto affannato, per la prima volta impreziosito da lunghi orecchini. Era, quella, la prima uscita ufficiale con Roger, e avvertiva un filo di apprensione.

Dove fosse la casa di De Palma, Roger lo sapeva bene. L'aveva spiata diverse notti attraverso quel cancello a Bel Ami, senza riuscire mai a individuarla. Per la prima volta, finalmente, era autorizzato a entrare. Il guardiano, pur riconoscendolo, gli indicò la strada lanciandogli un'occhiata complice. Oltre le sbarre, si apriva davvero un mondo abitato. Una cittadella postmoderna destinata a imprenditori rampanti. Betta si guardava intorno lusingata, senza staccare la mano dalla gamba del suo nuovo lui. Arrivati alla porta d'ingresso, Roger ebbe il primo momento di cedimento. Ad attenderli, sorridente, c'era Stella.

– Roger, finalmente. Pensavamo aveste deciso di non venire più.

– Ciao, Cristina... Lei è Betta.

– Ciao, molto lieta. Sono Cristina.

– Piacere. Questi sono per te.

– Grazie, sono splendidi. Adoro i fiori.

Stella incrociò lo sguardo di Roger, fu un attimo, e la terra tremò.

Entrarono in una casa difficile da definire, piena di sculture e oggetti "concettuali" dal significato incomprensibile. L'unico elemento riconoscibile – familiare, quasi – era il pianoforte a coda posto al centro della stanza.

Betta era esterrefatta e si muoveva come se fosse in un museo d'arte contemporanea. De Palma apparve all'improvviso con un vassoio di calici di vino bianco francese, finalmente ho il piacere di avervi qui.

Roger guardò d'istinto l'orologio. Erano passati solo cinque minuti. Bob prese amorevolmente Betta sottobraccio e le mostrò alcune curiosità del salone, ma senza sbruffoneria. Il tempo stillava i secondi col contagocce, il momento era arrivato. Stella prese coraggio e si avvicinò lentamente all'unico amante della sua vita.

– Allora, ti è piaciuto il concerto, Roger? Non mi hai più detto nulla.

– Mi hai lasciato senza parole, Cristina.

Il nome tuonò come un capo d'accusa, un insulto, puttana, puttana, puttana. Stella incassò senza fiatare, abbassando tristemente lo sguardo. Le tornarono in mente le notti selvagge, le margherite gialle, i colpi di testa veri o sognati. "Domani nella battaglia pensa a me" gli aveva detto. E poi l'aveva trascinato sul campo, ad affrontare il marito, davanti alla sua ragazza.

– Non possiamo parlare qui, Roger. Sappi solo che mi spiace tanto...

Roger non la fece neppure finire, e l'abbandonò lì. Aveva la necessità impellente di raggiungere Betta, chiusa in cucina – se la si poteva definire così – a raccontare a De Palma la sua composizione di fiori. La fissò come non l'aveva guardata mai.

Solo a sentirla parlare, provò una gran voglia di abbracciarla. Ma si contenne, quella sera nulla poteva seguire il corso naturale delle cose, puttana, puttana, puttana.

Bob e Stella avevano una complicità collaudata da anni, grande capacità di comunicare attraverso pochi gesti. De Palma appariva ancora più semplice di quanto Roger fosse abituato a vederlo in studio. Avevano cucinato tutto loro due, divertendosi a sperimentare improbabili ricette.

– Quando abbiamo ospiti, cuciniamo sempre noi. Ci sembra un modo carino per fare capire che teniamo a loro, anche se la nostra cuoca sarebbe molto più brava. Ma se deve cucinare lei, tanto vale che vi portiamo al ristorante, no?

Betta ascoltava Cristina con curiosità, ma senza soggezione. Le piaceva la sua voce calda e modulata ed era attratta dai movimenti di quelle mani – le mani – che non toccavano mai le cose, le sfioravano. Roger la vedeva serena e provava un forte imbarazzo, non darle retta, sono tutte menzogne, è tutto falso.

– Roger, ti senti bene?
– Eh?

De Palma si accorse di quel momento di sbandamento ma non gli diede peso, sapeva di avere un pupillo svanito e gli andava bene così. Anzi, riteneva che lo spaesamento di fondo fosse un suo punto di forza, una delle ragioni di quel successo smisurato. Avrebbe già voluto accennargli i nuovi progetti che lo riguardavano, ma non amava discutere di lavoro in casa.

Così fece accomodare gli ospiti a uno strano tavolo fatto di pietra e bambù, e aiutò sua moglie a servire le loro prelibatezze.

Fu proprio in quel momento che Betta, felice come una bambina, cercò un bacio di Roger, improvvisa richiesta d'affetto davanti a uno sformato di asparagi. Stella osservò la scena cercando di stare calma, allora stanno proprio insieme, ma le mani cominciarono a tremare. Per fortuna l'atmosfera gioviale della cena riuscì a contenere gli imbarazzi di Roger e Stella/Cristina. De Palma riempiva continuamente i bicchieri e teneva banco con i suoi aneddoti dal mondo. Dalla mischia dei ricordi tirò fuori anche un episodio all'Avana, durante il viaggio di nozze a Cuba. Per un attimo, gli antichi amanti incrociarono pericolosamente gli sguardi, il filo invisibile della complicità.

Pur odiandola – un odio rabbioso – era sempre Stella, sogno struggente e ricorrente, mai rinnegare un desiderio che ti ha tenuto sveglio per notti. Ma Betta non poteva saperlo, e non avrebbe dovuto.

Roger sentì mancargli l'aria. Devo staccare un attimo, diceva tra sé, e si alzò bruscamente dal tavolo, chiedendo del bagno. Stella balzò in piedi a indicargli la via – seguimi – efficiente e puntuale. Lui le andò dietro intimidito, sforzandosi di essere naturale. Durante il tragitto non dissero una parola, quasi temessero che i rispettivi partner potessero ascoltarli da lontano. Stella aprì la porta, accese la luce e con un gesto repentino tirò fuori dalla tasca una cassetta.

– Questa è per te.

Non ci fu modo di reagire perché Stella si era già dissolta, tornando dal marito e rivale più sorridente che mai.

Roger si specchiò turbato. Guardava la cassetta come fosse un pacco bomba, una prova schiacciante di colpevolezza. Non ne voleva sapere niente, ma non riuscì a disfarsene. La mise in tasca, passeggiò per qualche minuto davanti al bidè, tirò a vuoto lo sciacquone e rientrò al tavolo come se nulla fosse.

Betta era raggiante come poche volte lo era stata. Affascinata dalla vita, faceva ogni sorta di domande sul lavoro invidiabile di Cristina e su quello prestigioso di Bob. Ogni tanto ironizzava sul suo ruolo sociale di minore importanza, ma Cristina intervenne prontamente a difenderla.

– Il mondo senza fiori non avrebbe profumo, e sarebbe molto più povero di sentimenti.

Roger ripensò alle margherite gialle, quel mazzo suggerito da Betta e che Stella aveva così tanto apprezzato. Vedendole una di fronte all'altra – Betta innocente e Stella colpevole – gli balenò l'idea di una confessione pubblica, uno sfogo plateale, la sete di verità ormai insopportabile. Il tempo per mantenere il segreto sembrava scaduto.

Riuscì a contenersi e si rifugiò nelle pietanze che continuavano ad arrivare, silenziose e raffinate.

La serata si chiuse in modo classico, e per alcuni aspetti surreale: Roger e De Palma si sfidarono a biliardo in una saletta rosso pompeiano, mentre Stella e Betta discutevano della lotta contro la cellulite.

Era l'una passata. La punizione stava per finire.

Si salutarono festosi con la promessa di rivedersi. Quando Roger si avvicinò per baciare Stella, ritrovò l'antico odore. Un brivido gli percorse la schiena.

41

Glielo disse in ascensore.

Roger avrebbe voluto prima saltarle addosso e dimostrarle quanto l'amava, ma doveva parlare e doveva farlo subito, di colpo impaziente. Betta cercava di prendere tempo, mi vuole già lasciare, terrorizzata dalla pugnalata a fine sera, un classico. Era stata bene con De Palma e Cristina, una cena particolare, persone di spessore con cui è impossibile annoiarsi.

Già s'immaginava una notte di fuoco, il tasso erotico in aumento durante il ritorno in auto, il letto con le lenzuola fresche di candeggio. Invece era attesa da una confessione, un segreto, non l'aveva capito bene, la paura offusca i segnali, li fraintende. Riuscì a temporeggiare fino alla porta di casa, le mura domestiche più adatte ad affrontare le discussioni. Si tolse scarpe e orecchini, mentre cercava scuse per rimandare il dialogo il più a lungo possibile.

Si sbagliava. Si sbagliava alla grande.

Per festeggiare il loro primo mese insieme, Roger l'avrebbe portata, il giorno dopo, a Capri. L'isola di Jacqueline Kennedy e Naomi Campbell, Tiberio e Pippo Baudo, sarebbe stata anche loro. Di Roger e Betta. L'idea gliel'aveva data Morgana, devi pensare in grande, e il nuovo volto di Real Channel non se l'era fatto ripetere due volte. Si era fiondato in agenzia viaggi e aveva prenotato volo e albergo, mi dia il migliore, senza battere ciglio. Gli sarebbe piaciuto starci due notti, ma millesettecento euro per una suite erano già una follia. Si rese conto – il senso mai perso della realtà – di pagare uno sproposito per l'albergo, ma quella ragazza gli aveva davvero regalato un mese meraviglioso, e certi impeti emotivi non hanno prezzo.

Betta rimase senza parole, il volto impazzito dietro un sorriso, la bocca pronta per baciare, l'ansia tutta femminile di non avere nulla di adatto per una domenica così importante. Roger l'aiutò a scegliere il vestito migliore, gli piaceva scollata, e preparò lui stesso il loro borsone da viaggio. Stava per mettere anche alcuni asciugamani, non si sa mai, ma Betta lo persuase a desistere. Se avesse saputo che erano ospiti di un luogo rinomato come il Quisisana, gli sarebbe scoppiata a ridere in faccia.

Non riuscirono a dormire bene. Roger temeva che qualcosa potesse andare storto: la sveglia, il taxi, l'aliscafo, la prenotazione perduta. Si agitava nel letto come un bambino insonne, costretto alla siesta per punizione. Ricominciò per l'ennesima volta a leggere il libro di Marías, ma al terzo inciso consecutivo si smarrì nuovamente, e si arrese.

In realtà doveva ancora metabolizzare l'incontro con Stella. Era andato molto meglio del previsto, la rabbia aiuta a dominare le emozioni, le acceca. Solo in un paio di momenti aveva abbassato la guardia e ceduto allo sguardo, l'occhio a cercare le mani, le orecchie ad ascoltare la voce. E poi c'era quella cassetta da sentire, chissà cosa conteneva, parole inutili, forse nuove bugie. In quel momento non gli interessava veramente, Betta era stretta a lui e ogni tanto agitava le gambe. Sorrideva anche nel sonno.

Un sorriso che rimase inalterato per tutto il viaggio – taxi, aereo, taxi abusivo, aliscafo – ma si aprì in una risata incontenibile alla vista di Capri.

Un autista in divisa bianca li stava attendendo al porticciolo per occuparsi del bagaglio. Quando notò il piccolo borsone comune, pensò che i due lo stessero prendendo in giro, abituato com'era ai set completi di Louis Vuitton, portagatto incluso.

Roger e Betta salutarono così il loro guardaroba striminzito e si fecero accompagnare da un taxi in Piazzetta, il salotto del mondo, a due passi dall'albergo. Il cielo era minacciato da nubi pericolose, pochi turisti in giro, qualche ricco americano e niente più. Roger aveva una gran voglia di strafare, il bambino davanti alla cioccolata, incapace di attendere. Volle subito prendere un caffè al Piccolo Bar, come gli aveva suggerito De Palma. Betta si guardava in giro ammaliata dalla bellezza e intimidita dai prezzi, ma era comunque un regalo, una pazzia che si compra senza guardare il cartellino.

Dopo che Roger ebbe firmato un paio di autografi, imboccarono via Camerelle e di lì a poco lo videro, il Quisisana. Imponente, eccentrico, monumentale. Betta non credeva ai suoi occhi – non ci credeva neanche Roger, in realtà – e varcò lo specchio di Alice avida di curiosità. Vennero accolti con gentilezza, dottor Milone benvenuto, e subito accompagnati da un cameriere impeccabile. Piano attico, suite 535.

– State nella stessa suite di Mariah Carey, dottò.
– Mariah chi?
– Carey. Mariah Carey, non la conoscete? La cantante. Una bella ragazza, veramente. Che charme, quando è venuta qua...
– ...
– Sapete che siete più magro dal vivo che in televisione?
– Grazie.
– E complimenti anche alla sua signora. Qui state come in un paradiso. Tutto il resto è inferno, diciamo noi. Neanche il purgatorio esiste più.

La camera, di fatto, era un appartamento: salotto, due bagni, letto *king-size* e terrazza sui faraglioni. Chiusa la porta e terminate le chiacchiere d'ascensore, Betta e Roger non riuscirono a fare altro che abbracciarsi. Un abbraccio commosso, un piccolo gesto di fronte alla grandiosità della stanza, alla magia della vista. Un abbraccio che si sarebbero potuti dare ovunque, ma era bello – per una volta – sprecarlo in un posto così poco adatto al loro stile semplice.

Il tempo sembrava mettersi al peggio, e il paesaggio maltrattato dal vento acquistava un sapore ancora più fiabesco. Erano quasi le tre del pomeriggio. Avrebbero potuto oziare in quella bomboniera, o vivere e avvicinarsi al mare. Scelsero la seconda opzione, senza disfare nemmeno la valigia.

Costeggiarono ancora via Camerelle, fermandosi a curiosare nelle vetrine lussuose. Bevvero un altro caffè al bar la Pompeana e seguirono d'istinto la strada verso le spiagge. Arrivarono a Tragara, terrazza sulle meraviglie, e lì si fermarono. Il cielo era sempre più nero, il profumo di pioggia in arrivo misto a quello dolciastro degli oleandri.

Per loro, era come se fosse appena spuntato il sole.

– Perché tutto questo, Roger? Perché a me?
– Perché non te ne frega niente di cosa faccio, della trasmissione, di quella roba che tutti vogliono sapere. Ti interessiamo solo io, per come sono, e i tuoi fiori.

Betta ascoltava parole che non sperava più di sentirsi dire. Una relazione lunga e finita male, qualche anno prima. Una storia da cui sembrava impossibile risollevarsi, l'orologio biologico che suona il gong, e tu che annaspi disperata in cerca degli ultimi saldi. Trovi solo uomini sposati o fidanzati infedeli, ragazzi appena lasciati che ti chiamano col nome dell'altra, mostri di Lochness difficili da guardare o intoccabili gay con cui fuggiresti domani ma torneresti dopo un anno ancora immacolata. E quando ti sei stancata di inseguire tutti – stai per inacidirti col mondo – ecco che in negozio entra l'ultimo disperato, ti chiede i fiori più cari per la donna da riconquistare, e senza saperlo finisce per conquistare te.

– Non mi hai ancora detto per chi erano quelle margherite gialle...

La verità vicina e impalpabile, l'intuito infallibile di chi
ti conosce più di quanto tu possa immaginare.

– Una ragazza che avevo conosciuto, una di passaggio.
Si chiamava Stella. Ma adesso è finito tutto, non ci vediamo più.
– Per un attimo, ieri sera, ho pensato che quella donna
fosse Cristina. Quando parlava dei fiori, ti guardava come
se volesse dirti qualcosa.
– Te l'ho detto, si chiamava Stella.

Cambiare discorso, una necessità impellente per uscire
dalla morsa delle sensazioni, la fantasia al limite dell'in-
decenza, l'oltraggio delle parole.

– Cristina era particolarmente gentile solo perché segue
il mio programma e De Palma le aveva tanto parlato di
me. Ma non voglio discutere di lei, adesso.

Betta si convinse, almeno all'apparenza, e cercò di non
pensarci più. Era affascinata dagli scatti improvvisi di Roger, le davano adrenalina, l'uomo cui pensi di poter dire
tutto e poi, appena lo tocchi sulle corde sbagliate, ti morde.
E adesso l'aveva portata lì, nell'isola abitata dalle sirene,
riempiendola di baci, dimentico della sua vanità pubblica
sempre più riconoscibile. Insomma, Betta si considerava
molto fortunata, non tanto per aver trovato un uomo di
successo, ma per aver di nuovo trovato un uomo.
Si attorcigliarono nei vicoli per arrivare a una spiaggia
deserta e spenta, regale, di cui non vollero neppure sapere
il nome. Il paesaggio aspro e deciso, la brezza marina turbata dal vento, il paese d'o sole dimenticato. Però era bella, Capri, meravigliosa anche struccata.
Per la prima volta, Betta raccontò a Roger la sua storia,

le esperienze che l'avevano segnata, tradita, le soddisfazioni di un negozio in una zona come il Girotondo, il rapporto d'amore-odio coi genitori. Era una persona molto più complessa di quanto potesse dare a vedere, un mastino dal sorriso d'angelo, alla continua ricerca di nuovi equilibri.

Alle prime gocce di pioggia, tornarono di corsa al Quisisana, riparandosi goffamente con i loro giubbotti. Arrivarono fradici. Si asciugarono velocemente nei rispettivi bagni e rimasero zitti sul terrazzo a vedere l'acqua picchiare i faraglioni.

Decisero di cenare in hotel, che proponeva loro un'ampia scelta di possibilità, compreso il sushi bar. Optarono per il ristorante più romantico, il Quisi, pochi tavoli, candele e piatti ricercati. Per un attimo, credettero di essere tornati alla cena del loro primo incontro. Mangiarono asparagi e caprino con platano croccante, ravioli alla caprese, gamberi rossi alla griglia con salsa fredda di pomodori, cetrioli, panna acidula e caviale. Bevvero Fiano di Avellino bianco e Coca-Cola, il cameriere scandalizzato, i capricci obbligati del divo.

Saltarono il dolce – un peccato di mandorle e cioccolata – perché troppo impegnati a ridere. Roger le confessò finalmente che era stato un rutto a cambiargli la vita, Betta quasi affogata di limoncello, il liquore nel naso, la difficoltà a riprendere le redini della situazione.

D'improvviso, Roger cambiò drasticamente tono e argomento.

– Vuoi sposarmi, Betta?

Era una domanda seria, si capiva, ormai lo conosceva e non poteva scherzare così. Non con lei. Gliel'avevano già chiesto una volta, dopo nove anni di fidanzamento, e alla fine non se ne era fatto niente. Aveva promesso a se stessa che non ci sarebbe cascata più. Ma era solo un modo per prevenire la delusione, non accendere le illusioni, la paura aumenta con l'età, a un certo punto annusi la fine del tempo e lo slancio è l'unico modo per vivere con l'intensità cui tutti aneliamo.

Un mese era davvero poco per conoscere una persona, specie uno come Roger, travolto da eventi e parenti. Però sarebbe stato bello vivere il matrimonio con la trepidazione di una ventenne, il velo per nascondere i segni del viso, l'abito bianco, e poi i fiori, fiori per una volta solo per lei.

Roger la guardava col pizzetto all'ingiù, gli occhi desiderosi di una risposta, le dita incrociate sotto il tavolo.

Betta non volle dedicargli una riflessione in più. Abbassò la testa per prendere la rincorsa e finalmente lo disse, sì. L'incoscienza, la nuova forma di maturità. La vita è un bluff.

42

Al risveglio, li accolse il sole.

I raggi accarezzarono la loro colazione in camera, l'ultimo lusso prima del ritorno. Roger aveva riunioni e prove nel pomeriggio, Betta doveva riaprire il negozio. Sui loro volti era dipinta la follia della sera prima, il fuoco mai spento durante la notte. Storditi dal peso di certe parole, erano entusiasti della decisione lampo e non parlavano d'altro, tutto e subito. Lui trentadue, lei trentotto. Volevano stare insieme e non vedevano l'ora di celebrarlo, le favole che tutti si raccontano e nessuno ha mai il coraggio di vivere.

Fissarono la data davanti ai Faraglioni, agenda di Roger alla mano, gli impegni fino al mese successivo. Scelsero l'ultima domenica di primavera. Roger avrebbe finito le dirette di "Da uomo a uomo" una settimana prima. Subito dopo lo aspettava uno spot pubblicitario – nuovo testimonial per una nota marca di preservativi – due giorni di lavoro, ingaggio da paura.

I soldi sembrava si riproducessero da soli, in un meccanismo difficile da fermare. Roger ripensò al suo stipendio fisso di Tele Nueva, mille euro al mese, le difficoltà a farsi riconoscere straordinari e trasferte. Ora non solo guadagnava incommensurabilmente di più, ma aveva molte spese in meno: telefono, affitto, spostamenti e alberghi, anche se non il Quisisana. Era questo l'aspetto più interessante della vita da divo: avere costantemente qualcuno che ci tiene a offrirti qualcosa – pranzo, cena, libri, mutande, sconti o caffè – per gratitudine, interesse o solo perché ti considera un amico, a volte addirittura un mito, anche se non l'avevi mai visto prima. Facile quindi perdere il senso del denaro, la prima trappola, o addirittura scollarsi dalla realtà. Roger ci cadde soprattutto per inesperienza. Quando però si trovò sotto il naso il conto di oltre duemila euro per l'albergo – suite speciale, dottò – ripensò un attimo all'attenzione di mamma per la spesa, gli occhi affaticati per leggere "euro al chilo". Si sentì un verme. Ma Betta era un fiore speciale e andava festeggiato così. L'importante era non lasciarsi prendere la mano, e Roger conosceva un solo modo per contenere i danni: chiedere aiuto a Nico. Lo avrebbe chiamato presto, per provare a riallacciare i rapporti. Ma la mente non riusciva ad allontanarsi nemmeno un istante dalla decisione presa con tanta irruenza – ci pensò anche durante le flessioni mattutine – il matrimonio vissuto con l'energia di un debutto.

Roger e Betta trascorsero l'intero viaggio di ritorno senza cambiare mai argomento, dilettandosi a discutere di festa e preparativi. Roger desiderava una cerimonia grandiosa celebrata da don Giovanni, un sacco di invitati, cibo pesante e canzoni inneggianti a Brigitte Bardot. Betta sognava un momento più intimo, parenti stretti e pochi amici, magari una chiesetta in montagna, lontana da chiasso e applausi. Trovarono una via di mezzo, la mediazione raggiunta durante l'atterraggio, in cui di fatto si era deciso tutto e niente, ma andava bene così.

Roger accompagnò la promessa sposa al negozio, erano le tre passate, e fece un salto a casa prima di cominciare una delle ultime settimane di trasmissione.

Stava per togliersi il giubbotto, quando sentì battere sul petto la cassetta, nascosta gelosamente in una tasca interna. La estrasse dalla custodia in cerca di parole o messaggi, ma non trovò nulla. Non ebbe il coraggio – né la forza, né la curiosità – di accendere lo stereo. Nessun diritto di replica per Stella, neppure un attimo di tempo.

Roger rimise in tasca l'arma del tradimento, fece una doccia bollente e si attaccò all'auricolare, l'ultima dipendenza. Chiamò la mamma per dirle che il viaggio era andato bene, ed ebbe la malsana idea di farsi passare Rosita, un fiume in piena per l'arrivo imminente di Duccio, un mese all'insegna di squilli e tvb, lettere scritte e mai mandate, promesse per una volta mantenute.

Roger avrebbe già voluto dare la notizia delle nozze. Aveva la necessità di dirla il prima possibile, perché solo se raccontata la realtà diventa effettiva e condivisibile. Ma Roger non se la sentì di sprecare la notizia al telefono.

Dopo aver titubato qualche secondo, alzò di nuovo la cornetta per cercare Morgana, con la scusa di confermare la nuova lezione. In realtà voleva ringraziarla per l'idea di Capri e raccontarle le ultime puntate della soap. Ma lei era impegnata in un'altra lezione e fu costretta a tagliar corto, dobbiamo rimandare a domani, bello. Pazienza. Roger si lasciò cadere sul letto e dormì un'oretta prima di farsi portare in studio.

A pochi chilometri di distanza, in una camera che un tempo era stata anche di Roger, Rosita fissava lo specchio in cerca di consiglio: me li stiro o non me li stiro? Ma lo specchio la guardava sibillino e sembrava cambiare idea ogni cinque minuti. La Giò la sconsigliava vivamente dal telefonino – se ti ha detto che gli piaci così, ferma lì – e un po' la invidiava. Per la prima volta, da quando erano diventate amiche, ammise a se stessa che anche lei avrebbe desiderato una storia con uno come Duccio. Un ragazzo più grande, di un'altra città, temerario in sella a uno scooter, pronto a saltare sul primo treno per raggiungerti, roba che neanche il principe William.

Non che la gita a Roma fosse andata male – aveva avuto anche lei un piccolo inciucio l'ultima sera, ma solo baci – però era tornata assai più fragile della sua amica, pensieri ricorrenti su morte e solitudine, letture di Baudelaire, maggiore insicurezza nelle interrogazioni. Ivan non l'aveva più cercata e lei ne aveva molto sofferto, lasciando a metà la biografia del Che.

L'amore sincero aveva invece dato a Rosita più voglia di studiare, soprattutto italiano e inglese. Contemporaneamente, stava imparando a convivere con la crescente popolarità di Roger, cercando di stare in guardia dai compagni che avevano intrapreso una strada piuttosto subdola: l'essere amici della "sorella di".

A Rosita cominciarono ad arrivare sempre più suggerimenti, appunti, pezzi di pizza e inviti alle feste. Perfino alcuni professori – che non l'avevano mai considerata – cominciarono a essere più disponibili, chiamandola improvvisamente "Rosita", non più "Milone". La Baicchi riuscì perfino a elogiarla pubblicamente, dandole in un'interrogazione lo stesso voto di Griva, *tiè*. Lei imparò a diffidare delle nuove gentilezze, si era scottata troppe volte, consultandosi periodicamente con Berbotto e naturalmente con la Giò.

Ma il suo vero problema, adesso, era decidere se stirarsi o no i capelli. Gli dedicava molte più attenzioni che al primo – prossimo – amplesso amoroso, convinta com'era che dipendesse tutto dai capelli.

La signora Maria non era affatto favorevole a ospitare Duccio in casa, vi conoscete da poco, ma nulla poté di fronte alle suppliche affettuose di Rosita, e alle buone parole che spesero in suo favore madrina e la signora Muti, ormai i giovani devono volersi bene davanti ai genitori, tanto le sozzerie le fanno lo stesso.

Così, mamma Fletcher aveva detto miracolosamente di sì. Stava cambiando, ci si adatta a tutto, anche a una certa età, il brutto – o il bello – è che ci si abitua. Ma lei aveva le spalle solide, e don Giovanni che le perdonava tutto. Inoltre, la signora Muti non gliele mandava di certo a dire, Maria ricordati che tuo figlio prima vendeva le pentole. Lei reagiva divertita e scuoteva la testa, sempre più affezionata a quel mondo un po' goffo ma sincero, pane al pane, con un forte senso di appartenenza, capace di esprimersi attraverso il tifo, l'orgoglio, la festa. Ed era stato quel clima di accettazione che aveva aiutato la signora Maria a non pensare più alle sigarette. Non ne aveva più toccata una, anzi, le era aumentata la voglia di uscire e ricevere ospiti a casa. Roger le passava un assegno di duemila euro al mese e lei si sentiva Sue Ellen, solo senza il vizio dell'alcol. Ogni tanto piangeva ripensando a suo marito, lacrime di nostalgia più che di dolore, la consolazione raggiunta per stanchezza soltanto. Le sarebbe piaciuto condividere con lui le nuove soddisfazioni, gli otto a scuola di Rosita e gli ascolti di Roger, la copertina di "Star People", i complimenti in macelleria. Voleva un testimone con cui vivere la festa, e non poteva che essere lui. L'uomo perfetto, che l'aveva lasciata sul più bello senza nemmeno salutarla, la morte cafona. Solo il tempo, solo ora, le aveva restituito il ricordo, un saluto finale che non c'era mai stato, le necessità del cuore più vere della realtà. Fu anche per quella pacata serenità che aveva accolto le suppliche di Rosita di ospitare Duccio.

– Però tu dormi nel letto grande con me e lui lo lasciamo nella cameretta tua e di Roger, eh?
– Mamma! Non farmi fare questa figura, ho quasi diciassette anni.
– Ma se ne hai appena compiuti sedici!
– Sì, ma i prossimi saranno diciassette, e poi diciotto... Invecchierò senza aver mai provato nessuna emozione. Non puoi impedirmi di essere felice, Fletcher.

Chissà perché, queste drammatizzazioni tra la signora Maria e Rosita avvenivano sempre in bagno, mentre stendevano i panni della lavatrice. La signora Maria non faceva caso più di tanto alla veemenza di sua figlia, l'importante è la salute. Si affidò al Signore, fece una carezza a Rosita e le disse "va bene". Ma solo perché hai preso otto di inglese, borbottò tra sé. Cuore di mamma.

43

La Sonatina di Mozart iniziava a prendere forma.

Roger s'impicciava ancora un po' nel coordinare le mani, ma le note cominciavano a susseguirsi armoniose nella casa che presto avrebbe lasciato. Dopo le nozze si sarebbe trasferito da Betta, una soluzione temporanea prima di stabilirsi definitivamente chissà dove, magari in campagna.

Morgana lo guardava suonare il piano con occhi fieri – le dita abili ginnaste dell'ex DDR – la voce tuttavia severa quando sentiva sbagliare i tempi.

– Non la sai ancora abbastanza, devi esercitarti di più. Sarà perfetta solo quando potrai suonarla voltandoti indietro, e le mani si muoveranno da sole.

Roger ebbe un piccolo momento di sconforto. Bastò tuttavia un'occhiata di Morgana perché gli tornasse la grinta – tenacia operaia – da applicare al nobile mondo dell'arte.

Il dopo lezione fu ancora più interessante della lezione, l'inversione di cattedre, Roger di colpo esperto della vita e abile sostenitore della sua teoria dell'istinto. Salto la convivenza e mi sposo con Betta, le ripeteva concreto, mentre Morgana non voleva perdersi neanche un passaggio di quel weekend intriso di capovolgimenti. Prima la cena con Stella e il marito – la cassetta – poi il viaggio a Capri, la promessa di matrimonio. Ma Morgana volle innanzitutto sapere se Roger le aveva portato la mozzarella di bufala che gli aveva chiesto.

Amava scherzare più di quanto il suo aspetto facesse sospettare, la confidenza data con parsimonia ma poi elargita tutta insieme, quasi fosse un timer a deciderlo. Roger la assalì di entusiasmo e gratitudine, i modi sempre più raffinati, progresso auspicabile del personaggio pubblico.

Oltre che di pianoforte, Morgana gli stava infatti dando lezioni di comportamento. Un esempio di coraggio ammirevole, lei, che rischiava ogni giorno i fischi davanti a passanti, conoscenti e negozianti – ecco la pervertita – ma tirava dritto per la sua strada, busto eretto, orecchie sorde, spalle larghe e via. Leale a se stessa, sentiva di potersi esprimere solo attraverso la propria ambiguità, la sperimentazione di un genere che non c'è, di cui tutti hanno paura. Di giorno. Ma di notte no – ripeteva incazzata – una delle poche lucciole a ritirarsi dalla scena, romantico trans in continuo divenire. Roger aveva imparato ad accettarla, a rispettarla, a non vergognarsi di lei.

– Vorrei che in chiesa, ad accompagnarci all'altare, ci fosse la tua musica. Ci terrei tantissimo, Morgana.

– Dubito che un prete possa accettare un essere ambiguo come me, per la messa. E poi io detesto la marcia nuziale: la trovo kitsch e stucchevole.

– Suona quello che vuoi, basta che vieni! Don Giovanni capirà... Gli parlerò io, tranquilla, è un amico di famiglia. Tu intanto prometti che lo farai.

Morgana eseguì un paio di scale sul piano, qualche trillo estrapolato da chissà quale opera, gli occhi sorridenti e felici.

– Suonerò per te, Roger. Polvere siamo e polvere torneremo. Ma, nel frattempo, superstar.

Per la prima volta, da quando si erano conosciuti, Roger ebbe il coraggio di abbracciare la sua prima, vera amica. Al diavolo l'uomo che Morgana era stato e la donna che sarebbe potuta diventare. Lui le voleva bene così, carne e pesce insieme.

Fu Benaquista a stanarlo dall'emozione, una telefonata diretta e sincopata, per una riunione improvvisa con De Palma. Roger ebbe un attimo di terrore – come sempre quando lo convocava il gran capo – e vide il solito filmato di eventi catastrofici: magari ha scoperto tutto, mi vuole licenziare, tornerò a vendere pentole su Tele Nueva, cosa dico a Betta.

A mano a mano che si avvicinava agli studi, tuttavia, si rese conto che non poteva trattarsi di un problema così personale, i duelli non si affrontano mai in ufficio, sarebbe vigliacco, meglio territorio neutro e spade affilate, Kill Bill.

La stanza dei bottoni aveva sempre quel tocco di America, vuoi per la grandiosità degli spazi – ampie vetrate su palazzi grigi – vuoi per accessori impensabili per la media dei dirigenti italiani, macchina tritaghiaccio *in primis.*

De Palma era alla scrivania e parlava divertito con Benaquista, sfogliando l'ultimo numero di "Vanity Fair". Roger entrò sorridente, fortificato dalle ultime decisioni del cuore. Non temeva nulla: né la chiusura anticipata del programma – gli ascolti avevano subito una lieve flessione negli ultimi tempi – né interferenze sul modo sempre più personale di condurre che aveva scelto.

A De Palma, in realtà, interessava discutere la nuova edizione del programma. "Da uomo a uomo" era stato un successo su tutti i fronti. Anche la critica aveva apprezzato i toni diretti ma mai volgari della trasmissione, un'eccezione nel marasma dei reality show basati su coltelli alle spalle e parolacce davanti alle telecamere. Un'isola felice che metteva d'accordo i maschi e incuriosiva molte donne. La formula funzionava e sarebbe stato opportuno bissarla in una seconda edizione, in autunno.

Bob non volle entrare nei dettagli ma fece intendere un cospicuo aumento di cachet, mentre Benaquista scalpitava per presentare le novità del programma, formula più snella e maggiori contributi esterni.

Roger abbassò la testa, preoccupato. Aveva riflettuto su quella trasmissione molto più di quanto volesse dare a vedere.

– Non posso.

– ...?

– Non posso ripetermi.

– E perché no, scusa? Funzioni perfettamente, ti diverti, hai uno zoccolo duro di telespettatori, e il prezzo dei nostri spazi pubblicitari è quasi raddoppiato. Sarebbe un suicidio non provare a confermare il botto.

Roger non sapeva come dirlo, era una sensazione più che altro, nutrita dai numerosi commenti che gli avevano fatto per strada, la verità tra le righe, il polso del pubblico.

– Voi ve lo ricordate *Grease 2*? E *Il tempo delle mele 2*? E *Pulp Fiction 2*?

– *Pulp Fiction 2* non c'è stato.

– Minchia, è vero...

– Per la televisione è diverso, Roger. Il pubblico vuole familiarità.

– No, Benaquista, non sono d'accordo. Noi dobbiamo continuare con i nostri programmi di rottura. Non a rompere con i nostri programmi.

– Parli come un pubblicitario...

– Scusa.

Roger si lasciò sprofondare nella poltrona destinata agli ospiti, un lungo sospiro ad accompagnare il gesto.

– Io non pensavo che avrei fatto questo mestiere... a Real Channel poi, una delle poche reti che lascia spazio agli autori. E allora perché non pensare a qualcosa di nuovo? Non dico un programma rivoluzionario, ma un po' diverso dagli altri.

– Per esempio?

– Una roba tipo "Da uomo a donna".

Benaquista e De Palma si guardarono stupefatti, di fronte al monello ogni giorno più saggio.

– Sarebbe?

– Da quello che mi dicono le donne per strada, anche loro avrebbero voglia di sfogarsi, di raccontare, di scoprire. E a me piacerebbe un sacco stare a sentire le loro storie...

– ...?

– ...?

– Lo so che sarebbe meglio una donna, a condurre, ma io non ci credo. Penso che sia più facile, per loro, confidarsi con un uomo. E sarebbe bello, che ne so, ambientare lo studio nella sala d'attesa di un ginecologo, o di una clinica di chirurgia estetica, che adesso vanno di moda.

Un matto dalle pensate d'oro. Così lo giudicarono De Palma e Benaquista, illuminati dalla semplicità disarmante di un'idea cui non avevano mai pensato. Roger colse la reazione positiva, l'istinto dell'intelligenza, e per la prima volta si sentì fiero di sé. Lo stavano guardando come un loro pari, non il divertente disperato da mandare allo sbaraglio.

Nella foga dell'entusiasmo, Roger si lasciò scappare che, pur di potersi misurare nella nuova avventura, si sarebbe accontentato del suo ingaggio attuale, l'ingenuità di chi non ha ancora un agente e pensa di sapersi muovere tra i contratti.

De Palma sorrise paterno – ma dove lo abbiamo trovato, uno così? – e rimandò la questione alla riunione successiva. Si divertì da morire a fantasticare su "Da uomo a donna" mentre Benaquista, in un attimo di comprensibile debolezza, accusò il colpo, le idee belle degli altri, che fatica. Fu abbastanza sportivo da digerire in fretta, e trasformare la sua invidia in una fucina brillante di suggerimenti.

Ma si stava facendo tardi, e Roger doveva incontrare l'ospite atteso e discutibile della serata: un ragazzo attratto contemporaneamente da uomini e donne, disposto a parlarne su Real Channel, evviva l'amor.

Mentre scendeva in ascensore si fissò allo specchio e provò, per la prima volta, a ripetere: "Uomini davanti allo schermo, toglietevi di mezzo e cambiate canale: questo programma non fa per voi".

44

Una sera diversa dalle altre.

Roger rinunciò a uscire con Betta per vedersi con Nico, la pizza promessa e finalmente desiderata, i rancori quasi del tutto superati. Malgrado le roventi rivelazioni dell'amico, Roger s'impose di non cambiare atteggiamento né abitudini, amicizia è accettarsi tout court, simulare con gli amici è sconsigliabile e sconveniente. Dopo la diretta di "Da uomo a uomo" si fece quindi accompagnare dall'autista presso gli studi di Tele Nueva.

Attese Nico per qualche minuto, fissando l'edificio dove aveva lavorato per anni e che all'improvviso era scomparso dalla sua vita. Non si sentiva più in colpa, come in passato, un errore che gli aveva portato solo nuovi fraintendimenti. Le persone dovevano accettarlo com'era, con il suo desiderio di fama e l'inevitabile vanità. Roger era consapevole delle sue debolezze, e questo lo aiutò a scendere dal piedistallo più facilmente di altri.

Salutò Nico con un abbraccio degno dei vecchi tempi, la memoria recuperata senza apparenti cicatrici, il porto sicuro delle orecchie pronte ad ascoltarti non solo perché appari in televisione, ma perché ormai fanno parte di te. E dopo lo scheletro di Morgana, in un certo senso Roger sentì di aver pareggiato il conto con Nico.

Andarono a mangiare in un posto aperto tutta la notte, Amici Miei, un forno a legna che avrebbero apprezzato anche a Napoli. Margherita e Coca il menu, un classico per entrambi. Avevano tutti e due urgenza di parlare, ma Roger di più.

– Non penserai di scamparla, vero? Quella volta mi hai preso in contropiede, ed ero pure di fretta. Però adesso me la devi dire tutta, questa storia dei trans.

Così, abbassando la voce – e soprattutto gli occhi – Nico raccontò in tutta sincerità quella che lui stesso definì come "una semplice distrazione". A lui piacevano le donne, le donne vistose, felliniane, eccessive. Molte volte i trans lo erano più delle ragazze che lui bramava, e che spesso si portava a letto. Esagerati negli orpelli, nei profumi, nelle labbra, nelle parole. Nico sapeva – e ovviamente vedeva – cosa c'era sotto, ma non gliene importava più di tanto. In un contesto di tale esuberanza, un altro pene diventava un dettaglio alla fine irrilevante. Roger non ne era poi così convinto, ma vedeva quanta fatica Nico facesse nell'aprirsi a quella confessione, per cui non aveva il coraggio di prenderlo in giro come avrebbe voluto. Cercò invece di rassicurarlo, dicendogli che ormai la normalità era morta e sepolta, e grazie a Dio.

– È tutto così noioso, Nico. Per questo dico che siamo fortunati. Almeno ai nostri figli avremo qualcosa da raccontare.
– Ai miei figli non potrò raccontare che il padre andava a travestiti.
– Guarda che travestiti e trans non sono proprio la stessa cosa...

Nico alzò lo sguardo e lanciò un'occhiata feroce. Roger fece un cenno di scuse – *respect* – e si ricordò del motivo per cui aveva voluto quell'appuntamento.

– Ti ricordi di Betta, la ragazza che vendeva fiori?

– La tipa con cui dovevi uscire una sera? Certo che mi ricordo. Te la sei fatta?

– Di più.

– L'HAI MESSA INCINTA? Minchia, che storia acida.

Roger si mise a ridere, gli mancavano quelle parole senza filtri, dette come le pensi.

– Me la sposo tra un mese.

– ...?

– È lei, lo sento. È dolce, e mi fa sentire utile anche se non faccio niente. Credo di essermi innamorato, Nico. Non mi era mai capitato.

– Dicevi così anche per Stella.

– Sì, ma quella era una stronza.

Nico lo ascoltava con la mozzarella che gli penzolava giù, la faccia tra stupito e preoccupato, con la consapevolezza che ormai la decisione era stata presa.

– E non l'hai più vista, da allora?

– Sì, un paio di volte, una storia assurda. Ma te la voglio raccontare con calma, perché altrimenti sembra una delle telenovele che guarda mia madre.

– Quando vuoi, amico.

– Stasera mi interessa solo sapere se l'11 giugno sei libero. È una domenica.

– Come potrei mancare, Roger?

– Bene, perché... Bene.

Stava per dirglielo, quando si fermò. Avrebbe da sempre voluto lui come testimone di nozze, ma la rabbia non gli era ancora del tutto passata. In fondo sapeva che Nico difficilmente sarebbe tornato a essere il suo migliore amico. Si possono perdonare molti errori a un migliore amico, pensava, ma non l'invidia. E, sebbene ne soffrisse, su questo Roger era piuttosto inflessibile.

Nico lo fissava in silenzio, quasi avesse impercettibilmente afferrato la retrocessione ad "amico come gli altri". Roger alzò il bicchiere di Coca per porre fine a una questione, di fatto, tutta sua.

Nico rivide davanti a sé le partite di pallone giocate in cortile, le maglie usate per segnare i limiti della porta, le sbucciature sull'asfalto, le marmitte truccate, le zeppole della signora Maria, le notti di Tele Nueva. Pezzi di vita che i momenti chiave riportano puntualmente alla luce, in cui ti sembra di dover fare i conti col passato, quasi fosse una prassi inevitabile. E nella gioia del ripasso s'insidia puntualmente la malinconia, le canzoni riaffiorano alla mente. *Vamos a la playa* riesce, per la prima volta, a commuoverti.

La pizza rimase quasi a metà, le croste dimenticate, l'appetito fermo di fronte agli eventi, un gesto di attenzione dovuto. Roger cercava di mostrarsi allegro e naturale, ma Nico-l'amico era bloccato dalla malcelata emozione e da un boccone di traverso. Alzò anche lui il bicchiere con la faccia tutta paonazza.

– Alle tue nozze, Roger.

– Ah, dimenticavo. Ci sarà anche la mia insegnante trans, al matrimonio. Guai se allunghi le mani.

– Credo di averlo già fatto, sai. Molti anni fa... Ma non penso che lei si ricordi.

Roger evitò di fare battute e si sforzò di ritrovare il giusto equilibrio. Era troppo orgoglioso per mostrare all'amico quanto profonda fosse la sua ferita.

Anche Nico aveva da raccontare le sue belle novità. Sarebbe andato a convivere. La sua compagna ormai fissa, la celeberrima protagonista del "Gina e Sabrina Show", l'aveva finalmente convinto. Avrebbero anche loro condiviso il letto e le esperienze, il televisore e il bagno. Roger si sentì sollevato. Non pensava ci potesse essere, quella sera, una notizia più adatta al suo desiderio di conferme, alla voglia testarda di continuare a crederci, nell'amicizia.

– Che ne dici se andiamo a berci ancora qualcosa a casa mia? Quando l'altra volta sei venuto eravamo talmente a disagio che non ti ho neppure offerto niente.

Nico chiese il conto, prepotente, stasera offro io e niente storie. Arrivarono a casa di Roger sulla solita Alfetta scassata. Superata l'atmosfera surreale della pizza, Nico non lesinò le sue critiche mentre entrava per la seconda volta in quel palazzo borghese.

– Ma non ti senti in imbarazzo, a vivere qui?
– All'inizio sì. Poi, quando capisci come funziona, ti viene una strana ingordigia per cui tendi a strafare. Vuoi tutto, pretendi tutto, ti piace fare vedere che i soldi per te non hanno più importanza.
– E ne hanno?
– Temo di sì. Ma spero non troppa...

Mentre discuteva, Nico era sorpreso da quella casa su più livelli, che cominciò a scrutare con attenzione. Come tutti i visitatori, anche lui si soffermò a giocare con il pianoforte, e Roger fu ben felice di fargli sentire qualche brano della Sonatina di Mozart.

Roger apparecchiò la tavola con biscotti e liquori, un riflesso condizionato che aveva appreso da sua madre, e tirò fuori pure le carte da gioco, una partita a tressette aiuta sempre a distendere i nervi.

L'ex casa di Stella era scandalizzata. Lei, abituata solo a erre moscia, caviale e Chopin, rimase piuttosto stizzita dalle parolacce, dai rumori e soprattutto dai rutti con cui gli amici sempre più ritrovati intercalavano le loro giocate. Durante la serata, riparlarono anche di Sabrina, la fiammella che Roger aveva usato per provare a spegnere Stella.

– Sai che si è fidanzata con un operatore? Li vedo molto bene insieme. Lei mi chiede ancora di te e segue sempre la tua trasmissione...

– Dici che potrei invitarla al matrimonio?

– Perché no? Anche a Gina farebbe piacere. Anzi, perché la prossima settimana non vieni una sera da noi e dai ufficialmente la notizia, eh? Così mettiamo una pietra sopra all'ultima volta in cui ti abbiamo aggredito tutti, senza distinzione. Che banda di stronzi...

– Nico, piantala. O stai cercando di distrarmi perché vuoi vincere?

Fecero le tre a ridere di niente. A Nico cominciavano a chiudersi gli occhi, era in piedi dall'alba e dava i primi segni di scarsa lucidità. Roger gli chiese di fermarsi a dormire lì, un invito timido, ma l'etica maschile destò l'ancora amico sull'attenti, un guizzo finale prima dei saluti. Dalla nebbia della stanchezza, sembrò emergere l'ultimo lampo di verità.

– Grazie, Roger. È valsa la pena odiarti, solo per capire quanto ci tengo a te.

– Sbaglio o abbiamo lo stesso profumo?

Roger si commosse, mentre Nico si annusava i polsi e l'ascella, prima di confermare.

– È buono, 'sto *Iss*. Ormai l'ho quasi finito.

Entrambi si ricordarono di quanto era stata gentile, Miss Andersen, a indagare su Stella. Roger non era più passato a salutarla, ma solo per il terrore di scoprire altre verità scomode. Ci sarebbe andato una volta dopo le nozze, per comprare un regalo a Betta, o a Rosita. O a Nico, che era lì lì per andarsene ma era titubante perché non si sentiva ancora perdonato del tutto. Alla fine si decise. Alzò lo sguardo, fece un occhiolino di saluto e sparì nella periferia del Girotondo.

Rimasto solo, Roger rivide la sua casa, per una volta, prendere una nuova, più sincera espressività, come se fino allora non avesse capito chi la stesse veramente abitando. Lo spazio assorbe le energie, le riflette.

Il conduttore più promettente del momento venne preso dall'incertezza. Ripensò alle parole di Nico, e soprattutto alle cose che non si erano detti direttamente, anche se si erano capiti. Solo un migliore amico sa sempre quando ce l'hai ancora con lui, sebbene cerchi di dissimulare. Solo un migliore amico è autorizzato a starti accanto nei momenti importanti. Alla fine, anche Roger avrebbe ceduto.

Fu in quel momento di fragilità emotiva che Stella gli tornò prepotentemente in testa. Roger aprì l'armadio in cerca del suo giubbotto, che custodiva l'ultimo brandello di quel segreto. Il regalo di Stella gli tremò tra le mani, era una settimana che aspettava lì, pronto a raccontare il suo pezzetto di verità.

Roger si mise comodo sul divano, riempì il bicchiere di Coca-Cola, ci aggiunse ghiaccio e rum. Inserì nervosamente la cassetta nello stereo, e schiacciò PLAY.

Il suono non era pulito, quelle registrazioni artigianali piene di fruscii, preludio a una confessione inattesa e sconvolgente. Durò qualche secondo, quel silenzio, silenzio che Roger riempiva con sorsi carichi di tensione.

Prima partì un sol. Poi un do. E musica fu, sorprendente e geniale, romantica ed esplicativa, pura e al tempo stesso corrotta da un'acustica imperfetta. Probabilmente Stella l'aveva registrata in casa, lo stereo di fianco, la tecnica dei bambini di riprodurre la realtà, o semplicemente l'emozione.

Fu solo così che riuscì a parlare, a dire quello che sentiva e che aveva provato, comunicare il dispiacere attraverso i suoni – mani vibranti nell'aria – senza aggiungere mai la voce, né un sospiro. Roger non riconobbe neppure il brano riprodotto, perché stava male, rabbia e tensione insieme, improvvisa nostalgia, il terrore di sbagliare tutto.

Quando la musica finì, restò imbambolato sul divano, il bicchiere a metà, l'imbarazzo di fronte alle verità mai finite, o semplicemente mai espresse completamente. Rimase fermo ad ascoltare di nuovo quel silenzio, a digerirlo insieme alla mezza pizza che gli tornava su. Stava per alzarsi e porre fine a quelle irrinunciabili sollecitazioni, quando sentì la voce di Stella.

Sei ancora lì, Roger? Sono contenta. Queste sono le uniche parole che ho trovato dopo averti rivisto al concerto. Io non sapevo che saresti venuto, né me lo aspettavo, doveva essere una sorpresa di Bob. Mi spiace. So che non mi crederai, ma ci tenevo a dirtelo: mi spiace. Vorrei rivederti, anche una volta soltanto, per poterti spiegare, per chiederti scusa, per accarezzare ancora una volta il tuo pizzetto ispido, il tuo torace irresistibile. Forse è tardi, non so. Se così non fosse, chiamami. Il mio numero lo trovi nascosto sotto l'etichetta adesiva della cassetta. E se anche non chiamerai, non importa. Ricorda che io, per te, sarò sempre e solo Stella.

Il messaggio s'interruppe all'improvviso, forse la commozione, forse l'arrivo di De Palma, le chiavi nella toppa. Roger rimase impassibile.

Si alzò, prese la cassetta, la rimise nella custodia, finì di bere il suo Coca e rum e provò a dormire.

45

Il giorno prima delle nozze arrivò improvviso e travolgente.

Un sabato apparentemente come tanti altri, l'aria già calda al mattino, sveglia alle sei e mezzo per Rosita, le ultime fatiche a scuola, lo zainetto da preparare.

Ma non appena aprì gli occhi, Maria Milone si rese conto che il momento si stava avvicinando davvero. Mancavano solo ventiquattr'ore, e avrebbe accompagnato Roger all'altare.

Soprattutto, avrebbe finalmente indossato il vestito che le aveva cucito la signora Muti, abito grigio con stola blu, come si usa adesso, e cappello in tinta con la stola.

Era inquieta e felice. Aveva conosciuto la futura nuora da pochissimo tempo, ma le era piaciuta subito: dolce, affabile, a modo, l'aveva anche aiutata a sparecchiare, la prima volta che si era presentata a casa. E poi i genitori. Personcine gentili ed educate, anche di una certa cultura, leggevano i giornali, gente perbene, insomma. Peccato solo quei sei anni in più di Betta, ma l'importante è che si vogliono bene, aveva ripetuto in quel mese trascorso a verificare che l'invito fosse arrivato a tutti i parenti.

In occasione del nuovo contratto con Real Channel, Roger regalò alla mamma la ristrutturazione completa della casa. La signora Maria poté quindi realizzare il suo sogno: creare un ampio ambiente living, con un piccolo muretto a separare l'ingresso dal tinello. Riuscì anche a eliminare quella fastidiosissima porta a soffietto del cucinino, sostituendola con una a scrigno che chissà quanto l'avevano pagata. Le piastrelle del bagno, invece, le aveva scelte personalmente Rosita – fiori rosa e azzurri – mentre per la tappezzeria era intervenuta di nuovo la signora Muti, che suo genero lo faceva di mestiere.

– Mamma, ma devo proprio andare a scuola, oggi?
– Rosita, non mi fare arrabbiare. Devo finire di pulire e se ci sei pure tu di mezzo m'impicci. E poi hai l'interrogazione con la Baicchi.
– Sì, ma è per avere sette in pagella. Il sei ce l'ho già.
– Rosita, per favore, eh? Tanto poi arriva Duccio, e avete tutto il pomeriggio per stare insieme. Se l'è comprato il vestito, vero?
– Mamma, non ci chiudere. Roger ha detto che va bene anche in jeans...

Malgrado le prevedibili reazioni, Rosita era agitatissima per l'arrivo del ragazzo, la storia più importante della sua vita. Stavano insieme da quasi due mesi, si erano visti in tutto sette giorni, avevano già tentato di fare l'amore due volte, sempre sullo stesso letto, sempre sotto gli occhi di Robbie Williams. Al liceo, Rosita si spacciava ormai per grande esperta di sesso e le compagne la consultavano per qualsiasi chiarimento, dalle perdite premestruali all'esistenza del punto G. Era stata molto fortunata, ripeteva lei, ad aver trovato un ragazzo che avesse già avuto esperienza, e soprattutto che l'amasse sul serio. Questo, in fondo, era vero. Traumatizzata dall'esperienza con Pizzy, si era imposta di non rivelare a Duccio la vera identità di suo fratello. Chissà come avrebbe reagito, in occasione del matrimonio, a scoprire che si trattava del Roger Milone da lui tanto amato, amico notturno di consigli proibiti.

Duccio, di fatto, stravedeva per Rosita. Per lei aveva lasciato una ragazza più grande, per lei aveva già trascorso un sacco di ore di treno.

La signora Maria, dopo aver acconsentito che i due dividessero la stessa stanza, si era raccomandata alla figlia e al Signore che non succedesse nulla di disdicevole. Ma le sue preghiere non riuscirono a fermare gli ormoni, una battaglia persa in partenza, a quasi tutte le età.

Glielo chiedeva anche quella mattina, se avevano fatto l'amore, ma Rosita non aveva risposte. Ingoiava il latte senza appetito, gli occhi assenti, la mente a calcolare quanto tempo mancasse per rivedere il principe, sette ore e mezzo circa, già due SMS per dirle che il treno era partito in orario.

Andò a scuola soprattutto per vedere la Giò, che Roger aveva invitato alle nozze per fare un altro regalo a sua sorella. Dovevano discutere che fiore mettersi in testa durante la cerimonia, un segno di riconoscimento di fronte agli invitati per sottolineare il loro legame indissolubile, Giò e Rosi per sempre.

Rimasta sola, la signora Maria cercò di organizzare al meglio quella giornata carica di commissioni e nervosismo. Per calmarsi un po', aveva invitato a pranzo don Giovanni e Roger – la cucina al posto degli ansiolitici – l'ultima rimpatriata prima del grande passo.

Arrivarono entrambi con il sorriso sulle labbra. Roger era anche andato dal barbiere, Vito, quello di quando era bambino, e lo aveva riempito di autografi e dediche. Don Giovanni, invece, gongolava perché erano andati a intervistarlo quelli di "Star People", cui Roger aveva concesso l'esclusiva delle foto di nozze.

– Simpatico quel CarloG, il giornalista. Proprio simpatico. Ha voluto sapere di te da piccolo, e io gli ho raccontato tutto. Anche quando ti è scappato un rutto mentre facevi la comunione.

– Ma non è vero, don!

– Lo so, ma è così che si crea il personaggio. E non sai

quante persone mi sono venute a chiedere, per la messa di domani... pensano che ci voglia l'invito! Ah, Roger, ti dovresti sposare tutte le domeniche.

Roger sorrideva divertito, la paura passata, mentre la signora Maria era tutta concentrata sulla cottura del suo coniglio al civet. Don Giovanni si avvicinò a Roger abbassando la voce.

– Ieri è venuta Morgana a provare l'organo. È bravissima. Mi ha spiegato il suo stato, diciamo così, naturale. Certo che se lo viene a sapere il vescovo mi tirano le orecchie fino al Vaticano... Ma il Signore ci aiuterà. Non potevo vietare a un angelo di suonare alla tua festa, no?

Roger scuoteva la testa meravigliato, l'umore di nuovo su, lo stomaco né aperto né chiuso, i desideri sospesi. Avevano appena iniziato ad assaggiare il coniglio che arrivò Rosita, in ritardo di almeno mezz'ora sul suo orario consueto. Si era persa con la Giò per decidere se farsi entrambe i colpi di sole – un segnale più "gggiovane" – anziché il fiore in testa, che faceva tanto Nelly Oleson nella *Casa della prateria*. Alla fine, grazie alla consulenza di Griva e Berbotto, avevano decretato che un giglio in testa sarebbe stata la scelta migliore: segno di classe, eleganza e rispetto nei confronti dell'ambiente, che fa sempre chic.
Sentendola parlare, Roger capì che Rosita non era più una bambina.

– Allora, quando arriva lui?
– Alle quindici e cinquanta. Mi ha scritto che il treno ha dodici minuti di ritardo.
– Vuoi che ti accompagni a prenderlo? Così gli facciamo la sorpresa.
– No, grazie, Roger. Con la Giò abbiamo pensato che è meglio se ti vede direttamente domani. Poi oggi vogliamo stare un po' insieme, da soli...

Per quanto tutti si sforzassero di essere naturali, si sentiva che era la vigilia di un giorno importante. Prova fu che nessuno fece il tradizionale bis dei piatti, e lo stesso don Giovanni avanzò qualche patata al forno, non era mai capitato.

Dopo il caffè, Roger si alzò velocemente da tavola. Cominciava a essere nervoso, sana agitazione, mani sudate e lingua di colpo prosciugata, come nei momenti più tesi.

Salutò tutti come se dovesse partire per un lungo viaggio – ci vediamo domattina, non ditemi altro, ciao – e uscì. Stava già chiudendo la porta dell'ascensore, quando la signora Maria lo fermò.

– Le vuoi due zeppole di San Giuseppe, per fare colazione domani?

– Fletcher, domani mi sposo.

– Perché, uno che si sposa non fa colazione?

Roger le mandò ancora un bacio e le chiuse la porta in faccia, sorridendo. Se avesse potuto scegliere un'altra mamma, l'avrebbe voluta esattamente così.

Arrivato in strada, diede ancora un'occhiata al palazzo dove aveva vissuto tutti quegli anni. I panni stesi fuori, le vicine che litigano dal balcone, i ragazzi che giocano a calcio in ogni angolo possibile. Sapeva già che, qualunque cosa avesse fatto, gli sarebbero mancati.

Usò buona parte del pomeriggio per mettere a punto le ultime cose, pullman, bomboniere, coordinamento parenti e ristorante.

Come regalo della giornata, passò a salutare Betta. Si erano giurati di non vedersi neanche un giorno, l'ultima settimana, per aumentare ancora di più il desiderio e la sorpresa. Ma Roger non resistette.

La raggiunse al negozio – aveva deciso di lavorare fino all'ultimo – e la trovò che stava finendo di sistemare i segnaposto fatti di piccole rose bianche.

– È lei, la bella addormentata nel bosco?

– Roger, ma dovevamo vederci domani...

– Non ho resistito.

– Hai fatto bene. Vieni qui e abbracciami. Sono nervosa.

Roger la strinse forte a sé, baciandola con insistenza e passione, la bocca di nuovo umida. Nel contatto, sentì quanta forza nascondesse quel corpo carico di esperienza e incoscienza, i contrari che si attraggono soltanto in occasioni speciali. E per Betta, quell'occasione era stata un volto. Il volto di Roger. Gli occhi smarriti di chi insegue disperatamente un'altra donna, e non ti vede nemmeno mentre ti parla.

Poi ritorna.

Una volta.

Un'altra.

Un'altra ancora.

E senza sapere come – percné ancne questo è amore – diventi meno trasparente, gli sguardi si abbassano, la voce si affina, la fantasia corre. Quando meno te lo aspetti, ti invita a cena. Quando più lo desideri, ti bacia. E quando cerchi di non pensarci, ti chiede di sposarlo. Come dirgli di no? Era un rischio, certo, ma in amore non ci si può accontentare – è il pericolo maggiore – bisogna puntare al massimo. Anche se il massimo può rivelarsi un grandissimo stronzo, o stronza, quello si sa.

Non c'è difesa, pensava Betta, mentre Roger le martoriava le labbra di morsi leggeri.

Fu un cliente a evitare che la situazione degenerasse – volevo un'orchidea per mia moglie – interrompendo un bacio che sarebbe andato avanti all'infinito. Roger capì che era giunto il momento di filarsela. Betta lo accompagnò sulla porta.

– Allora, a domani.

– A domani.

– Come faccio a riconoscerti?

– Stupido...

– Senti, non arrivare troppo in ritardo, che mi viene l'ansia.

– Stai tranquillo, Roger. Adesso vai.

– Però appena finisci di servire questo cliente, chiudi la baracca, okay?

– Promesso.

Roger salì sulla sua Audi TT parcheggiata in doppia fila. Abbassò il finestrino e partì sgommando, la mano incollata al clacson per salutare. Betta si scusò per l'attesa – ma non era quello della televisione? – e si sbrigò a servire il cliente con la felicità dipinta sul volto.

Avrebbe probabilmente cambiato espressione, se avesse visto il futuro marito alcune ore dopo. Seduto al piano di casa, gli occhi nel vuoto, le orecchie attente a ogni vibrazione. In attesa che arrivasse Stella.

46

Un impulso incontrollabile.

Un goal di Paolo Rossi nella celeberrima Italia-Brasile dell'82, che Roger continuava a ricordare come il momento più bello della sua vita. Aveva dribblato tutti, si era liberato del passato e dei pregiudizi, delle insicurezze e dei pedalini, perfino del lavoro di televenditore. Era solo davanti al portiere, ormai disarmato, le gambe larghe e impotenti di fronte all'umiliazione. Bastava tirare. Ma gli era venuta paura, il terrore della gioia incontrollata, lo stadio che viene giù, l'insicurezza che porta a chiederti se te lo meriti davvero, tutto quel successo.

Roger si era voltato un attimo, un secondo soltanto, e aveva rivisto Stella seduta in tribuna, che lo guardava composta e silenziosa, un'espressione indecifrabile eppure chiara, comprensibile. Doveva – voleva – capire. Aveva fermato il gioco, lo stadio sospeso, aveva ripreso in mano la cassetta di Stella, sollevato accuratamente l'etichetta adesiva, letto il numero di telefono e l'aveva chiamata.

Non le aveva detto molto, parole confuse, un invito malcelato, l'agitazione galoppante che travisa completamente le intenzioni. Stella non lo aveva lasciato nemmeno finire – sembrava lo stesse già aspettando – e aveva trovato in fretta una scusa per lasciare Bob e correre in quella che era stata, per anni, la sua casa.

L'ascensore lento e regale, le scale con lo stesso odore di

armadio antico, i rumori animati dai battiti agitati del cuore.

Si salutarono con un sorriso sibillino senza il coraggio di sfiorarsi, le mani nascoste – la fede al dito – la paura degenerativa di qualsiasi forma di contatto. Stella entrò guardandosi intorno curiosa, i passi ingigantiti dal silenzio, e vide che poco era cambiato, in quei mesi: la cucina, il terrazzo, la camera al soffitto. Rise soltanto quando vide il poster di David Letterman attaccato con lo scotch.

– E questo, che ci fa qui?

– È un ricordo di mia madrina, arriva dall'America. Sai, lui è un presentatore molto famoso là, una volta l'ho visto anche col satellite, però non ho capito bene cosa diceva...

– Lo so chi è David Letterman, Roger. Bob deve averlo anche contattato, in passato, ma non credo t'interessi saperlo, stasera.

– Già.

Qualche attimo fuggente, la rincorsa del tuono prima di precipitare in un bacio solo pensato.

– Perché mi hai chiamato, Roger?

– ...

– Perché proprio oggi?

– Perché avevo paura di affrontarti domani, in chiesa, davanti a tutti.

– Non sarei mai venuta, e tu lo sai. Ho già la scusa da tirare fuori all'ultimo momento. Dimmi la verità: cosa vuoi veramente da me?

– Ci credi se ti dico che non lo so?

Stella gli prese le mani, le allargò in un abbraccio, e ci si chiuse dentro. I loro odori erano rimasti gli stessi, le carezze ritrovarono velocemente l'antica confidenza, ma il bacio restò tabù. Ho paura, le ripeteva all'orecchio, ho paura di fare una cazzata. E lei lo teneva lì, senza risposte, mentre le emozioni passate tornavano a essere più presenti che mai.

– Mi sembrava tutto perfetto, fino a poco fa. Betta è davvero una donna straordinaria. Ancora adesso mi chiedo come ho fatto a non vederla prima. Però forse è successo troppo in fretta, no?

– No. Vi ho visti insieme, e ho provato una grande invidia per voi. Siete innamorati e incoscienti, e sposarsi in questo stato di grazia non succede quasi mai.

Roger si sentì sollevare. Stella lo stava riportando alla fiducia, all'eccitazione, alla concentrazione necessaria per fare goal. Lo stadio sarebbe esploso, e lei avrebbe festeggiato con tutti gli altri, anche se seduta in tribuna VIP.

– Sei ancora arrabbiato con me?
– Molto.
– Cosa posso fare, per farmi perdonare?
– Una cosa sola. Suona quel piano per me.

Stella si sedette davanti al Blüthner, che ne riconobbe subito le mani, e cominciò. Note leggere, che intervallava con riflessioni pacate e nude su quanto era accaduto, le strategie dimenticate.

– Ho pensato che aiutarti a cambiare lavoro fosse il modo più bello per volerti bene. Quando ti ho visto ruttare su Tele Nueva, ho subito chiamato Bob in ufficio per segnalare il tuo nome, e con una scusa gli ho pure dato il numero di telefono. Tu li hai conquistati subito, Bob e Benaquista. Ed è stato in quel momento che ho deciso di sparire dalla tua vita. Mio marito stravedeva per te, lo fa tuttora, e non meritava che io lo pugnalassi ancora alle spalle, non credi?

Una donna padrona del suo destino. Aveva deciso lei cosa, come e quando. Roger scuoteva la testa senza parlare, imbarazzato e colpevole, la rabbia sedata dall'onestà rivelatrice.

– Poi un giorno ti ritrovo in camerino durante la pausa di un concerto. Doveva essere una sorpresa, e lo è stata senz'altro, fin troppo. Mi sono sentita morire.
– Anch'io, Stella. Ma adesso continua a suonare, ti prego.

Cristina Riviere riprese a far cantare le mani, e regalò nuovamente a Roger il *Chiaro di luna* di Beethoven, lo stesso della cassetta.

Lui le si sedette ai piedi, per ascoltare. La casa, per un attimo, sembrò appartenere a entrambi. Non riuscivano a capire bene quale forza li unisse. Non la passione, non più. Non l'amore, non lo era mai stato. Non il desiderio di trasgressione. Era soltanto la grandezza di quel segreto, il rischio del disastro, l'agitazione confusa di chi fugge dalle proprie responsabilità, o semplicemente le teme. E la paura comincia a confondersi con l'attrazione, l'egoismo, il rimorso. Ma è solo cecità di chi non vuole vedere quanto è bello il sogno che sta per vivere.

– Come ti vestirai?
– Ho comprato un gessato grigio, che adesso si usa.
– E il viaggio?
– Cuba.
– Come me e Bob.
– L'ha scelto Betta, e io non ho osato ribattere. È strano, no? Ma ormai ho smesso di farmi domande. Vorrei solo dirti grazie.
– Perché?
– Perché da quando ti ho incontrato, ho cominciato a vivere davvero. Prima era sopravvivenza, anche se non lo sapevo. E non me ne sarei mai accorto, se non fossi arrivata tu.

Stella sentì la necessità di andare, la scusa ormai vacillante con Bob, il timore che l'equilibrio potesse nuovamente precipitare. Interruppe bruscamente il brano che stava suonando e si alzò.

Roger la lasciò fuggire senza commenti, senza più forze. Non sentì il bisogno di dirle che conosceva il nome del suo profumo, che una notte l'aveva seguita, che una volta gli era apparsa mentre rientrava a casa col marito. Aveva cuore e stomaco di nuovo leggeri, quasi che la realtà fosse improvvisamente meno pericolosa dell'immaginazione. E Stella, per lui, era stata soprattutto un'idea.

La vide avvicinarsi alla porta e osservò le sue forme svanire, la voce cambiare, la fantasia prendere nuovi lidi, in cerca di Betta. Il tempo delle avventure stava per terminare, con l'inevitabile strascico della più infantile nostalgia. La fine delle vacanze tra due ragazzini, questo sembrava, quando ti dici cose di cui non conosci bene il significato, solo perché la vita è più grande di te. Ed è troppo diversa da te.

– Non potrò mai dimenticarti, Stella.

– Mi hai dato un bellissimo nome, anche se l'idea ti è venuta guardando quell'avviso in stanza, vero?

– Vero.

– Stanotte quel nome lo lascio qui, in questa casa. Sono una stella cadente, ormai, che nel momento in cui si realizza, muore. Ma non potevo chiedere di essere più felice.

– ...

– Tu, mi raccomando, fai il bravo e non cambiare mai. Adesso vai a dormire che tra poco comincia la festa, e non voglio che tu sia stravolto. Ci sono già passata io, e non te lo consiglio.

Si diedero un bacio che Roger fece fatica a fermare. Promisero di non rivedersi mai più e si strinsero ancora una volta, prima di abbandonarsi del tutto. Rividero i primi passi, i sogni dell'adolescenza, le sfide lanciate e perdute, le vittorie, il disincanto del tempo che passa. La guerra persa contro le verdure bollite.

— Stella...
— Dimmi.
— Domani nella battaglia pensa a me.
— Non ti preoccupare, Roger. Vincerai.

RINGRAZIAMENTI

Grazie a tutti i lettori che mi hanno scritto e incoraggiato.

Un grazie speciale – in ordine di apparizione – a La Frenci, Daniela Camisassi, Marco/Ponti, Corrado Ragusa, il trio, Regina Claudia, Sandra Piana, Francesco Colombo, Claudio Giacosa, Davide Musuni Pallavicini, Anita Caprioli, Mandala Tayde, Stefano Grimaldi, Elena Testa, Gioia Levi, Beppe Caschetto, le Mondadori Girls, Lorenzo Presti, Stefania Pece, Federico Chiara, Roberto Bisesti, Paola Mitica Costa, Fabio Volo, Simona Caputi, Samuele Bersani, Fabio Cappelli, Giorgia Surina, l'agenzia Ineditha, Dino "photographer", Biagio Izzo, Pippo Pelo, Ida Di Martino, Valerio Mastandrea, Giuseppe Manieri, Antonio Napoli, Mary J. Biagio, Manon Smits, Laura Tonatto, Raffaella Lops, La Pina, Camilla Manfredini, Labi, MTV, Serena Borsella, Luigi Gerli, Alessio La Zazzera, Andrea Bove, Elena Bucarelli, Alessandro Rocci Ris, Susi Mariella, Francesco Belais, Mirta Lispi e alle persone che mi hanno regalato affetto.

Grazie a Javier Marías per *Domani nella battaglia pensa a me* e a Joy Terekiev per combattere sempre al mio fianco.

«Ti seguo ogni notte»
di Luca Bianchini
Oscar
Mondadori Libri

Questo volume è stato stampato
presso ELCOGRAF S.p.A.
Stabilimento - Cles (TN)
Stampato in Italia. Printed in Italy